L'île de Leo Aretino

*

Retrouvailles au [...] pital

MARION LENNOX

L'île de Leo Aretino

BLANCHE

HARLEQUIN

Collection : Blanche

Ce roman a déjà été publié en 2019

Titre original :
SECOND CHANCE WITH HER ISLAND DOC

© 2019, Marion Lennox.
© 2019, 2024, HarperCollins France pour la traduction française.

Ce livre est publié avec l'autorisation de HARLEQUIN BOOKS S.A.

Tous droits réservés, y compris le droit de reproduction de tout ou partie de l'ouvrage, sous quelque forme que ce soit.
Toute représentation ou reproduction, par quelque procédé que ce soit, constituerait une contrefaçon sanctionnée par les articles 425 et suivants du Code pénal.

Si vous achetez ce livre privé de tout ou partie de sa couverture, nous vous signalons qu'il est en vente irrégulière. Il est considéré comme « invendu » et l'éditeur comme l'auteur n'ont reçu aucun paiement pour ce livre « détérioré ».

Cette œuvre est une œuvre de fiction. Les noms propres, les personnages, les lieux, les intrigues sont soit le fruit de l'imagination de l'auteur, soit utilisés dans le cadre d'une œuvre de fiction. Toute ressemblance avec des personnes réelles, vivantes ou décédées, des entreprises, des événements ou des lieux serait une pure coïncidence.

HARPERCOLLINS FRANCE
83-85, boulevard Vincent-Auriol, 75646 PARIS CEDEX 13
Service Clients — www.harlequin.fr
ISBN 978-2-2805-0734-9 — ISSN 0223-5056

Édité par HarperCollins France.
Composition et mise en pages Nord Compo.
Imprimé en juin 2024 par CPI Black Print (Barcelone)
en utilisant 100% d'électricité renouvelable.
Dépôt légal : juillet 2024.

MIXTE
Papier issu de
sources responsables
FSC® C159065

Pour limiter l'empreinte environnementale de ses livres, HarperCollins France s'engage à n'utiliser que du papier fabriqué à partir de bois provenant de forêts gérées durablement et de manière responsable.

1

Leo Aretino dressa l'oreille en entendant s'exprimer la patiente qui venait d'être introduite dans la salle de soins voisine.

— Je n'ai plus de vertiges, je vous assure ! Les coupures à la tête ont toujours l'air plus graves qu'elles ne le sont en réalité, vous savez. Si vous me conduisez jusqu'à un lavabo, je ne vous ferai plus perdre votre temps.

Cette voix chaude et un peu rauque, il la reconnaissait. Depuis quelques semaines, il s'attendait à l'arrivée d'Anna, en espérant toutefois éviter de la rencontrer. Il n'avait pas imaginé retrouver la propriétaire du château ici, à l'hôpital. Sur son territoire.

Anna parlait le tovahnien avec une pointe d'accent anglais. La première fois qu'il l'avait entendue l'utiliser, c'était dix ans auparavant. Elle était penchée sur un microscope, occupée à faire une mise au point. La manœuvre était délicate, mais elle s'était montrée patiente. Elle avait commencé à fredonner puis s'était mise à chanter doucement pour elle-même. En tovahnien ! Il avait reconnu une chanson que sa mère chantait lorsqu'il était enfant.

Il n'aurait jamais cru rencontrer, au sein de la prestigieuse faculté de médecine anglaise où il était venu faire ses études, quelqu'un qui ait entendu parler de son île natale, et encore moins qui en connaisse la langue !

Incrédule, il avait interrompu la chanson.

— Où as-tu appris cela ?
— Je le dois à ma mère, avait-elle répondu.

Elle avait réussi sa mise au point et observait avec attention l'affreux petit microbe que leur professeur leur avait dit d'étudier.

— Ta mère est de Tovahna ?

— Oui. Enfin, elle l'était. Elle a quitté l'île avant ma naissance. Mais c'est cette petite bestiole que nous devons observer. Tu veux voir ?

Les étudiants faisaient la queue pour avoir accès au microscope. Il devait, lui aussi, regarder la bestiole. Mais il avait l'esprit ailleurs.

Les femmes de Tovahna avaient généralement la peau mate et les cheveux noirs. Anna avait les cheveux roux et des taches de rousseur. Cela n'avait aucun sens.

— Ta mère t'a appris des chansons en tovahnien ?

Anna s'éloigna du microscope pour laisser la place à l'étudiant qui se trouvait juste derrière lui.

— Elle m'a appris à le parler. Je crois qu'elle le parlait pour lutter contre le mal du pays. Mais tu as raté ton tour, ajouta-t-elle en tovahnien en affichant un grand sourire. Ne me dis pas que tu es...

Soudain, il s'était retrouvé presque au bord des larmes.

— Si, de Tovahna.

Tovahna, son île minuscule au sud-ouest de l'Italie, qui s'était battue durant des siècles pour sa liberté jusqu'à ce que ses puissants voisins décident qu'elle ne valait pas la peine qu'on s'y intéresse. Maintenant, elle était ignorée ou presque du reste de la planète. Peu de touristes faisaient l'effort d'y venir, et encore moins d'en apprendre la langue. Peu densément peuplée, elle était saignée à blanc par la même puissante famille depuis des générations. La plupart des gens étaient pris dans le cercle vicieux de l'extrême pauvreté. Lui, il s'était montré brillant à l'école, et sa petite communauté s'était cotisée pour l'envoyer étudier en Angleterre.

— Passe ton diplôme de médecin et reviens ici nous soigner, lui avaient dit ses compatriotes.

À dix-neuf ans, il venait d'intégrer la faculté de médecine. Il parlait parfaitement anglais. Il s'entendait très bien avec ses camarades d'études et n'avait pas le mal du pays. Il n'y avait donc aucune raison pour qu'il dévore des yeux cette jolie rousse qui parlait sa langue maternelle et qu'il meure d'envie de la serrer dans ses bras.

Bien sûr, il n'en avait rien fait. Pas à ce moment-là. Il avait attendu deux jours pour l'embrasser.

Ce n'était pas seulement parce qu'ils parlaient la même langue qu'Anna l'avait attiré. Elle s'était révélée être une femme exceptionnelle.

Mais tout ça, se dit-il en écoutant la voix légèrement tremblante qui venait de la pièce voisine, c'était de l'histoire ancienne. Ce qui avait eu lieu entre eux appartenait au passé. Pour l'instant, il devait se focaliser sur l'urgence médicale. Cette femme qu'il avait connue des années auparavant avait été amenée sur une civière dans son hôpital. Il était médecin. Il devait se ressaisir et aller voir quel était le problème.

Le problème médical.

Anna avait vraiment mal à la tête.

Le coup qu'elle s'était fait en heurtant cette voûte de pierre était stupide et parfaitement prévisible. Mais maintenant qu'elle possédait un château, comment n'aurait-elle pas voulu en connaître chaque recoin ?

Lorsqu'elle avait insisté pour tout voir, Victor, l'administrateur de son défunt cousin, lui avait donné une torche électrique avant de l'emmener dans les souterrains du château de Tovahna.

— Faites attention à votre tête, lui avait-il recommandé.

Elle avait découvert un dédale dont certaines parties avaient été construites mille ans auparavant. Des passages dérobés permettant d'entrer et de sortir du château avaient dû être utilisés en période de siège. Il y avait des salles d'habitation, des puits d'aération, des zones de stockage pour les armes, l'eau, la nourriture. Tout cela était plongé dans la pénombre, couvert de poussière, et si fascinant qu'elle avait fini par perdre toute prudence. Le choc contre la voûte surbaissée avait été si violent qu'elle avait perdu connaissance. Lorsqu'elle avait repris ses esprits, son front saignait. L'administrateur s'était révélé n'être d'aucune utilité. Il voulait aider, mais il craignait de tacher de sang ses propres vêtements. Finalement, elle s'était servie de son écharpe pour comprimer la blessure, et Victor et elle étaient remontés à la surface.

Malgré ses protestations, Victor avait appelé une ambulance.

— Ces souterrains sont dangereux, avait-il bougonné. On devrait en condamner l'accès avant que quelqu'un y perde la vie. Vous avez vu les parties qui s'effondrent. Des gamins y entrent, on ne peut pas les en empêcher. Et maintenant, cet accident...

Une antique ambulance était arrivée en faisant beaucoup de bruit sur la rue pavée avant de pénétrer dans la cour du château. Elle s'était retrouvée à l'intérieur du véhicule avant même d'avoir eu le temps de protester.

Elle ne pouvait pas leur en vouloir. Elle devait offrir un spectacle assez effrayant, et à vrai dire, elle se sentait un peu dans les vapes. Aussi avait-elle laissé les ambulanciers lui poser une perfusion pour compenser la perte de sang subie. Elle avait senti chaque bosse de la route tandis qu'on l'emmenait vers ce qui devait être l'entrée des urgences.

— Le médecin est en route, lui dit une infirmière. Ne vous inquiétez pas. Le Dr Aretino est un excellent praticien.

Le Dr Aretino ? Oh non ! S'il vous plaît...

La porte s'ouvrit, et un homme en blouse blanche s'approcha du brancard.

— Voyons. Qu'est-ce que nous avons ici ?

Elle vit alors ses pires craintes se concrétiser.

Leo Aretino. Son premier amour. Son grand amour.

Mais non ! Comment pourrait-on aimer vraiment à dix-neuf ans ? Ce n'était pas possible. Ce qui s'était passé entre eux, ce n'était qu'une simple amourette de jeunesse. Leo lui avait brisé le cœur, mais le cœur d'une adolescente est fait pour être brisé, s'était-elle répétée durant des années. Elle avait rencontré d'autres hommes. Elle avait même cru en tomber amoureuse... Mais elle n'avait jamais oublié Leo, ce grand brun qui parlait la même langue maternelle qu'elle, qui étudiait avec elle, qui savait la faire rire et lui faire l'amour...

Et qui l'avait quittée.

Sa tête semblait sur le point d'exploser, et ce n'était pas dû seulement à la douleur provoquée par l'accident.

Elle ferma les yeux.

Elle s'était doutée qu'elle le rencontrerait en venant à Tovahna, mais le voir maintenant, dans de telles conditions...

— Il s'agit d'Anna Raymond, dit l'infirmière d'une voix qui révélait une certaine excitation. Anna, la fille de Katrina Castlavara ! Victor lui a montré les souterrains du château.

— Bien...

Leo avait répondu d'un ton neutre, impersonnel, comme si ce nom ne lui disait rien de spécial. Avait-il appris qu'elle était arrivée dans l'île ? Sans doute. Pour Tovahna, sa venue devait être une grande nouvelle. Tout comme l'avait été pour elle le décès de son cousin, qui lui avait laissé un héritage tellement colossal qu'elle avait encore du mal à mesurer ce qui lui arrivait.

— Anna et moi nous sommes déjà rencontrés, poursuivit Leo de ce ton calme, professionnel, comme si elle faisait partie des patients qu'il côtoyait tous les jours.

Pour lui, elle n'était qu'une ancienne camarade d'études avec qui il avait vécu une amourette dix ans plus tôt. Rien de plus.

Une camarade d'études qui venait d'hériter de presque toute l'île où il était né...

— Anna, dit-il doucement. Es-tu avec nous ?

Il s'était exprimé en anglais.

— Oui. Malheureusement.

— Peux-tu ouvrir les yeux ?

— Je peux, mais je n'en ai pas envie.

— Parce que la lumière te fait mal ?

— Parce que je n'ai pas envie de te voir.

Leo eut l'audace d'éclater de rire.

— Ah, je vois que tu es toujours aussi combative ! D'accord, garde les yeux fermés pendant que je t'examine.

Quand il lui prit le poignet, elle eut envie de se dégager, mais elle se retint. D'ailleurs, elle avait vraiment mal.

Sans toucher à l'écharpe qu'elle avait utilisée en guise de pansement de fortune, il procéda à un examen complet, vérifiant la perfusion, la tension artérielle et le rapport rédigé par les ambulanciers.

Elle se doutait qu'il était un excellent médecin. Elle se souvint de ce qui avait été dit sur lui lors de la cérémonie de remise des diplômes...

Il n'y avait pas assisté. À peine avait-il passé le dernier examen qu'il était parti suivre une formation accélérée en chirurgie avant de rentrer à Tovahna. Mais lors de la remise des diplômes, le directeur de la faculté de médecine avait cité son nom avec fierté.

« Le Dr Aretino a été l'élément le plus brillant de sa promotion durant tout son cursus ici, et il a l'intention de rentrer se mettre au service de son pays. C'est un médecin dont nous pouvons être fiers, aujourd'hui et dans le futur. »

Elle se trouvait donc entre de bonnes mains. Entre les mains de Leo.

— Anna, est-ce seulement ta tête qui a été touchée ? demanda-t-il d'une voix si douce qu'elle sentit presque les larmes lui venir. T'es-tu blessée ailleurs ?

— Non, juste la tête, murmura-t-elle.

— Te souviens-tu de ce qui s'est passé ?

— Il y avait une salle qui contenait des urnes en terre très anciennes. Je me suis penchée pour les regarder, et je me suis cognée en me redressant... Victor m'avait dit que c'était dangereux, mais je ne l'avais pas écouté.

— D'après le rapport des ambulanciers, tu aurais perdu connaissance ?

— Victor a dit que je suis restée évanouie quelques secondes, mais tout ce dont je me souviens, c'est du choc, et d'avoir eu la tête qui tournait.

Leo devait craindre une hémorragie interne. Étaient-ils équipés, ici, pour traiter ce type de problème ?

Il y avait de cela plusieurs années, elle avait lu des articles concernant Tovahna.

L'île vit encore dans une économie presque féodale. Une seule famille contrôle la plupart des richesses locales. La majeure partie de la population paye un

> *loyer à la famille Castlavara, et une très faible partie de ces sommes est investie dans l'infrastructure de l'île. Les écoles, les hôpitaux et les services publics sont réduits au minimum, c'est le moins qu'on puisse dire.*
>
> *Il est vivement conseillé aux voyageurs de souscrire une assurance particulière couvrant les frais d'un éventuel transfert dans un pays voisin. Dans l'île, les services médicaux sont assez frustes. En cas de problème grave, mieux vaut opter pour une évacuation si l'on veut éviter une issue peu satisfaisante.*

« Une issue peu satisfaisante. » La mort ?

— Je n'ai perdu connaissance que quelques secondes, dit-elle d'un ton assuré. Tu sais que les blessures à la tête saignent toujours beaucoup, ce qui fait croire qu'on est à l'article de la mort.

— Un visage en sang, c'est assez effrayant, en effet, dit Leo avec une pointe d'humour dans la voix. Mais nous allons tout de même faire des radios par sécurité.

— Vous disposez de l'équipement nécessaire ?

— Oui, aussi surprenant que cela puisse paraître.

Cette fois, sa voix s'était teintée d'amertume, et elle se rappela cette phrase qu'il avait prononcée une seule fois et qu'elle n'avait jamais oubliée :

« Ta famille a sucé le sang de notre pays. »

— Désolée. Je ne voulais pas...

— Regardons cela, la coupa-t-il, avec douceur cette fois.

Et il ôta l'écharpe qu'elle avait enroulée autour de sa tête. À présent, le sang ne coulait plus, mais la plaie était devenue poisseuse. Elle sentait que le tissu collait à ses cheveux maculés de sang séché.

Elle finit par ouvrir les yeux.

Leo était là, penché sur elle.

Un Leo plus âgé, le visage légèrement creusé. Mais c'était toujours le même Leo. Ses magnifiques yeux marron. Ses cheveux d'un noir profond, assez désordonnés. Ses rides d'expression tracées par le rire. Sa bouche... On aurait pu croire qu'il allait l'embrasser.

Mais non, il regardait son crâne. Elle devait se ressaisir.

Elle n'avait pas le moins du monde l'intention de le revoir. Elle savait que les gens d'ici étaient très pauvres. Son oncle puis son cousin s'étaient enrichis sur le dos de la population locale. Elle ne voulait surtout pas accroître cette misère. Elle devait trouver un moyen de convertir cette fortune en œuvre de bienfaisance. Une fois remise du choc que lui avait causé le fait d'hériter, elle avait prévu de se rendre au plus vite dans l'île, de remettre la gestion des biens entre les mains de l'administrateur de son cousin et de rentrer ensuite chez elle.

Chez elle, c'est-à-dire en Angleterre. Elle était médecin généraliste dans un village situé au sud de Londres. Les gens étaient charmants, et elle adorait son métier. Elle avait rompu récemment avec un avocat plutôt gentil avec qui elle était restée amie. Des amis, elle en avait beaucoup. Elle avait aussi deux épagneuls bretons, des chiens pas bien malins mais très drôles, et elle trouvait que la vie était belle.

Cet héritage inattendu lui avait fait l'effet d'une bombe. Et maintenant qu'elle voyait Leo, elle avait le sentiment que la situation était bien pire encore... Car si les choses n'avaient pas duré avec cet avocat si gentil, la raison se trouvait là, devant elle : Leo Aretino. Malgré tout le temps qui s'était écoulé depuis leur rupture, elle n'avait pas réussi à l'oublier.

Mais Leo ne la regardait pas. Il démêlait doucement ses cheveux embroussaillés afin de pouvoir examiner la plaie.

— Tu as reçu un choc, dit-il. Il te faudra des points de suture et un examen approfondi. Désolé, mais nous devrons te raser quelques mèches de cheveux.

— Oh ! je cacherai cela sous un foulard ! répondit-elle en s'efforçant de prendre un ton léger. Tout cela est arrivé par ma faute.

— Tu es allée te promener dans les souterrains du château.

— Juste pour vérifier.

— Vérifier ton héritage.

— C'est vrai.

Comment dire cela d'un ton léger ?

— Je suis désolé pour ton cousin.

— Vraiment ?

— Sa mort nous a surpris, bien que son style de vie...
— Oui, je sais, on m'a dit qu'il passait son temps à manger et à amasser de l'argent. Ma mère disait déjà que son père – le frère de maman – était comme ça.
— Et lui aussi est mort d'une crise cardiaque. À vingt ans d'intervalle, ils ont eu tous les deux la même mort subite. Ton cousin Yanni n'avait que trente-huit ans, mais avec sa façon de vivre... Nous ne pouvions pas faire grand-chose pour le sauver.
— Je ne te reproche rien...
Elle soupira. Sa tête lui faisait vraiment très mal.
— Leo, pourrais-tu trouver quelqu'un d'autre pour recoudre ma plaie ? Franchement, que ce soit toi qui me soignes me fait me sentir encore plus mal. Tu ne nous aimes pas, n'est-ce pas ? Ni moi ni ma famille ?
— J'ai soigné ton cousin. Ou, du moins, j'ai essayé. Il a refusé de m'écouter quand je lui ai conseillé de surveiller son poids et son cholestérol. Mais j'ai fait de mon mieux. Et je ferai de mon mieux avec toi aussi.
— Je t'en suis reconnaissante, murmura-t-elle. Mais n'y a-t-il personne d'autre ?
— Pas pour le moment. L'autre médecin est en train de s'occuper d'un accouchement.
— Vous n'êtes que deux médecins ?
— L'île est petite.
— Oui, j'ai lu des choses là-dessus. Vingt mille habitants, et seulement deux médecins ?
— Dis-moi où trouver l'argent pour en former d'autres, et j'essayerai de régler le problème. Nous sommes secondés par deux Tovahniens à qui nous avons donné une formation d'infirmier-praticien. Ils sont efficaces, mais pour une blessure à la tête, tu dois être soignée par Carla ou par moi.
— J'attendrai que Carla revienne.
Elle avait conscience de se montrer assez désagréable, mais elle ne pouvait pas s'en empêcher. Cet homme l'avait profondément blessée par le passé. Elle ne voulait plus avoir affaire à lui.
— Je ne crois pas que tu puisses te permettre d'attendre aussi longtemps, dit-il.

Il recula un peu, l'observant attentivement, comme s'il étudiait au microscope un virus intéressant.

— Mais, dis-moi, que faisais-tu dans les souterrains du château sans t'être équipée d'un casque ?

— Un casque... Oui, j'aurais dû sans doute en mettre un. Mais je n'en ai pas eu l'occasion, et j'avais tellement envie de tout voir.

— Alors, Victor t'a fait visiter le sous-sol ?

— C'était l'administrateur des biens de mon cousin. Il connaît bien le château.

— Il connaît aussi le règlement concernant le port du casque. Il ne t'a pas mise en garde ?

— Si, bien sûr. Il m'a dit que c'était dangereux et qu'on devrait condamner l'accès aux souterrains. Maintenant, je suis de cet avis, moi aussi. L'idée de Victor est que je ferme l'entrée des souterrains et que je divise le château en appartements. Il dit que la vue sur la mer est si belle qu'elle justifierait de fixer des loyers exorbitants, ce qui dynamiserait l'économie de l'île.

— Oui, sans doute, dit Leo d'un ton sec. Et qui donnerait à Victor l'occasion de gagner encore plus d'argent.

Elle poussa un soupir.

— Leo, ne pouvons-nous pas en finir ? Soigne ma blessure, dis-moi combien je te dois, et laisse-moi partir.

— Il est évident que je ne te garderai pas plus longtemps qu'il n'est nécessaire. Mais tu as perdu connaissance. Tu sais aussi bien que moi que tu dois rester en observation cette nuit, que cela te plaise ou non.

Il se tourna vers l'infirmière et s'adressa à elle en tovahnien.

— Maria, il faudrait faire ces radios avant de soigner convenablement la blessure. Pouvez-vous vous en occuper ? Mais je vais d'abord donner un antalgique à notre patiente.

Il se tourna vers Anna.

— Entre 1 et 10, quelle note donnerais-tu à cette douleur ?

— Peut-être 6.

— Ah... Tu as vraiment besoin que je te donne quelque chose. As-tu des allergies ?

— Aucune. Merci, ajouta-t-elle d'une voix faible.

— Bien, nous allons régler cela. Maria peut faire les radios. Je reviendrai te voir dès que j'aurai les résultats.

Il lui toucha la main.

Un geste qu'on faisait avec n'importe quel patient afin de le rassurer. Un geste purement professionnel. Alors, pourquoi ce contact semblait-il la brûler... ?

Mais non. Elle se trompait. Ce choc reçu sur la tête la rendait stupide. Leo Aretino se comportait en parfait professionnel, voilà tout.

— Merci. Mais ce n'est pas urgent.
— C'est *toujours* urgent. C'est ainsi que je vis, dans l'urgence, grâce à ta famille, ajouta-t-il d'un ton tranchant.

« Ta famille. »

Ces mots faisaient écho à ce qu'il lui avait dit avant de la quitter, des années auparavant : « Ta famille vole mon pays, nous dépouillant de tout. Comment pourrais-je me lier à quelqu'un qui, de près ou de loin, a quelque chose à voir avec les Castlavara ? Je suis désolé, Anna, mais toi et moi, c'est fini. »

Elle sentit ses yeux devenir humides.

C'était sûrement à cause du choc qu'elle avait reçu. Les chocs à la tête avaient un effet sur les glandes lacrymales. Ses larmes n'avaient rien à voir avec ce type arrogant qu'elle avait aimé et qui maintenant s'érigeait en juge.

— Je vois que tu continues de nous juger, dit-elle.
— Je ne juge pas, je constate un fait, voilà tout. Maria va s'occuper de toi. Je reviendrai pour faire les points de suture. Et, par la même occasion, je te donnerai ta note.
— Je payerai ce qu'il faut, murmura-t-elle. Fais-moi sortir d'ici le plus vite possible. Tout ce que je veux, c'est rentrer chez moi.

Leo désirait autant qu'Anna qu'elle parte. Et même encore plus qu'elle. La simple idée d'avoir une Castlavara dans sa salle de soins suffisait à lui donner des boutons.

Mais il s'agissait d'Anna, et ce qu'il ressentait pour elle...

Il y avait deux femmes en elle. Elle était Anna Raymond, la magnifique étudiante rousse pleine de vie dont il était tombé amoureux. Mais elle était aussi Anna Castlavara, la fille de Katrina Castlavara, dont la famille avait bâti sa fortune en retenant depuis des générations dans ses mains cupides toutes les richesses de ce petit pays.

« Je n'ai rien à voir avec eux. » C'était ce que lui avait répondu Anna lorsqu'il avait découvert le lien qu'elle avait avec cette famille honnie.

Cela avait été pour lui un vrai choc. Il sortait avec elle depuis six mois, il l'aimait à la folie, convaincu à dix-neuf ans que la vie lui offrait ce qu'il y avait de meilleur. Et puis, il avait rencontré la mère d'Anna.

Celle-ci revenait d'Amérique où elle était partie avec un type dont Anna lui avait dit qu'il s'ajoutait à la longue série d'hommes qui avaient partagé la vie de Katrina.

Elle semblait connaître assez peu sa mère.

« Ma mère et moi, avait-elle dit, on se voit rarement. Autant que je sache, elle a quitté Tovahna adolescente et n'y est jamais retournée. Elle m'a simplement dit que sa mère était morte jeune et que son père était horrible. J'imagine qu'elle a dû être une enfant rebelle... Quand j'étais petite, elle me chantait des chansons comme celle que tu as entendue, et lorsqu'elle s'ennuyait entre deux amants, elle s'amusait à m'apprendre le tovahnien. C'était notre langage secret. Je pense qu'elle devait avoir un peu le mal du pays, même si elle n'en disait jamais rien. Elle refuse de parler de sa famille. Elle dit qu'ils l'ont rejetée et qu'elle aussi les a rejetés. Elle m'a dit également que la plupart des jeunes de Tovahna finissaient par émigrer et qu'ils n'y retournaient jamais. »

Ils le faisaient encore, songea-t-il en serrant les dents.

L'essentiel de l'activité économique de l'île consistait à produire des olives et des tomates, à pêcher et à payer des loyers exorbitants aux Castlavara. Il n'y avait pas de roi ni de président, pas même de dirigeant officiel. L'île appartenait aux Castlavara, tout simplement. De génération en génération, ils avaient exercé le pouvoir avec cupidité, et rien n'était venu troubler cette règle. Il n'y avait sur cette île rocheuse rien qui soit de nature à attirer des étrangers. Ses habitants étaient pacifiques, ultra-conservateurs, acceptant le statu quo comme leurs parents et leurs ancêtres l'avaient toujours fait.

Maintenant, le statu quo avait changé. Yanni Castlavara, le dernier porteur du nom, était mort sans descendance. L'héritage était alors allé à une femme que personne dans le pays ne connaissait, une femme qui était née à l'étranger et qui, d'après ce qu'il en savait, n'avait que peu d'intérêt pour la terre de ses aïeux.

Le moment n'était-il pas venu que la population se dresse et dise : « Cela suffit ! » ? La terre ne devrait-elle pas appartenir à ceux qui la cultivaient depuis des générations ?

Mais rien ne se passait. Les jeunes n'avaient qu'une ambition : émigrer. Et ceux qui restaient sur l'île se montraient apathiques, ne voulant rien changer à l'ordre établi. Le fait qu'Anna hérite serait donc accepté avec stoïcisme.

Peut-être devrait-il provoquer lui-même une révolution ?

Mais il était bien trop occupé pour mener une insurrection politique. Il avait toujours du travail qui l'attendait.

Comme la blessure d'Anna.

— Pourvu que ce ne soit pas une fracture...

Il ne songeait pas seulement à elle. Il avait besoin de la voir quitter son hôpital pour pouvoir reprendre le cours normal de sa vie.

Son prochain patient était un enfant amené par ses grands-parents « parce qu'il ne mangeait pas », ce qui voulait sans doute dire qu'on lui donnait trop de bonbons, lui coupant ainsi l'appétit. Cela faisait trois heures qu'ils attendaient. Les parents avaient quitté l'île pour rendre visite à la grand-mère maternelle tombée malade.

Il prit le temps de rassurer les grands-parents inquiets et leur donna un formulaire où ils devaient noter tout ce que leur petit-fils ingérerait. Ils prendraient alors conscience de tout ce qu'ils faisaient entrer dans cette petite bouche.

En d'autres circonstances, cela l'aurait fait sourire, mais il n'avait pas le cœur à cela lorsqu'il revint vérifier les radios d'Anna.

Tout allait bien. Excellent. Il devait cependant la garder toute la nuit à l'hôpital. Le risque d'hémorragie interne subsistait. Mais d'abord il fallait faire les points de suture.

Il alla voir sa collègue, plein d'espoir, mais les nouvelles n'avaient rien de rassurant. Carla, qui avait la soixantaine, l'esprit pragmatique et un cœur d'or, était toujours aux prises avec un accouchement difficile.

— Elle va peut-être avoir besoin d'une césarienne, dit-elle. Nous faisons de notre mieux, mais au premier signe de détresse fœtale, j'aurai besoin de toi, Leo. Ne t'éloigne pas.

— Je me demandais si tu pourrais poser des points de suture, dit-il en jetant un coup d'œil derrière elle à la femme en plein travail. On échange nos places ?

Elle secoua la tête en souriant.

— J'ai accompagné ma patiente jusqu'à présent, ce ne serait pas gentil de ma part de la quitter maintenant. Maria m'a dit que la tienne est une Castlavara. Je comprends que tu aies envie que nous échangions nos places. Soigne-la comme n'importe quel autre patient et multiplie le prix de ton intervention par cent. Qui sait ? Si tu es aimable avec elle, peut-être pourrons-nous la convaincre de nous payer une nouvelle ambulance ? Use de ton charme, docteur Aretino.

Anna était installée dans un box, les rideaux tirés. L'antalgique que Leo lui avait donné commençait à faire son effet, mais elle avait les idées encore plus confuses et avait toujours mal à la tête. Dire qu'elle était malheureuse serait un euphémisme. Elle se sentait coupée du monde extérieur, dans un pays étranger, dans les mains de l'homme qui, dix ans auparavant, l'avait rejetée.

Comme elle aurait voulu se retrouver chez elle, dans son joli petit cottage, dans son village anglais, entourée de gens pour qui elle était autant une amie qu'un médecin et de ses deux chiens fous qu'elle adorait ! Elle en avait confié la garde provisoire à Rhonda, sa voisine. À cette heure-ci – on était au milieu de l'après-midi —, celle-ci devait être en train de les promener dans les bois...

Elle sentit les larmes venir.

Mais elle ne devait pas pleurer. Elle était une femme solide, indépendante, pleurer serait stupide de sa part. Ce qu'elle ressentait était stupide.

Elle aurait dû demander à quelqu'un de l'accompagner dans ce voyage. Peut-être à Martin ?

Martin, son ex-petit ami avocat. Ils avaient eu une relation qu'on pouvait qualifier de tiède jusqu'à ce qu'il tombe éperdument amoureux de sa meilleure amie, Jennifer. Mais ils étaient restés amis, et lorsque Martin et Jennifer avaient appris qu'elle héritait de son cousin, ils avaient été fascinés. Martin s'était livré à des recherches.

« En résumé, avait-il dit, tes biens sont immobilisés durant vingt ans dans un trust, et tu ne peux pas y toucher. Tu devras attendre avant de pouvoir disposer librement de ta fortune. Le pays est dans un triste état, mais tu n'y peux rien. Les clauses du trust ne te laissent guère la possibilité d'y changer quoi que ce soit. Mon conseil : laisse tout cela dans les mains de ce Victor qui connaît bien la situation. Tu vas toucher des revenus incroyables. Tu es désormais à l'abri du besoin. Signe les papiers et oublie le reste. »

Mais elle n'avait pas pu se résoudre à signer des papiers et à oublier. Et voilà comment elle s'était cogné le crâne contre une voûte du XIIe siècle et s'était retrouvée face à Leo.

Oh ! que sa tête lui faisait mal !

Leo réapparut, l'air pressé.

— Bon, Anna, occupons-nous de ces points de suture. Tes radios montrent que tu n'as pas de fracture. Nous allons te garder en observation cette nuit, mais il ne devrait pas y avoir de problème. Maria va apporter ce dont nous avons besoin.

Elle ne l'avait pas entendu arriver. Dans le cas contraire, elle aurait peut-être réussi à se contrôler, mais là...

Elle tendit la main vers la boîte de mouchoirs en papier qui se trouvait sur la table de chevet et s'enfouit le visage dans un océan de papier blanc, incapable de retenir ses sanglots.

Depuis qu'elle avait décidé de se rendre à Tovahna, elle avait eu une semaine éprouvante, avait à peine dormi. Le voyage s'était avéré compliqué et fatigant. Victor l'avait submergée d'informations qu'elle avait du mal à retenir. Et puis, il y avait eu ce choc brutal, et tout le sang qu'elle avait perdu. Elle se sentait à bout de forces, déstabilisée, l'esprit confus à cause des médicaments, et elle souffrait toujours. Et, pour finir, Leo la regardait comme si elle n'était qu'un monstre pitoyable.

Leo qu'autrefois elle avait aimé de tout son cœur.

Il lui fallait d'autres mouchoirs en papier. Elle essaya d'attraper la boîte à l'aveuglette, sans succès.

À cet instant, elle sentit qu'on lui mettait dans la main des mouchoirs propres et qu'on lui enlevait ceux qu'elle avait trempés de ses larmes.

Elle put à peine dire merci. Se mouchant de nouveau, elle tenta de cesser de pleurer, mais sans y parvenir. Elle tremblait de tout son corps.

Ces stupides médicaments. Cette stupide blessure à la tête. Tout était stupide, stupide, stupide...

Soudain, elle sentit le poids d'un corps sur le lit à côté d'elle, et des bras vinrent l'enlacer, l'enveloppant dans une étreinte chaude et puissante.

Il ne manquait plus que cela !

La voix de la raison aurait dû la pousser à réagir, à repousser Leo, à lui ordonner de s'écarter d'elle immédiatement. Mais elle n'avait pas les idées assez claires pour agir de façon cohérente. Elle se sentait faible, vulnérable, et ces bras qui l'entouraient lui faisaient du bien.

Elle se laissa aller contre sa poitrine.

Elle sentait battre le cœur de Leo. Des battements forts et réguliers. Aucune pression ne s'exerçait sur elle. Leo ne la repoussait pas. Il était simplement assis près d'elle et la tenait contre lui, lui laissant le temps nécessaire pour se ressaisir. Retrouver son calme.

Il portait une blouse blanche un peu rêche. Elle aimait bien cela. La médecine et Leo... Cette combinaison solide lui donnait un sentiment de sécurité. L'impression d'être chez elle.

Quelle idée ! Chez elle, c'était l'Angleterre, ses chiens, son village, sa petite communauté.

Non, elle n'aimait pas Leo ! Elle ne voulait pas retourner dans le passé. Ce n'était qu'une illusion, le souvenir de temps révolus, cela ne pouvait lui apporter aucun réconfort. Mais pour l'instant, elle avait besoin de lui, de la force de ses bras, de sa chaleur, de sa solidité.

— Voici le matériel pour le pansement, dit une voix féminine depuis l'embrasure de la porte.

En voyant le spectacle qui s'offrait à elle, l'infirmière crut bon de s'excuser.

— Oh ! Désolée, je reviendrai plus tard.

— Non, tout va bien, dit Leo en s'écartant d'Anna. Venez poser cela ici, Maria. Anna, pouvons-nous nous occuper de ces points de suture ?

Elle avait les yeux gonflés et se sentait morte de honte, mais elle réussit à rassembler ce qu'il lui restait de dignité.

— Je... Oui, bien sûr. Un peu de couture et douze heures de mise en observation, et je sortirai d'ici.

— C'est ce que nous souhaitons l'un et l'autre, dit Leo.

Les vieux ressentiments refirent surface.

Cet homme était son médecin traitant. Elle avait besoin qu'il la soigne. Il l'avait réconfortée en la serrant contre lui.

Elle avait pourtant une envie folle de le gifler.

2

La nuit avait paru longue à Leo, et pas seulement pour des raisons liées à ses responsabilités médicales. Il avait pu dormir à peine deux heures, d'un sommeil agité hanté par l'image d'Anna.

Le petit enfant qui mangeait trop de bonbons et la coupure au front d'Anna étaient les derniers cas sans réelle gravité dont il ait eu à s'occuper. L'accouchement que surveillait Carla s'était terminé par une césarienne présentant certains risques. Greta était diabétique. Elle avait voulu à tout prix que son bébé naisse par voie naturelle et avait convaincu Carla de la laisser essayer. Mais son taux de sucre dans le sang avait atteint un chiffre inquiétant, et tandis que Carla prenait soin du nouveau-né, il avait bataillé pour stabiliser la mère. Il avait dû ensuite prendre en charge trois adolescents qui s'étaient blessés au cours d'une bagarre de rue.

Ce n'était pas un cas isolé. Ici, les gamins s'ennuyaient à mourir. Il y avait peu de travail pour les jeunes et pas grand-chose pour les occuper... Et la responsable de cette situation se trouvait dans son hôpital.

Il ne se montrait pas très juste envers Anna, il en convenait. Elle n'était pas personnellement responsable de l'avidité dont avait fait preuve sa famille. Mais, à présent, c'était elle qui se trouvait à la tête de cette fortune colossale. Qu'une personne puisse être aussi riche et qu'elle dispose d'un tel pouvoir sur autant de vies humaines, cela le rendait fou et l'emplissait de rage depuis l'adolescence.

Dès l'aube, il passa voir ceux de ses patients qui avaient été hospitalisés.

Les trois adolescents allaient bien, leurs blessures n'étaient pas trop graves : des coups de couteau, des ecchymoses et deux fractures qu'il pouvait traiter lui-même. Dans l'idéal, un des garçons aurait dû être adressé à un chirurgien orthopédiste, mais où trouver les fonds pour cela ? Il devait penser au coût des soins pour la famille et tenter d'utiliser au maximum ses propres compétences.

Il fit un passage rapide dans la cuisine de l'hôpital pour prendre un petit déjeuner, et Carla, qui était rentrée chez elle dormir un peu, vint l'y retrouver.

Malgré ses soixante ans, elle se comportait d'habitude comme si elle en avait vingt de moins. Ce matin, toutefois, elle se frottait la tempe et paraissait fatiguée.

— Mal à la tête ? demanda-t-il.

— J'ai besoin d'une aspirine. Mais pourquoi ai-je la migraine alors que c'est toi qui es resté debout presque toute la nuit ? Cela a été dur, non ?

Il hocha la tête et avala une gorgée de café tiède.

Il aurait bien voulu remplacer la machine à café, mais il faudrait d'abord acheter un nouveau stérilisateur pour le bloc opératoire. Il y avait toujours d'autres priorités.

— Personne n'est mort ? s'enquit Carla.

Il se demanda si elle posait cette question à cause de la tête qu'il faisait.

— Non, personne. Bien qu'il y ait trois gamins qui ont essayé de s'entre-tuer. Des couteaux, de l'alcool... Ils ont dix-sept ans, pas de travail et aucune perspective d'avenir. C'est un désastre, Carla.

— Il faut en parler à l'héritière.

— Tu connais les règles. Son argent ne peut être utilisé que pour le château. Même si j'arrivais à la convaincre...

— Tu pourrais essayer.

— C'est une Castlavara. Pourquoi cela changerait-il ?

Soudain, Carla parut retrouver toute son énergie.

— Mais elle vient d'ailleurs ! Et Maria dit que tu la connais déjà.

Bien sûr. Rien n'échappait à personne dans cet hôpital.

— Nous nous sommes rencontrés à la faculté de médecine, dit-il d'un ton brusque. J'ignorais qui elle était.

— Elle est médecin ?

— Oui, j'imagine qu'elle a terminé sa formation.

— Ouah ! C'est merveilleux. Tu pourrais la convaincre de nous aider, non ? Leo, ce qu'il faut, là, c'est user de ton charme.

Il la regarda d'un air suspicieux.

— User de mon charme ?

Il connaissait Carla depuis longtemps. Cette femme qui débordait d'énergie et d'idées n'avait pas peur de dire tout haut ce qu'elle pensait. En fait, c'était Carla qui, autrefois, avait convaincu sa mère et toute la ville de l'envoyer étudier la médecine à Londres. Carla y avait elle-même fait ses études grâce à l'aide d'une tante qui avait émigré là-bas.

— Pourquoi ne pas la séduire ? poursuivit-elle. Et peut-être même pousser les choses plus loin ? Elle a le même âge que toi et possède pratiquement toute l'île. En plus, elle est médecin.

— Un médecin qui est une Castlavara.

— Il faut en finir avec les préjugés ! J'ai bien envie d'aller la voir et de lui faire du charme moi-même.

— Vas-y, je t'en prie. Il faut l'examiner pour l'autoriser à quitter l'hôpital.

— C'est ta patiente... Et ton projet, ajouta Carla en riant.

— J'ai du travail qui m'attend. Mon objectif est de la faire sortir d'ici le plus rapidement possible.

— Mais le pays a besoin d'elle. Tu pourrais faire un effort.

— Arrête ! De toute façon, j'ai cru comprendre qu'elle est venue prendre possession de son héritage et qu'elle va repartir aussitôt.

— Dans ce cas, garde-la à l'hôpital un peu plus longtemps...

— Laisse tomber, Carla. Nous avons du travail.

Elle le regarda, l'air soucieux.

— Leo, qu'est-ce qui ne va pas ?

— Rien ! Il faut juste qu'Anna s'en aille d'ici. Allons-y.

Grâce aux analgésiques prescrits par Leo, Anna avait dormi. Elle avait eu un petit déjeuner. Une très jeune infirmière l'avait aidée à se doucher. Elle devrait porter un foulard pendant quelque temps, mais elle avait l'impression de mieux se contrôler.

Elle avait besoin de quitter cet hôpital.

Sa chambre minuscule était propre mais minable : du linoléum, un sommier métallique, une petite table roulante, et rien d'autre. L'unique fenêtre de la pièce donnait sur un mur en brique, et l'éclairage consistait en une ampoule nue accrochée au plafond. C'était le genre de chambre qui n'aidait pas à se sentir mieux. Cela ressemblait plutôt à une cellule.

Leo avait-il fait exprès de l'installer ici ? Lui avait-il donné la pire chambre de l'hôpital ?

Victor arriva peu après le petit déjeuner, lui apportant sa valise. Il se dit horrifié par ce qui était arrivé et se montra si volubile qu'elle se sentit bientôt épuisée. Elle réussit à le faire sortir de la chambre le temps qu'elle ôte la chemise prêtée par l'hôpital, mais l'effort qu'elle fit pour enfiler un jean et un T-shirt la laissa sans force et presque dans les vapes. Elle s'allongea sur le lit, et, aussitôt, Victor réapparut. Cette fois, il tenait à la main une énorme liasse de documents.

— Je ne peux pas les lire ici, dit-elle. J'ai besoin d'un conseil juridique si ces papiers concernent mes biens. Je les emporterai en Angleterre et les ferai vérifier.

— Je n'ai apporté que les documents les plus urgents. Il y a des choses qui ne peuvent attendre, comme la nécessité de condamner l'accès à ces souterrains. Je vous ai avertie. Plus tôt on le fera...

— Plus tôt vous pourrez commencer à convertir le château en appartements de rêve ?

La voix venue du seuil de la pièce les fit sursauter tous les deux.

— Bonjour, dit Leo en entrant dans la chambre. Victor, puis-je vous demander de sortir, le temps que je vérifie l'état de Mlle Castlavara ?

— Je m'appelle Anna Raymond, corrigea-t-elle.

— Tu es la propriétaire du château. Tout le pays te connaît comme étant une Castlavara. Je ne vais pas aller à l'encontre de mon pays. Victor...

— Mais Mlle Raymond doit signer certains papiers. C'est urgent !

— Plus important que la santé d'Anna ?

— Qu'est-ce qui vous autorise à la tutoyer et à l'appeler Anna ?

— Elle m'en a donné le droit il y a quelques années, dit Leo. Lorsque nous nous sommes rencontrés à la faculté de médecine…

L'idée que Leo puisse raconter leur histoire à Victor la fit frémir.

— Nous nous sommes connus lorsque nous étions étudiants, intervint-elle en hâte. Et il peut bien m'appeler par mon prénom au lieu de me donner du Castlavara. Victor, je regrette, mais je ne vais rien signer maintenant. Le Dr… Leo pourra vous dire que j'ai pris de puissants analgésiques, aussi, ce que je pourrais signer maintenant n'aurait aucune valeur légale.

— Vous allez très bien, protesta Victor. Personne n'ira contester votre signature.

— Si, moi, dit tranquillement Leo. Allez-vous-en, Victor.

— Je vous en prie, Victor, ajouta-t-elle, emportez ces papiers avec vous. Honnêtement, je n'ai pas les idées très claires.

Victor savait reconnaître sa défaite. Il la regarda d'un air déçu puis se radoucit.

— Désolé. Vous avez raison, vous n'êtes pas en état de réfléchir. Mais nous allons vous ramener au château le plus tôt possible. Vous avez besoin de repos. Vous serez mieux chez vous que dans ce triste endroit.

Il jeta à la chambre un regard de dégoût, et à Leo un regard furieux, puis il sortit de la pièce.

Restée en tête à tête avec Leo, elle se sentit bizarre. Seule, vulnérable, effrayée ?

— N'as-tu pas une infirmière qui t'accompagne lors de tes visites aux patients ? demanda-t-elle.

— Si j'étais en Angleterre, peut-être. Mais les infirmières coûtent cher, et cet hôpital n'a pas d'argent. Nous disposons d'un personnel très réduit. Tout ce pays fonctionne avec très peu de moyens.

C'était une accusation.

Elle ne savait pas quoi répondre. Leo la regardait comme une étrangère, certainement pas comme une femme qui avait dormi dans ses bras, partagé sa vie...

Allons ! Inutile de songer au passé. C'était ridicule de porter encore le deuil d'un amour perdu depuis dix ans. Il fallait aller de l'avant.

Mais la douleur avait été profonde, et elle refaisait surface à présent. Ce type était trop grand, avec des yeux trop brillants, des cheveux trop noirs. Il ressemblait trop au Leo d'autrefois.

— Si tu manques à ce point de personnel, il vaut mieux que je libère un lit. Signe ma décharge maintenant, Leo. Plus vite je quitterai cette cellule, mieux je me porterai.

— Tu parles de cellule ?

— Cette chambre est affreuse. Pourquoi ne la fais-tu pas repeindre ?

Il ne répondit pas, mais elle vit son visage se crisper tandis qu'il serrait les poings, comme s'il se retenait d'exploser.

— Dans tout l'hôpital, nous n'avons que deux chambres particulières, dit-il enfin. Nous les réservons aux personnes qui ont vraiment besoin d'intimité, généralement celles dont les jours sont comptés. Nous avons un patient qui vient de décéder, libérant ainsi cette chambre. Compte tenu de qui tu es et de ce que tu représentes, nous avons considéré qu'il fallait te donner une chambre individuelle. Crois-moi, si nous t'avions mise avec une autre patiente, tu aurais vu la moitié de la population rendre visite à ta voisine de lit simplement pour venir te regarder comme une bête curieuse. Nous t'avons donc fait une faveur. Nous t'avons installée dans l'une de nos meilleures chambres.

— Vos meilleures chambres...

— Je te l'ai dit, nous manquons d'argent. Mais je ne vais pas te garder plus longtemps ici. Nous avons commencé à te mettre sous traitement antibiotique. Tu pourras continuer à le suivre chez toi. Tu devras le prendre jusqu'au bout. Il y a des tas de sales bestioles dans ces souterrains, et mieux vaut éviter tout risque d'infection. Je me demande à quoi pensait Victor quand il t'a emmenée là-bas sans t'équiper d'un casque.

— Il voulait me prouver que l'endroit était dangereux.

— Il l'est, évidemment. Mais pas si on prend les précautions nécessaires.

— Tu y es déjà descendu ?

— J'imagine que tous les gamins à l'esprit aventureux vivant dans un rayon de trois kilomètres autour du château sont allés dans les souterrains.

— Malgré les sales bestioles ?

— Cela ajoutait du piment à l'histoire.

— Mon cousin n'autorisait certainement pas les enfants à pénétrer dans le château.

— Il existe plusieurs façons d'y entrer, et personne ne s'est jamais soucié de bloquer ces issues. Ton cousin, ton oncle et ton grand-père se fichaient bien de ce qui pouvait se passer dans les souterrains, du moment que cela ne troublait pas leur petite vie tranquille et paresseuse. Laisse-moi examiner ta blessure, et ensuite, tu pourras partir.

— Et je pourrai commencer à mener une petite vie tranquille et paresseuse ?

Il soupira.

— Anna, j'ignore ce que tu comptes faire. Cela fait longtemps que Victor voudrait transformer le château en appartements de luxe et aménager un héliport privé pour les clients. Ce serait une sorte d'oasis de rêve pour des étrangers richissimes. Il y a quelques années, il a engagé des architectes et essayé de convaincre ton cousin que ce projet ne gênerait en rien sa vie privée. L'un de ces architectes a oublié ses plans dans un taxi local, et le chauffeur s'est empressé de les diffuser dans toute l'île. Mais ce projet est resté sans suite. Ton cousin ne voyait pas l'intérêt qu'il pourrait tirer de cette opération. Bon, voyons ta blessure...

— Voilà pourquoi Victor veut tellement condamner au plus vite l'accès aux souterrains.

— Il voit d'un mauvais œil que la retraite idyllique qu'il voudrait proposer puisse être perturbée par des gamins de douze ans. Mais je suis ici pour examiner ta tête, Anna, pas pour parler de plans qui ne me concernent en rien.

L'heure n'était plus à la conversation.

Il regarda son crâne et, sans défaire le pansement, nota l'étendue de l'ecchymose, puis il examina ses yeux et sa capacité visuelle. Après quoi, il alla au pied du lit lire la fiche d'observation.

— As-tu mal à la tête ? demanda-t-il lorsqu'il eut fini sa lecture.
— Seulement quand je ris. Et quand tu es là, il m'est difficile même de sourire.

Il ne fit aucun commentaire.

— Des vertiges ?
— Si je me lève brusquement, mais c'est normal.

Il approuva d'un signe de tête.

— Vas-y doucement pendant quelques jours, alors. Fais ce que Victor t'a conseillé : repose-toi dans ton château et admire la vue.
— Oh ! assez !

Elle se mit debout et le fusilla du regard.

— C'est vraiment minable. Que t'ai-je donc fait, Leo Aretino, pour que tu te comportes avec moi comme si j'étais une moins-que-rien ?
— C'est très exagéré.
— Non, absolument pas. Que t'ai-je fait ?
— Rien du tout.
— Autrefois, tu m'as demandée en mariage.
— Il y a bien longtemps de cela.

Il ferma les yeux. Lorsqu'il les rouvrit, son regard était plus doux. Avait-il des regrets ?

— On fait tous des choses stupides quand on est jeune. Dont demander en mariage quelqu'un qu'on connaît à peine.
— Mais tu me connaissais ! Tu avais couché avec moi pendant...
— Je n'ai pas envie d'en parler. C'est de l'histoire ancienne.
— Qui affecte la façon dont tu me traites maintenant.
— Je te traiterais exactement de la même façon si nous n'avions pas été amants.
— Tu mens, et tu le sais. Je t'ai observé quand nous nous préparions à devenir médecins. Je t'ai vu avec des patients. Tu es gentil et attentionné, et la nuit dernière, tu es venu me réconforter en me serrant dans tes bras. Maintenant que je cesse d'être ta patiente, tu redeviens froid et sarcastique avec moi comme tu l'as été dès que tu as su qui était ma mère.
— Anna...

— Tu me dois des explications, Leo. C'est une question qui me tourmente depuis des années, poursuivit-elle d'un ton plus calme. Je sais que je devrais ne plus y penser, mais je n'ai jamais compris ce qui s'est passé. Je crois que je vais finalement rester un moment ici, non seulement dans ton île, mais dans cette ville même. Nous sommes sans doute appelés à nous revoir...

Elle respira un grand coup. Ce qu'elle allait dire était si énorme qu'elle avait du mal à mettre de l'ordre dans ses idées.

— Il se peut même que ce soit moi qui décide du financement de cet hôpital.

Il la regarda, l'air incrédule.

— Serais-tu en train de me faire du chantage ? Si je ne te dis pas pourquoi je ne t'ai pas épousée, tu nous coupes les vivres, c'est ça ?

Elle se sentit suffoquer de colère.

Le grossier personnage ! Pendant des années, elle s'était sentie perdue, ne comprenant rien à son histoire avec lui. Ils avaient vécu six mois merveilleux, puis plus rien. Jusqu'à la fin de leurs études, il l'avait évitée le plus possible. Il ne s'était jamais expliqué. Et lorsqu'ils étaient forcés de se retrouver ensemble, il se montrait d'une politesse glaciale envers elle.

Elle s'était sentie blessée, trahie, le cœur brisé. Elle avait souffert chaque fois qu'elle était face à lui.

Mais elle était très jeune, à l'époque. Maintenant, elle était un médecin expérimenté qui assumait des responsabilités. Il n'était pas question qu'elle laisse cet homme l'insulter.

— Tu me crois vraiment capable de faire une chose pareille ? dit-elle d'un ton neutre. Du chantage ?

— Ce que tu fais ne me regarde pas, rétorqua Leo d'un ton cassant.

— Si je coupais le financement de ton hôpital, bien sûr que tu serais concerné. Tu m'en crois capable ?

— C'est ton droit le plus strict. Dieu sait combien nous avons dû batailler pour obtenir le peu que nous avons. Tu possèdes ce bâtiment. En tant que propriétaire...

— Leo, tu penses que je pourrais fermer l'hôpital ?

— Tu es une Castlavara.

— Parce que tu crois que la dureté de cœur est génétique ? Comme si le besoin d'amasser de l'argent sans se soucier des autres se transmettait avec le nom ?

— Je connais les règles concernant ton héritage, dit-il d'un ton las. Tu n'as pas le choix. Tout l'argent va à l'entretien du château et à ton confort personnel. Le financement dont nous disposons est destiné uniquement à nous permettre d'assurer des soins médicaux à la famille Castlavara et au personnel du château. Nous nous débrouillons comme nous pouvons pour soigner aussi les autres habitants de l'île. Ce système a été mis en place il y a des siècles, il est inscrit dans notre constitution. Tu crois que nous ne savons pas que tu ne peux rien y changer ?

— En tout cas, je n'ai pas l'intention de couper les vivres à ton hôpital.

— Génial. Merci beaucoup.

— Arrête tes sarcasmes ! lança-t-elle, se retenant pour ne pas hurler. Je ne menace pas ton hôpital, mais il y a tellement de choses que je ne comprends pas. C'était il y a dix ans... N'est-il pas temps que tu me dises pourquoi tu ne m'as pas épousée ?

La jeune infirmière qui l'avait aidée à prendre sa douche apparut sur le seuil de la chambre. Elle haussa les sourcils et s'esquiva rapidement.

Aïe ! Elle avait suffisamment fréquenté les hôpitaux pour savoir que ce qu'elle venait de dire allait être bientôt connu de tout l'hôpital, et même de tout le pays. Les ragots se diffusaient partout de la même façon, en n'importe quel point du globe. Peut-être aurait-elle mieux fait de se taire.

Mais ce type l'avait blessée. Profondément. Depuis dix ans, elle avait besoin d'avoir une explication. Et là, maintenant, elle se sentait assez forte – et suffisamment en colère – pour l'exiger.

— Je t'ai dit pourquoi je ne pouvais pas t'épouser, dit Leo en se passant nerveusement les doigts dans les cheveux.

— Tu m'as dit que des problèmes de famille t'empêchaient d'épouser une Castlavara. Tu as dit que si tu le faisais tu ne pourrais jamais rentrer chez toi.

— C'était la vérité.

— Et je t'ai répondu que, si la situation était aussi compliquée, nous pourrions nous installer ailleurs, en Australie ou au Canada. J'étais prête à te suivre n'importe où, Leo. Mais tu es parti.

— Je suis revenu ici. Dans le pays qui avait besoin de moi.

— Tu n'as donc pas été capable d'affronter l'hostilité de ta famille. Tu as choisi ta famille plutôt que moi.

— J'ai choisi mon pays plutôt que toi. Et je persiste dans ce choix.

— Quoi ? Tu veux dire que je compte encore pour toi ?

— Ce n'est pas ce que j'ai voulu dire…

— Je n'ai aucune idée de ce que tu voulais dire, car tu ne t'es jamais expliqué. Tu as rompu, c'est tout.

Elle soupira.

— Ça suffit. J'ai dépassé tout cela. Ou du moins, je devrais. Tomber amoureuse quand je n'étais encore qu'une gamine n'a pas déterminé ma vie. Il en ira de même pour ce qui est de cet héritage. Je mène une vie très agréable en Angleterre. Je vais expédier ce que j'ai à faire ici, après quoi je rentrerai chez moi.

— En laissant Victor n'en faire qu'à sa tête.

— Il dirige toute l'administration du château. Crois-tu que je serais en mesure de faire mieux ?

— Tu pourrais au moins essayer.

— Et laisser tomber ma vie en Angleterre ? Pourquoi ferais-je une chose pareille ? Quand tu avais dix-neuf ans, tu as eu le choix de changer de vie afin que nous puissions être ensemble, mais tu as jugé que c'était impossible. Pourquoi, moi, devrais-je le faire ?

Leo sortit de la chambre d'Anna, s'arrêta dans le couloir, et contempla sans le voir le mur blanc qui lui faisait face.

Le souvenir de ce qui s'était passé dix ans plus tôt revenait l'assaillir. Il voyait le visage livide d'Anna lorsqu'il lui avait dit qu'il ne pouvait pas l'épouser. Elle était visiblement sous le choc, avec le sentiment d'être trahie.

Mais qu'aurait-il pu faire d'autre ? Comment expliquer à Anna que le fait qu'elle soit une Castlavara rendait leur union impossible ? S'ils se mariaient et retournaient à Tovahna, il se retrouverait intégré dans une famille que la population haïssait.

Et la communauté qui s'était cotisée pour l'envoyer étudier à Londres le considérerait comme un traître.

Et il y avait aussi un autre problème : depuis la mort de son père, sa mère et lui vivaient de la charité des gens. S'il épousait une Castlavara et revenait avec elle dans l'île, la population y verrait l'histoire inversée de Cendrillon. À dix-neuf ans, l'idée de profiter de la fortune de sa femme le rendait malade.

Il avait pensé à d'autres solutions : aller à l'étranger, n'importe où, et se construire une vie nouvelle à deux. Et couper tous les liens avec son île ?

Il s'en était senti incapable. Dès qu'il avait appris à quelle famille appartenait Anna, il avait su qu'il devait la quitter. En prenant de l'âge, il s'était rendu compte qu'il aurait pu mieux lui expliquer les choses, mais à dix-neuf ans, il s'était senti dépassé par la complexité de la situation et avait préféré mettre fin à leur relation.

Et dix ans après, elle était encore en colère. Peut-être en avait-elle le droit...

— Leo, je t'ai dit de faire du charme à la jeune Castlavara, pas de la demander en mariage !

En entendant la voix de Carla qui s'approchait dans le couloir, il sursauta.

— Quoi ?

— Luisa vous a entendus parler de mariage.

Il s'efforça de prendre un air indifférent.

— Elle s'est trompée. Anna et moi, nous parlions en anglais. Quel est le niveau de Luisa dans cette langue ?

— Assez faible, reconnut Carla. Mais elle soutient que vous avez parlé mariage et que tu avais l'air tendu. S'il ne s'agissait pas de mariage... Tu ne t'es pas montré agressif, n'est-ce pas ?

Il soupira et décida de dire la vérité.

— Non. Mais nous avons eu une histoire, Anna et moi. Nous nous sommes connus à la faculté de médecine et avons été ensemble durant six mois. Je n'ai plus eu de ses nouvelles durant des années.

— Et tu ne nous as rien dit parce que...

— Parce que, je viens de te le dire, nous avons eu une histoire, lâcha-t-il, exaspéré. J'ignorais qu'elle était une Castlavara. Nous ne sommes pas sortis ensemble très longtemps. Et quel homme se répand en confidences sur sa vie amoureuse d'adolescent ?

— Tu as eu une vie amoureuse avec une Castlavara ?

Carla le regardait, l'air incrédule. Soudain, elle grimaça comme si elle souffrait.

— Carla, ton mal de tête...
— Ce n'est rien. Il est presque parti.
— Y a-t-il autre chose qui ne va pas ?
— Mis à part qu'il y a trop de patients à voir ? Mais ce n'est pas nouveau, n'est-ce pas ?

Elle avait raison. L'hôpital comptait normalement deux infirmiers-praticiens. Mais Bruno était en congé parce que son fils était tombé d'un arbre et s'était fracturé la jambe. L'enfant était actuellement en Italie, hospitalisé dans un service de chirurgie orthopédique. Freya, elle, se remettait d'une mauvaise grippe qui avait touché une bonne partie de la ville. Cela doublait la charge de travail de Carla et Leo.

— Tu as l'air épuisé, Carla. Es-tu sûre de n'avoir qu'un simple mal de tête ?
— Je vais mieux, vraiment, mais merci de t'inquiéter pour moi.

Ils étaient des amis de longue date. Elle s'approcha de lui et lui planta un baiser sur la joue.

— Voilà. Avec un baiser, cela va déjà mieux. Alors, tu as eu une histoire d'amour avec une Castlavara ? Je n'en reviens pas ! Il faudra que tu me racontes cela en détail. Je crois que tu pourrais encore la séduire, mais pour cela, commence par te raser, tu piques !
— Je sais où je vais aller, grommela-t-il. Vérifier la liste des patients à voir ce matin.
— Je ne l'ai même pas encore regardée. Cela a de quoi effrayer même une femme aussi solide que moi. Mais ton ex-petite amie est médecin, non ? Nous pourrions peut-être lui demander de nous donner un coup de main avant qu'elle retourne dans son château.
— Une Castlavara, soigner des paysans ? Même pas en rêve !

— Ne sois pas si cynique, Leo. Ça ne te ressemble pas, et il n'est pas interdit de rêver. Je pourrais passer la voir et me présenter.

— Tu sais que nous n'en avons pas vraiment le temps. Il n'y a jamais de temps pour rien, ici, à part pour la médecine.

Soudain, elle prit un ton grave.

— Cette femme tient notre destin entre ses mains. Dans notre intérêt à tous, être aimable avec elle m'apparaît comme une priorité. Et toi, te raser est le moins que tu puisses faire.

— Carla...

— Je sais. Je dois me taire et recevoir le prochain patient, comme je le fais tout le temps.

Elle avait dit cela d'un ton sec qui ne lui était pas habituel.

Il la prit par les épaules et la força à le regarder dans les yeux.

— Carla, qu'est-ce qu'il y a ? Tu as attrapé la grippe ?

— Mais non, répondit-elle, sur la défensive. C'est juste un mal de tête.

— Tu souffres beaucoup ?

— Après une bonne nuit de sommeil, cela devrait aller. Ce qu'il faudrait ici, c'est un médecin de plus. J'essaye de faire bonne figure, mais parfois je n'ai plus le moral.

— On en est tous là, mais on doit faire avec ce que l'on a.

— Ou bien tenter de faire du charme à une Castlavara. Je vais essayer, si toi tu t'y refuses. Va t'occuper des patients, Leo. Moi, je vais aller voir notre héritière.

35

3

Anna était prête à partir.

Victor serait là dans dix minutes pour la ramener au château. Elle n'avait presque plus de vertiges. Prendre un petit déjeuner lui avait fait du bien. Elle avait hâte de quitter cet hôpital. Et cette île. Hâte de reprendre sa vie d'avant, de retrouver ses chiens et ses amis, en laissant Victor gérer ses biens. De toute façon, elle ne pouvait rien faire pour les gens d'ici puisqu'elle ne disposerait librement de sa fortune que dans vingt ans.

— Puis-je entrer ?

Une femme se tenait sur le seuil de la chambre. Elle était petite, assez grassouillette, et ses lunettes étaient perchées sur le bout de son nez. Vêtue d'une blouse blanche, avec un stéthoscope dépassant de sa poche, ses cheveux gris noués en un chignon fait à la va-vite, elle affichait un visage si avenant qu'elle inspira aussitôt confiance à Anna.

— Bien sûr !
— Je suis le Dr Rossini, la collègue de Leo. Je m'appelle Carla.
— Ravie de vous connaître, dit Anna en échangeant avec elle une poignée de main
— Je vous ai apporté vos antibiotiques, dit Carla en lui tendant une boîte. Je les ai pris à la pharmacie de l'hôpital. Cela vous évitera d'avoir à aller les chercher vous-même. Vous savez que vous devez suivre le traitement jusqu'au bout, n'est-ce pas ?
— Oui, je sais. Je vous remercie.
— Et je voulais vous rencontrer pour que vous puissiez voir

un membre au moins de l'équipe médicale qui ne porte pas sur vous le regard hostile réservé aux personnes de votre famille.

— C'est le cas de tout le monde, ici ?

— Oui, et ce n'est pas sans raison. Mais j'estime que vous n'y êtes pour rien.

— C'est très aimable à vous, lança sèchement Anna.

Carla esquissa un petit sourire.

— Excusez-moi. Mais j'ai pensé que je devais jouer cartes sur table. Vous dire des choses nous concernant et dont Victor ne vous a sans doute pas parlé, ni même peut-être Leo.

— Très bien, je vous écoute.

Carla porta soudain la main à son front, l'air tendu. Sans doute avait-elle du mal à trouver les mots qu'il fallait pour lui dire ce qu'elle avait sur le cœur.

— Qu'est-ce que Leo vous a raconté sur notre pays ?

— Vous savez que je connais Leo ?

— Il m'a dit que vous étiez sortis ensemble brièvement lorsque vous étiez à la faculté de médecine. Vous a-t-il expliqué quelle était la situation ici ?

« Brièvement. » Le mot faisait mal. Mais elle n'avait pas l'intention de parler de Leo. Il n'avait pas sa place dans cette conversation.

— Vous savez que les Castlavara possèdent tout sur cette île, poursuivit Carla. Absolument tout. Notre pays est minuscule. Nous aurions dû faire partie d'un État plus grand, mais nous avons toujours eu notre indépendance. Notre propre langue. Nos propres ressources. Et, malheureusement, une famille puissante qui a exploité les terres dans son seul intérêt et payé pour étouffer dans l'œuf toute tentative de révolte.

— Je comprends, dit froidement Anna. Mais je ne peux pas faire grand-chose pour remédier à cela maintenant. Vous connaissez les clauses du trust ? Il est stipulé que l'argent ne doit servir qu'à l'entretien du château et à mon bien-être personnel. Victor m'a dit que ce système a été mis en place autrefois pour empêcher les Castlavara de dilapider leur fortune. J'ai du mal à en comprendre la complexité, mais il semble que, légalement, je ne puisse rien y faire. La meilleure solution est que je rentre chez moi, que j'oublie tout cela pendant vingt ans et qu'ensuite je demande à une équipe de juristes d'essayer de trouver une solution.

— Mais, entre-temps, vous pourriez nous aider.
— Comment cela ?
— Eh bien, pour commencer, en achetant un stérilisateur.

Carla saisit la cuiller qu'Anna avait utilisée pour son petit déjeuner.

— Cette cuiller, par exemple, poursuivit-elle. Vous l'utilisez pour votre usage personnel et vous êtes exigeante. Vous pourriez commander maintenant un stérilisateur en demandant qu'il soit livré le plus rapidement possible. Ce ne serait pas notre faute si vous quittez l'hôpital avant d'avoir pu profiter de cet appareil. Et rien ne vous empêcherait de nous autoriser à l'utiliser en attendant le jour où vous en auriez de nouveau besoin.

Anna esquissa un sourire.

Même s'il s'agissait d'une action modeste, elle voyait enfin l'occasion de faire quelque chose de concret avec cet encombrant héritage. Peut-être pourrait-elle se montrer utile, en fin de compte ?

— Vous savez, dit-elle, je trouve que ces draps grattent. J'aimerais équiper l'hôpital de draps plus doux, au cas où je devrais être de nouveau hospitalisée ici. Pourriez-vous en faire la demande ?

Carla afficha un sourire radieux.

— Mais oui ! Ah, je savais que vous ne pouviez pas être aussi horrible que votre cousin. Et pour le café ? Vous ne pouvez pas boire un tel...

Elle se tut brusquement, porta la main à son front et s'agrippa au pied du lit comme si elle craignait de tomber.

Anna se précipita vers elle et tenta de la retenir en la soutenant sous les bras.

Le regard de Carla chavira, ses genoux flanchèrent, et elle s'écroula sur le sol.

Leo était dans la nursery, en train d'examiner le minuscule bébé qui était né dans la nuit, lorsqu'il entendit son biper.

Code bleu. Cela signifiait un arrêt respiratoire ou cardiaque, ou une urgence médicale du même genre.

Il était déjà sorti de la nursery lorsqu'il se rendit compte qu'il s'agissait de la chambre 12. La chambre d'Anna.

Était-il passé à côté d'une hémorragie interne ?

Alors qu'il arrivait près de la chambre 12, il se trouva face à Maria qui poussait le chariot de réanimation.

— Anna..., dit-il d'une voix apeurée.

— C'est pire, répondit Maria. Il s'agit de Carla.

Anna avait appuyé sur la sonnette d'alarme, puis elle avait crié. La jeune infirmière qui l'avait aidée à se doucher était arrivée aussitôt et, voyant la scène, avait demandé du renfort.

Carla avait vomi en touchant le sol. Il avait fallu dégager ses voies respiratoires et la mettre en position latérale de sécurité. Accroupie à côté d'elle, Anna essayait de voir à quoi elle avait affaire.

Un arrêt cardiaque ?

Non. Des maux de tête, une douleur, un évanouissement...

Soudain, Leo s'accroupit près d'elle. Derrière lui, il y avait le chariot de réanimation.

— Carla, appela-t-il d'une voix angoissée.

Carla ouvrit les yeux, mais elle regardait dans le vide.

— Je ne crois pas que ce soit le cœur, dit Anna d'un ton ferme.

Leo et Carla devaient être amis, mais là, il fallait un médecin et non pas un homme débordé par ses émotions.

Leo le comprit. Elle sentit qu'il se ressaisissait.

— Elle est tombée ? demanda-t-il.

— Elle s'est évanouie.

Elle regarda Maria qui, anticipant ce dont elle avait besoin, lui tendit une serviette. Anna s'en servit pour nettoyer le sol autour de la tête de Carla, puis, avec une autre serviette, elle lui essuya le visage.

— Elle paraissait avoir mal à la tête, dit-elle. Je l'ai vue porter la main à son front comme si elle souffrait beaucoup, et puis elle a perdu connaissance.

— Un mal de tête..., répéta-t-il, l'air songeur.

Maria s'affairait autour d'eux, refaisant le lit, poussant la table roulante pour leur laisser plus de place.

— Le défibrillateur ? proposa-t-elle.

— Non, répondit Leo.

Il examina les yeux de Carla et parut soulagé d'obtenir un réflexe cornéen. Il vérifia la bouche, vit que rien ne l'obstruait et constata qu'il y avait aussi un réflexe laryngé.

— Tout va bien, Carla, nous nous occupons de toi, dit-il d'une voix pleine d'assurance. Détends-toi, ma belle, laisse-toi aller.

Anna battit des paupières, admirative.

Leo se comportait comme si Carla pouvait l'entendre. Il lui expliquait ce qui se passait. Tous les médecins n'agissaient pas ainsi, surtout dans une situation d'urgence comme celle-ci.

— Nous devons stabiliser tes voies respiratoires et te faire passer un scan, poursuivit-il. Carla, es-tu blessée à la tête ? T'es-tu cognée ?

Bien sûr, elle ne pouvait pas répondre, mais il lui posait des questions pour l'inclure dans la conversation.

— Carla a-t-elle parlé d'une blessure, Anna ? Maria ?

— Non, dit Maria, l'air bouleversé.

— Elle a juste dit qu'elle avait mal à la tête, précisa Anna. Leo, cela ressemble à une hémorragie interne.

— Elle a pris de l'aspirine, ajouta Maria. La semaine dernière, je l'ai vue en prendre deux boîtes dans la pharmacie de l'hôpital. Elle m'a dit qu'elle avait de l'arthrite.

— L'aspirine n'a pas pu la mettre dans cet état, observa Leo, bien que cela ait pu aggraver les choses. Mais s'il y a une hémorragie, l'aspirine est carrément déconseillée. Carla, nous allons devoir regarder cela de près. Allez chercher un chariot, Maria. Nous allons l'emmener passer un scan. Maintenant.

— Que puis-je faire ? demanda Anna.

— Tu es une patiente, répondit Leo d'un ton brusque. Merci pour ton aide, Anna. Tu vas pouvoir t'en aller.

Le scan montra qu'il y avait une hémorragie. Très grave. Si la fêlure crânienne était assez vilaine, le pire, c'était la tache sombre qui apparaissait en dessous. Une hémorragie sous-durale. Visiblement, des vaisseaux sanguins proches de la surface du cerveau s'étaient rompus.

Comment diable...

Mais ce qui préoccupait le plus Leo, ce n'était pas de savoir ce qui avait provoqué cette fêlure. Le temps était compté. Le cerveau de Carla subissait une compression. Plus la pression s'intensifierait, plus l'hémorragie deviendrait importante.

— Carla, dit-il, il y a une hémorragie interne. Nous devons éliminer la pression.

Il n'avait pas besoin d'en dire davantage. Une pression exercée sur le cerveau provoquait sur celui-ci des dégâts, et ce assez rapidement. Il fallait intervenir de toute urgence.

— Leo, je te pose de nouveau la question. Que puis-je faire ?

Anna se tenait sur le seuil de la pièce, vêtue d'un jean et d'un T-shirt, un gros pansement sur la tête.

— Tu dois t'en aller, Anna.
— Je suis médecin. Laisse-moi vous aider.
— Tu es blessée.
— J'ai des points de suture sur le crâne. Je crois que Carla souffre d'une hémorragie. Est-ce que je me trompe ?
— Tu n'es pas bien. Je ne peux...
— As-tu un autre médecin dans l'équipe ? Un anesthésiste ?

Elle avait raison. Il n'y avait aucun autre médecin dans l'île. Carla avait perdu connaissance brusquement, cela indiquait une hémorragie aussi soudaine que sévère. Le sang accumulé sous la dure-mère devait être en train de causer de sérieux dégâts.

Lorsqu'il opérait, c'était Carla qui se chargeait de l'anesthésie. Là, qui assumerait ce rôle ?

— Non, il n'y a pas d'autre médecin, reconnut-il.
— Peut-on évacuer Carla ?
— Cela prendrait des heures.
— Son état nécessite d'effectuer d'urgence une craniotomie et un drainage.

Elle avait pris un ton bref, très professionnel.

— Leo, peux-tu l'opérer si je fais l'anesthésie ? J'ai été formée à cela. Le village dans lequel j'exerce est trop petit pour avoir des spécialistes médicaux à demeure, et je dois parfois faire face à des urgences.

Elle avait une formation d'anesthésiste ? Un vrai cadeau du ciel.

— Tu es blessée à la tête, toi aussi.

— Mais je suis en état de travailler. Et compte tenu des circonstances... Donne-moi un tabouret au bloc opératoire, et allons-y.

Il n'avait guère le choix.

— Merci, dit-il simplement. Si tu es sûre...

— Je suis sûre.

L'opération était assez simple et ne réclamait pas d'avoir recours à des instruments sophistiqués.

L'équipement dont disposait l'hôpital était en grande partie du matériel d'occasion. Leo était resté en contact avec beaucoup de médecins qu'il avait connus durant sa formation, et lorsque ces derniers achetaient de nouveaux appareils, souvent ils lui envoyaient ceux dont ils ne se servaient plus. Le service de radiologie avait pu être créé grâce aux dons d'un ami de sa dernière année d'études. Et si le bloc opératoire était bien équipé, c'était dû aux efforts financiers consentis par tous les habitants de l'île.

Il avait aussi un excellent personnel médical. Maria, son infirmière chef, se montrait très exigeante avec son équipe, qu'elle dirigeait d'une main de fer glissée dans un gant de velours. Et maintenant il trouvait en Anna une anesthésiste en qui il avait pleinement confiance.

Dès qu'il avait accepté son offre de l'aider, elle s'était muée en une parfaite professionnelle, précise et compétente.

— As-tu accès à l'histoire médicale de Carla ? demanda-t-elle. Je dois savoir si elle souffre d'allergies... A-t-elle de la famille ici ?

— Son mari est mort il y a dix ans, et son fils vit en Italie. Mais nous avons son dossier médical. Maria...

— Je m'en occupe.

Dix minutes plus tard, ils étaient au bloc opératoire.

— L'échelle de Glasgow indique que son état se détériore, annonça Anna. Je n'ai plus de réponse oculaire.

Il était conscient que la pression exercée sur le cerveau s'intensifiait. Il devait agir, et vite. Il lui faudrait manier le foret chirurgical avec précision. Et confiance.

Et savoir qu'Anna était là était d'une grande aide pour lui.

Dès que Carla fut endormie, Maria effectua un rasage rapide sur une zone du crâne, puis ce fut au tour de Leo d'opérer. Il pratiqua deux petits trous pour mettre à nu la dure-mère, puis il commença à drainer.

Il eut un choc en voyant l'énorme quantité de sang qui s'était accumulée. Il inséra un drain temporaire pour éviter toute nouvelle accumulation, puis il referma.

Cela avait l'air assez simple, mais il avait l'impression d'avoir effectué l'opération la plus difficile de toute sa carrière. Il ignorait l'étendue des dégâts provoqués par l'hémorragie. Était-il intervenu assez rapidement ? La pression exercée sur le cerveau n'avait-elle pas déjà eu des conséquences irréparables ?

Il fixa le tuyau de drainage, posa un pansement sur la plaie et s'éloigna enfin de la table d'opération.

Il avait fait tout ce qui était en son pouvoir.

Il ne se sentait pas bien. Carla était son amie. Que se serait-il passé si Anna n'avait pas été là ? Aurait-il dû anesthésier Carla lui-même ? Demander à Maria de le faire ?

Procéder à une évacuation ?

Ça aurait été courir le risque d'intervenir trop tard. L'hémorragie cérébrale constituait la plus effrayante des urgences médicales.

Anna avait terminé la procédure de réveil et ôté le tuyau d'intubation. Carla recommençait à respirer par elle-même, mais allait-elle reprendre conscience ? Et, si c'était le cas, dans quel état se trouverait-elle ?

— Tu as agi aussi vite que tu as pu, dit Anna.

Peut-être réalisait-elle qu'il était prêt à craquer.

— Tu as fait tout ce qui était en ton pouvoir pour qu'elle s'en sorte au mieux, poursuivit-elle.

— En grande partie grâce à toi. Merci, ajouta-t-il d'une voix enrouée.

— Tu n'as pas à me remercier.

— Elle va être évacuée en Italie où des neurochirurgiens la prendront en charge, mais cela va demander des heures avant qu'elle puisse être transportée. Ici, nous n'avons pas les moyens d'en faire davantage pour elle. Je dois parler à son fils. Notre réceptionniste a déjà pris contact avec lui, et il a dû se mettre en route. Mais tu en as fait suffisamment, Anna, maintenant il faut que tu rentres chez toi.

— En te laissant seul ici.

— Bruno revient aujourd'hui. C'est l'un de nos deux infirmiers-praticiens. Son fils de six ans est tombé d'un arbre la semaine dernière. Il souffre d'une fracture du fémur. Il devait se faire soigner par un orthopédiste.

— Alors, lui aussi a été évacué en Italie ?

— Oui, mais Bruno va revenir.

— Il n'est pas médecin.

— Il travaille bien. Anna, tu dois t'en aller. Je me débrouillerai.

— Tu voudrais que je te laisse tout seul, te rongeant d'angoisse pour Carla ?

— Tu es une patiente, Anna. Ta place n'est pas ici.

Il la vit faire la grimace, puis elle parut se résigner.

— D'accord. Mais promets-moi de me téléphoner si tu as besoin de moi.

— Promis. Mais je ne suis pas sûr que le château prenne mon appel.

— Qu'est-ce que tu racontes ? Ce n'est pas possible !

— Tu verras bien, dit-il d'un ton las. Le monde extérieur n'est pas autorisé à pénétrer dans le château ni à déranger ses occupants.

— C'était peut-être vrai autrefois, mais ce temps-là est révolu. S'il y a le moindre problème, j'ai mon propre téléphone. J'ai laissé mon numéro à l'accueil de l'hôpital. Appelle-moi. Tu me promets de le faire ?

Il la regarda longuement.

— Oui, je te le promets, dit-il enfin. Je ne pense pas avoir à le faire, mais oui, je t'appellerai si j'ai besoin de toi. Merci, Anna.

4

Victor était venu chercher Anna dans une des limousines du château. Lorsque Anna finit par le rejoindre, il se prélassait sur le siège de la belle voiture rutilante qui semblait parfaitement déplacée en cet endroit.

L'entrée de l'hôpital était une allée étroite, encombrée de gens qui allaient et venaient, des mères avec leur bébé, des personnes âgées en fauteuil roulant ou s'appuyant sur un déambulateur, des visiteurs apportant des bouquets de fleurs ou des paquets de linge. L'ambulance qui l'avait amenée était arrêtée à l'entrée de l'allée, devant la limousine. Celle-ci prenait presque toute la place, gênant les paramédicaux qui essayaient de manœuvrer le chariot sur lequel était allongée une vieille dame.

Victor affichait dans son costume sombre impeccable et sa chemise blanche amidonnée l'image du quadragénaire triomphant, convaincu de son importance. Il ne bougea pas d'un pouce pour leur faciliter la tâche.

Ce spectacle fit tiquer Anna.

Ce n'était pas la première fois qu'elle avait à déplorer les règles concernant son héritage. Certes, elle avait hérité de biens considérables, mais elle n'avait aucun pouvoir.

« Laisse tomber et reviens, lui avait dit Martin. Une équipe de juristes peut veiller sur tes intérêts d'ici. Si, dans vingt ans, tu veux faire quelque chose pour cette île, tu pourras alors étudier les différentes options qui s'offrent. »

Cela paraissait relever du simple bon sens. Elle ne connaissait presque rien de ce pays, mis à part le fait qu'il lui appartenait et qu'il était d'une grande pauvreté. Et que Leo se battait pour améliorer le sort de la population.

Victor lui ouvrit la portière. Dire qu'il était contrarié était bien au-dessous de la vérité.

— Vous auriez dû demander aux infirmières de vous porter vos affaires. Elles sont là pour cela. Je ne peux pas croire qu'on vous ait laissée vous débrouiller toute seule. S'ils croient pouvoir traiter une Castlavara de cette façon…

— On m'a très bien traitée.

— Ils vous ont demandé de les aider alors que vous êtes malade !

— Je ne suis pas malade, et c'est moi qui ai proposé de donner un coup de main.

— Ils prétendent même venir plus tard au château pour procéder à un dernier examen. Comme si nous ne pouvions pas prendre soin de vous !

Victor interpella l'ambulancière.

— Pouvez-vous bouger cette ambulance et libérer le passage ? lança-t-il d'un ton cassant.

Anna vit alors les paramédicaux laisser en plan le chariot de la vieille dame pour obéir à l'ordre de Victor.

Elle commençait à trouver cet homme exaspérant et supportait de plus en plus difficilement son autoritarisme. Jusqu'à présent, c'était lui qui avait pris les choses en main, ne lui laissant d'autre choix que de suivre ses directives. Il était temps de changer cela.

— Occupez-vous d'abord de votre patiente, intervint-elle.

L'ambulancière qui s'apprêtait à remonter dans son véhicule pour le déplacer la regarda d'un air dubitatif. Quant à Victor, il la fixa comme s'il considérait qu'elle avait dépassé les bornes.

— Je suis Anna Castlavara, et nous attendrons que vous ayez fait ce qu'il faut pour votre patiente, dit-elle à l'ambulancière. C'est elle qui est prioritaire.

— Nous avons déjà suffisamment attendu, protesta Victor. Ces gens…

— Ces gens sont des Tovahniens tout comme moi. Ce qui est bon pour eux l'est pour moi. J'entends qu'on m'obéisse !

Elle prit place à l'arrière de la limousine, prête à attendre le temps qu'il faudrait.

Jetant un regard par la vitre, elle aperçut Leo qui était sorti accueillir la nouvelle patiente et s'était immobilisé, comme les autres témoins de la scène.

Il avait tout entendu.

Et alors ?

Elle détourna le regard, porta les mains à ses joues en feu.

Elle avait besoin de se reposer. Besoin d'espace. Besoin de rentrer chez elle, en Angleterre.

L'équipe chargée d'évacuer Carla vers le continent tardait à arriver. Les pays voisins apportaient leur aide autant qu'ils le pouvaient, mais leurs propres urgences passaient avant celles de Tovahna.

Heureusement, Carla reprit conscience avant même que l'évacuation ait lieu. Il était 18 heures. Elle était restée inconsciente pendant près de dix heures. Elle avait l'esprit confus, du mal à parler et une idée pas très nette de ce qui s'était passé. Sa vision semblait légèrement altérée et, si elle parvenait à bouger les doigts et les orteils, cela lui demandait un certain effort. Mais elle les reconnut, Maria et lui. Le risque de la voir atteinte de graves lésions au cerveau semblait écarté.

— Que... ? Quel... ? Dites-moi ce qui m'est arrivé.

Leo était si ému qu'il avait du mal à retenir ses larmes.

Maria, elle, ne put s'empêcher de pleurer de joie.

— Oh ! Carla, nous avons eu si peur ! Vous avez failli mourir. Et la Castlavara, Anna, nous a aidés à vous sauver.

— La Castlavara..., répéta Carla. Racontez-moi...

Leo s'assit près d'elle et lui prit la main.

— Te rappelles-tu t'être cogné la tête ? demanda-t-il.

— La Castlavara s'est cogné la tête, dit-elle, le regard vide.

Elle s'en souvenait. C'était bon signe.

— Oui, en effet.

— Et tu sors avec elle.

— Mais non !

— Je me rappelle...
— Carla...
— Ce serait si merveilleux.

Elle ferma les yeux.

Cette fois, il ne s'agissait pas d'une perte de conscience, mais de sommeil. Une vraie bénédiction. Elle avait besoin de repos.

— Nous devons dire merci à Anna, murmura Maria. Il faut la mettre au courant.
— Je m'en charge, dit-il.

Anna avait donné son numéro de téléphone, il lui suffisait de l'appeler.

Il laissa Maria veiller sur Carla et sortit de la pièce. Mais avant qu'il ait pu faire quoi que ce soit, il vit à l'autre bout du couloir deux hommes qui lui firent signe. L'un d'eux était Ben, le fils de Carla, sans doute arrivé avec l'équipe chargée d'évacuer la patiente. L'autre homme était Bruno, l'infirmier-praticien. Derrière eux, le chef de l'équipe d'évacuation était en train de signer des papiers à l'accueil.

Leo mesura alors à quel point il était épuisé. Passer le relais représentait pour lui un vrai soulagement.

— Vous avez une mine affreuse, dit Bruno d'un ton inquiet. Je suis revenu aussi vite que j'ai pu. Et Ben a tenu à être là, auprès de sa mère. Dites-nous tout, Leo.
— Tout laisse penser qu'elle va récupérer complètement. Il faudra qu'elle subisse un examen neurologique approfondi. Maintenant, le principal problème, c'est de découvrir pourquoi elle a eu cette hémorragie interne.
— J'ai peut-être la réponse, dit Ben. Lorsque je lui ai téléphoné hier soir, elle m'a dit qu'elle avait mal à la tête et que cela avait empiré depuis qu'elle s'était cogné le crâne contre le placard de la salle de bains. Elle m'a raconté ça comme si c'était un incident sans gravité, mais j'ai bien compris qu'elle était mal.
— Elle est pourtant venue travailler ce matin.

Ils étaient à court de personnel. Carla n'allait pas rester chez elle pour un mal de tête. Leo savait qu'il en aurait fait autant à sa place.

— Il va falloir que je lui parle, grommela Ben. Je sais qu'elle prend de l'aspirine pour son arthrite. Une fois qu'elle aura été évacuée en Italie, je l'obligerai à voir un spécialiste.

Il rougit.

— J'ai l'argent pour cela, ajouta-t-il.

— Vous n'avez pas à vous excuser, dit Bruno. J'ai moi-même envoyé mon fils en Italie se faire soigner pour une fracture complexe. Nous voulons tous veiller le mieux possible sur nos proches.

Il jeta un regard à Leo.

— J'ai entendu dire que nous avions soigné une Castlavara ?

— Elle n'est pas si mal que ça, lâcha Leo. Elle est médecin, vous savez ? C'est elle qui a anesthésié Carla pendant que je pratiquais l'opération.

— Elle a fait quoi ?

Les deux hommes semblaient aussi stupéfaits l'un que l'autre. Leo leur expliqua brièvement ce qui s'était passé.

— C'est un excellent médecin, conclut-il.

— Je dois la remercier, dit Ben. Est-elle encore ici ?

— Non, elle est retournée au château.

— Ah ! dit Bruno. Dans ce cas, c'est fini, on ne la verra plus, maintenant qu'elle s'est réfugiée derrière les murailles de sa forteresse.

— Nous n'en savons rien, protesta Leo.

— Vraiment ? A-t-elle l'intention de venir en aide à ce pays ? Par exemple, en faisant réparer le toit de cette ruine ?

— Les clauses du trust ne l'autorisent pas à faire ce genre de chose, rappela Leo.

— Dans ce cas, elle ne présente aucun intérêt. C'était gentil à elle d'aider à soigner Carla, mais à présent, c'est à nous de nous débrouiller. Dites à Ben où se trouve sa mère, signez les papiers pour l'évacuation et laissez-moi prendre le relais. Vous avez besoin d'aller dormir.

Dormir. Leo en rêvait. Mais il devait téléphoner à Anna. Elle méritait de savoir comment allait Carla.

— Allez, grommela Bruno, sortez de mon hôpital, maintenant.

— Votre hôpital ? ironisa Leo.

— Bon, d'accord, c'est celui de la Castlavara. Mais on ne peut rien y faire. Seulement se débrouiller avec les miettes qu'ils nous laissent.

Leo se frotta le visage des mains.

Bruno avait raison, il avait vraiment besoin de dormir. Mais comment rentrer chez lui et se mettre au lit après une journée pareille ? Il se sentait nerveux. Désorienté.

Le fait d'avoir revu Anna.

Il lui avait promis de la tenir au courant.

Il alla chercher son numéro de téléphone à l'accueil, mais au moment de l'appeler, il eut une hésitation.

Elle était tout près d'ici, derrière les murs du grand château qui dominait la ville. Elle s'y trouvait avec Victor et les précieux documents que celui-ci était si pressé de lui faire signer.

Victor rêvait de transformer le château en une suite d'appartements luxueux. S'il y parvenait... Anna savait-elle à quel point cela blesserait les habitants de l'île ?

Malgré l'égoïsme dont ses propriétaires avaient fait preuve au fil des générations, le château restait le cœur de Tovahna. Depuis des siècles, les habitants vivaient à l'ombre de ses murailles. Leurs ancêtres s'étaient battus pour lui.

Leo avait vu les plans de l'architecte. Ils prévoyaient d'abattre des pans de murs entiers pour les remplacer par des baies vitrées. Cet aménagement permettrait aux riches clients venus s'offrir une luxueuse retraite dans l'île de contempler à distance la vie pittoresque des habitants.

Anna était-elle consciente que la pauvreté était une chose, mais que faire se côtoyer la misère et l'extrême richesse était une tout autre chose ?

Elle était sa patiente. Et sa consœur. Et elle l'avait aidé à sauver son amie. Il devait aller la voir. C'était le moins qu'il puisse faire.

Il se dirigea vers le château en empruntant le chemin de bord de mer.

Cette petite marche lui fit du bien. La soirée commençait à peine, et le port connaissait l'animation qui accompagnait toujours le retour des bateaux de pêche. Les familles venaient donner un coup de main pour trier le poisson et les enfants jouaient entre les casiers à homard.

Un tableau idyllique qui ne masquait pas la profonde misère de la population.

Pour que Victor parvienne à ses fins et crée ses appartements de luxe, il devrait prétendre, afin de respecter les clauses du trust, que cette réalisation satisferait un plaisir personnel d'Anna. Elle était médecin. Un excellent médecin. Comment le plan ambitieux de Victor pourrait-il être une source de plaisir personnel pour elle ?

Arrivé devant l'entrée principale du château, il sonna et entendit l'écho se répercuter derrière les grands murs de pierre.

Ce fut Victor qui répondit à l'interphone. C'était lui qui contrôlait tous les échanges entre le château et le monde extérieur. Il avait été le secrétaire privé de Yanni, mais compte tenu de l'indolence de son patron, il avait fini par prendre une place beaucoup plus importante.

— Docteur Aretino ?

Leo leva les yeux et aperçut des caméras au-dessus de sa tête.

Bien sûr. Les douves de la forteresse ne jouaient plus aucun rôle défensif, d'autres moyens de défense s'y étaient substitués.

— Victor, je suis venu voir le Dr Raymond.
— Elle se repose.
— C'est la raison de ma venue ici. Elle a eu une commotion cérébrale. Je dois vérifier qu'elle va bien. J'ai su que, lorsque vous avez quitté l'hôpital, vous avez refusé l'offre de notre infirmière visiteuse de passer la voir. Il faut pourtant examiner à nouveau la patiente dans les quarante-huit heures qui suivent la blessure.
— Je peux m'en charger.

L'idée que Victor procède lui-même à ce contrôle donna des frissons à Leo, et il eut le plus grand mal à garder son calme.

— Vous allez dire au Dr Raymond que je suis ici pour vérifier son état de santé et lui donner des nouvelles du Dr Rossini. Je veux lui parler personnellement.
— Vous n'êtes pas le bienvenu au château.
— Ma patiente est ici. Je dois m'assurer qu'elle va bien.
— Vous pouvez me croire sur parole, elle va très bien.

— Votre parole ne me suffit pas. Je veux parler au Dr Raymond. Si vous m'en empêchez, je demanderai à la justice locale de vous obliger à me laisser voir ma patiente. Vous savez que je le ferai, Victor.

Il sentit que l'administrateur hésitait. Il n'appréciait certainement pas l'idée de devoir s'incliner devant les autorités locales, ce qui lui ferait perdre la face, lui qui aimait tant paraître tout-puissant.

— Elle dort.

— Savez-vous faire la différence entre un sommeil profond et une perte de conscience ?

Victor marqua encore une pause. Puis il y eut un bruit sourd, et les énormes grilles du château commencèrent à s'ouvrir.

— Vous l'examinez rapidement, et ensuite vous sortez d'ici, grommela Victor.

Leo ne prit même pas la peine de lui répondre.

Anna ne dormait pas.

Pourtant, de retour au château, elle s'était sentie écrasée de fatigue. Sans doute la réaction. Elle s'était mise au lit, mais elle n'avait pu trouver le sommeil. Par deux fois, Victor avait ouvert la porte et avait regardé comment elle allait. Cela l'avait paniquée. Cet homme lui faisait froid dans le dos. Un bref instant, elle avait pensé mettre une chaise devant la porte pour l'empêcher d'entrer, mais ce serait avouer qu'il lui faisait peur, et, elle n'aurait su dire pourquoi, elle n'avait pas envie qu'il le sache.

Plutôt que de mettre un pyjama, elle avait enfilé sa tenue de yoga, cela lui donnait l'impression d'être plus en sécurité. Quand Victor s'était introduit dans sa chambre, elle avait fait semblant de dormir, et il était reparti.

Il régnait dans ce château une atmosphère étrange. En d'autres circonstances, le style gothique du bâtiment aurait pu la séduire, mais là, toute seule, souffrant d'un sérieux mal de tête, elle ne se sentait pas rassurée. Elle frissonnait à l'idée de tout ce qui pouvait se trouver de l'autre côté de la porte de sa chambre.

Elle avait songé à téléphoner à Martin ou à Jennifer. Elle savait que si elle leur disait qu'elle se sentait mal à l'aise dans cette île ils sauteraient dans le premier avion pour venir la chercher et la ramener en Angleterre.

Elle avait une envie folle de retrouver ses amis, ses chiens, son lit et son petit cottage. Pourtant... Après tout ce qui s'était passé durant les dernières vingt-quatre heures, elle avait le sentiment que, si elle quittait l'île maintenant, ce serait lâche de sa part.

Mais pour l'instant, elle devait avouer qu'elle se sentait bien peu de chose dans cette immense chambre tapissée de tentures rouge et or, avec ses fenêtres à double battant tournées vers l'Italie.

Quelqu'un frappa à la porte.

Elle serra les dents, tout en se disant que, cette fois, Victor avait au moins la décence de frapper avant d'entrer.

— Anna ?

Ce n'était pas Victor mais Leo !

Elle éprouva un tel soulagement qu'elle fut incapable de répondre.

— Anna...

Il y avait de l'inquiétude dans sa voix. Se faisait-il du souci pour elle ?

— Entre, dit-elle.

Leo avait troqué sa blouse blanche contre une chemise en coton dont il avait roulé les manches jusqu'au coude. Ses cheveux étaient ébouriffés comme s'il avait marché dans le vent.

— Salut, dit-elle en lui souriant.

— Est-ce que tu vas bien ?

— J'ai juste besoin d'une bonne cure de sommeil. Et j'ai l'impression que c'est aussi le cas pour toi, ajouta-t-elle en voyant ses traits marqués par la fatigue. Que fais-tu ici ?

— Vérifier que tu vas bien. Victor a refusé qu'une infirmière visiteuse passe te voir.

— Je n'ai pas besoin d'une infirmière visiteuse.

Elle s'assit dans le lit, passant les bras autour de ses genoux.

— Comment pourrais-je avoir besoin de quoi que ce soit dans cette chambre ?

— J'imagine.

Il jeta un regard circulaire dans la pièce.

— Tu es très bien installée.

— C'est ridicule, murmura-t-elle. Absolument ridicule. Deux candélabres, dans une chambre ! Dix chaises, deux fauteuils, et sous la fenêtre cette banquette assez large pour moi, mes chiens et une petite armée d'esclaves... Si jamais j'avais envie d'avoir des esclaves, ce qui, tu peux me croire, n'est pas le cas. Et ce tapis... Qui voudrait d'un tapis pourpre et violet représentant des dragons ? Et cette pièce n'est même pas la chambre principale du château. Je pense que Yanni la réservait à des invités. *Beurk !*

— Oh ! tu finiras par l'aimer !

Il avait dit cela d'un ton neutre, mais avec un regard rieur, ce qui montrait qu'il partageait son avis quant à la décoration de la chambre.

— Anna, puisque je suis là... As-tu mal à la tête ? Comment évalues-tu ta douleur sur une échelle allant de 1 à 10 ?

— Je dirais 2. Un peu d'aspirine suffira.

— Essayons plutôt le paracétamol. L'hémorragie de Carla est sans doute due à l'aspirine. Elle en prenait pour soulager son arthrite, et puis elle s'est cogné la tête. Contre une porte de placard, m'a dit son fils.

— Aïe !

Tous deux savaient que l'aspirine pouvait aggraver un petit saignement.

— Et maintenant ? s'enquit Anna.

— Elle a repris conscience et retrouvé son énergie. Elle a les idées un peu confuses, mais elle reconnaît les gens et se souvient des événements. Elle ne souffre d'aucun dommage physique notable. Son fils est auprès d'elle. Elle est en route pour l'Italie où elle subira un examen neurologique complet, mais elle semble tout à fait hors de danger.

— Oh ! Leo, c'est merveilleux !

— Oui, n'est-ce pas ?

Il sourit et, poussant l'un des gros fauteuils près du lit, il s'y assit. Ce qui était assez troublant : Leo était près d'elle.

— Où est Victor ? s'enquit-elle.

— Tu y attaches de l'importance ?

— C'est mon... En fait, je ne sais pas ce qu'il est. Il a l'air de croire qu'il est mon patron. J'en ai un peu assez.

— Parfait. Vas-tu signer les papiers qui l'autoriseront à créer ses appartements de luxe ?

— En quoi cela te concerne-t-il ?

Elle réalisa trop tard ce que sa question avait de désagréable. Le visage de Leo se durcit.

— En tout. Si tu transformes ce château en appartements pour milliardaires, tu arraches le cœur de mes compatriotes.

— Tu ne crois pas que tu exagères ?

— Pas du tout ! Ton grand-père, ton oncle et ton cousin ont exploité l'île de façon scandaleuse, et les habitants se sont habitués à cette vie-là durant des générations. Ils auraient dû se rebeller depuis longtemps, mais ils ne l'ont pas fait. Et maintenant... Faire du château une résidence pour des étrangers richissimes aura peut-être pour effet de déclencher une révolte. Je le souhaiterais presque, mais cela peut prendre des années, et en attendant, il ne se passe rien ici. Il n'y a aucun avenir pour les gamins. Cette île a besoin qu'on l'aide, Anna, et pour l'instant, cette aide ne peut venir que de toi.

— Comment pourrais-je venir en aide à ce pays ?

— En n'étant pas une Castlavara.

Elle repoussa le dessus-de-lit, croisa les bras sur sa poitrine et fixa Leo, furieuse.

— Ne comprends-tu pas que je n'en suis pas une ?

Il ne réagit pas exactement comme elle l'avait espéré.

— Ravissante tenue, dit-il avec un demi-sourire.

Elle lui lança un regard noir.

— Leo, je ne cherche pas à m'attirer des compliments, dit-elle sèchement en essayant de se lever.

Mais elle chancela.

Leo se leva d'un bond et, la retenant, la fit asseoir au bord du lit.

— Je me suis levée trop vite, murmura-t-elle.

— Je sais. La colère nous fait commettre toutes sortes d'imprudences.

— Qu'est-ce que c'est censé signifier ?

Elle avait à peu près repris ses esprits. Comme elle aurait voulu ne pas être habillée ainsi ! Et se trouver dans un endroit neutre, pas dans cette chambre ridicule, et ne pas se sentir aussi vulnérable. Et, oui, elle était en colère.

— Ne me sors pas des platitudes, Leo Aretino. Il y a dix ans, tu as supposé que j'étais au courant de ce qui se passait ici. Tu as considéré que je faisais partie de ce système. Tu t'es dit que non seulement je connaissais la rapacité de ma famille, mais aussi que j'étais leur complice. Tu as pensé que j'étais en partie fautive des actes qu'ils commettaient. Je n'y suis pour rien, Leo. Et maintenant... Je ne suis pas une Castlavara, mais je suis coincée.

Elle marqua une courte pause.

— Les clauses concernant cet héritage sont sans ambiguïté. L'argent ne doit servir qu'à l'entretien du château et à mon bien-être. Le plan de Victor est d'aménager les appartements pour que j'aie l'un d'eux à ma disposition comme résidence de vacances, les autres étant destinés à mes soi-disant « amis ». L'argument est de prétendre que tous ces changements sont faits « pour mon plaisir ». Cela permettrait de fermer toutes les zones dangereuses du château tandis que le reste du bâtiment resterait fonctionnel, et même économiquement viable, et je pourrais continuer à mener ma vie habituelle. Sinon, comment empêcher que cette bâtisse finisse par s'écrouler ? D'après le tableau que me dresse Victor, j'ai le sentiment de ne pas trop avoir le choix.

— Tu pourrais envisager d'autres options.

— Si seulement je les connaissais ! Au cas où tu aurais une idée, Leo, parle-m'en et cesse de me traiter en ennemie.

— Je n'ai jamais...

— Mais si !

Elle était tellement en colère qu'elle en tremblait.

— Dès que ma mère t'a dit son nom de jeune fille, tu m'as traitée comme une sorte de monstre. Maintenant, j'admets que c'est ton pays et que tu te sens concerné. Tu n'aimes pas le projet de Victor ? Eh bien, propose autre chose.

— Il y aurait bien une possibilité, répondit Leo d'un ton calme.

— Laquelle ?

— Reprendre l'idée de Victor.

— Les appartements ?

— Non...

Il ferma les yeux un bref instant et inspira à fond.

— C'est peut-être une chimère, reprit-il. L'idée m'est venue en chemin. Mais, pour réaliser ce rêve, il faudrait quelqu'un doté d'une forte conscience sociale.

— Comment une Castlavara pourrait-elle avoir une conscience sociale ? murmura-t-elle, irritée.

— Tu as dit que tu n'en étais pas une.

— Tu finirais donc par me croire ? Eh bien, je t'écoute.

Il ferma de nouveau les yeux, et lorsqu'il les rouvrit, il y avait du défi dans son regard.

— Comme tu voudras, dit-il d'un ton formel. Voilà. Tout en respectant les clauses du trust, tu peux faire quelque chose de spectaculaire. Tu pourrais transformer une partie du château en hôpital. Tu pourrais nous donner de la place et nous fournir les moyens d'offrir des soins de qualité. Tu serais la première Castlavara à te soucier du sort de la population. Tu prouverais ainsi que moi et tous les gens vivant sur cette île nous nous sommes trompés sur ton compte.

5

— Un hôpital ? répéta Anna, éberluée.
— Je sais, c'est une idée stupide.

Leo parlait gentiment, à présent, comme s'il voulait la ménager.

— Ou bien tu es une Castlavara, poursuivit-il, et dans ce cas tu as l'avidité et la paresse inscrites en toi, ou bien tu es une femme médecin anglaise qui ne peut rien faire de son héritage, car elle doit attendre vingt ans avant de pouvoir en disposer librement. Dans les deux cas, l'île de Tovahna est grande perdante. Désolé, Anna. Je ne voulais pas te parler de cela ce soir. J'ai juste dit... C'est quelque chose à quoi tu pourrais réfléchir lorsque tu rentreras en Angleterre.

Elle secoua la tête et fit la grimace. Oh ! comme elle avait mal à la tête !

— Tu recommences à m'insulter. À tes yeux, je ne peux être que quelqu'un d'avide ou qui ne se soucie pas des autres. Et si je ne suis ni l'une ni l'autre, alors je devrais me lancer dans ce projet ridicule : transformer ce château en hôpital ?

Durant cette dernière semaine, elle avait appris beaucoup de choses sur Tovahna. Elle savait que la population souffrait d'une extrême pauvreté depuis des siècles. Mais Martin et ses collègues avaient étudié les stipulations concernant son héritage. Ils avaient découvert des règles très rigides qui empêchaient l'héritier d'opérer le moindre changement. L'argent ne pouvait servir qu'à l'entretien du château ou au bien-être de la personne qui héritait. À rien d'autre.

Dans vingt ans, peut-être pourrait-elle donner les terres à ceux qui les cultivaient et se montrer généreuse envers la population. Mais, avant ce délai, elle ne pouvait rien faire.

— Comment pourrais-je transformer le château en hôpital ? dit-elle d'une petite voix, tant ce projet lui semblait insensé. Comment pourrais-je contourner les clauses du trust ?

— En faisant comme Victor quand il propose de convertir cette bâtisse en appartements de luxe. Son idée est de t'attribuer l'un de ces appartements. Tu l'utiliserais pour ton usage personnel, les autres logements étant destinés à accueillir tes invités. Peu importe que tes invités aient à payer de grosses sommes pour jouir de ce privilège. S'ils résident au château, c'est parce que cela te fait plaisir. Et un hôpital...

— Tu veux dire que cet hôpital servirait à mon usage personnel ? Je devrai me cogner la tête au moins une fois par jour, ou même plus !

Il ne sourit pas. Il posait sur elle un regard toujours aussi intense.

— Cela ne marcherait pas, dit-il. Cela ne correspondrait pas aux conditions fixées par le trust. Ce qui marcherait...

Il marqua une hésitation, comme si ce qu'il allait dire était si énorme qu'il avait lui-même du mal à y croire.

— Le seul moyen pour que cela marche, ce serait que cet hôpital soit au centre de ta vie. Cela impliquerait que tu t'installes ici et que l'hôpital soit pour toi aussi important que l'ont été pour ton cousin les voitures de sport qu'il collectionnait. Si ta passion dans la vie est d'avoir un centre médical qui serve non seulement à toi mais à tous les habitants de l'île, les administrateurs qui gèrent le trust à Milan seront certainement d'accord. Mais il faudrait que tu vives ici, à Tovahna. Et tu serais la première Castlavara, depuis des générations, à changer les conditions de vie de ton peuple.

— Mon peuple... Je ne suis *pas* une Castlavara.

— Ne joue pas sur les mots, Anna, dit Leo d'un ton rude.

Ce qu'il suggérait était ridicule. Quoi ? Il voulait qu'elle reste ici toute seule avec l'affreux Victor ? Il voulait qu'elle oublie tout ce qui s'était passé entre eux deux autrefois ?

59

Il voulait... l'impossible.

— Je veux rentrer chez moi, murmura-t-elle.

On eût dit la plainte d'un petit enfant.

Leo la regarda comme s'il n'était pas surpris de l'entendre parler ainsi.

— Mais bien sûr. Retourne en Angleterre avec ton héritage et oublie-nous. Eh bien, au moins, j'aurai essayé.

— Tu appelles cela « essayer » ? protesta-t-elle, furieuse.

— Que veux-tu dire ?

Le ton de Leo était glacial, ce qui redoubla sa colère.

— Ce que je veux dire ? Je me suis cogné la tête, je souffre encore et je suis fatiguée. J'ai reçu un héritage qui est pour moi un vrai fardeau. Et je suis face à un ex-fiancé qui m'a profondément blessée. Me voilà coincée dans un vieux château, avec un administrateur sinistre qui m'a emmenée dans les souterrains sans même m'équiper d'un casque, juste pour prouver que l'endroit était dangereux, et m'amener ainsi à signer au plus vite des documents indéchiffrables. Oui, je ne suis pas stupide, j'ai compris son petit manège. Et il se permet d'entrer dans ma chambre sans frapper ! Et voilà que toi, maintenant, tu me suggères de transformer le château en hôpital. Et lorsque j'ai le malheur de dire que je veux rentrer chez moi, tu réagis comme si tu n'attendais rien d'autre de la part d'une Castlavara, riche, paresseuse et égoïste ! Sache que je ne suis pas une Castlavara et que j'en ai assez, Leo Aretino, de toi, de ton château et de ton hôpital !

Elle attrapa l'un de ses gros oreillers et le jeta à la figure de Leo.

— Dehors ! hurla-t-elle.

Au même instant, la porte s'ouvrit, laissant apparaître Victor.

— Dehors ! répéta-t-elle.

Mais, cette fois, elle le dit en même temps que Leo. Rien de tel que d'avoir un ennemi commun pour signer une trêve.

— Je voulais juste..., commença Victor.

— Vous êtes entré sans frapper, l'interrompit-elle. La moindre des politesses est de frapper, Victor. Sortez, je vous prie.

— Si le docteur a fini...

— Il n'a pas fini. Il doit m'expliquer quelque chose que je

veux comprendre. Il s'en ira lorsqu'il aura terminé. Fermez la porte derrière vous, et si jamais vous entrez de nouveau dans ma chambre sans avoir frappé au préalable, je demande à Milan un autre administrateur.

Il la regarda, médusé, et quitta la pièce rapidement.

— Beau travail ! s'exclama Leo. Tu es une vraie Castlavara.

— Arrête. Tu vas encore me mettre en colère.

— Désolé, dit-il en soupirant. Mais tu as raison, tu as déjà bien assez de problèmes à régler sans que j'en rajoute encore.

— C'est seulement de cela que tu es désolé ?

— Tu sais bien que non, dit-il doucement. Anna, cela fait bien longtemps que je suis désolé.

Cet aveu la fit taire. Elle le regarda, tendue, attendant quelque chose, elle n'aurait su dire quoi. Qu'espérait-elle ?

Le silence dura un moment.

— Je suis désolé de ne pas t'avoir donné d'explications.

— Sur la transformation du château en hôpital ? Il est encore temps.

— Non, il ne s'agit pas de cela. Ce que je regrette, c'est de ne t'avoir rien expliqué il y a dix ans. J'avais dix-neuf ans, j'étais amoureux fou, et j'ai cru recevoir un coup sur la tête quand j'ai appris qui était ta mère. Je regrette de n'avoir pas été capable alors de tout t'expliquer. D'avoir été jeune, stupide et même cruel. Je crois toujours que je n'avais pas le choix, mais ce que je regrette vraiment le plus, Anna, c'est d'avoir dû te quitter.

Cet aveu laissa Anna sans voix.

Après tant d'années, entendre enfin Leo prononcer ces mots... Son psychologue lui avait indiqué des stratégies pour éviter de remuer le passé. Où était-il maintenant, ce psychologue, alors qu'elle avait tellement besoin de lui ? Ces stratégies, elle était incapable de s'en rappeler une seule.

— Tu ne voulais pas..., commença-t-elle.

Leo l'interrompit.

— Anna, tu n'as pas idée à quel point je désirais vivre avec toi.

— Comment le saurais-je ? Nous avions prévu de nous marier, et puis, brusquement, plus rien.

— J'aurais dû te demander dès le début qui était ta mère.

— Ma mère n'avait rien à voir avec notre relation. Et très peu à voir avec moi. Je t'ai dit qu'elle avait été malheureuse chez elle, que sa mère était morte, qu'elle avait été une enfant rebelle. Que, adulte, elle collectionnait les amants. Qu'aurais-je pu te dire de plus à son sujet ?

— Qu'elle était une Castlavara.

— Pour moi, elle était Katrina Raymond. Elle avait épousé mon père, même si ce mariage a pris fin avant même ma naissance. Je t'ai dit tout ce que je savais sur elle.

La seule fois où elle en avait appris davantage, c'était le soir où elle avait présenté Katrina à Leo.

Anna n'avait pas vu sa mère depuis près d'un an. Katrina était partie aux États-Unis, mais elle avait décidé de revenir.

— Ma bûcheuse de fille a un petit ami ? s'était-elle exclamée. Eh bien, tu devrais me le présenter.

Anna avait hésité. Dire que la relation qu'elle avait avec sa mère était compliquée restait très en dessous de la vérité.

Elle n'avait jamais manqué de rien sur le plan matériel. Sa mère était riche.

— C'est l'argent de la famille, mon cœur, avait l'habitude de dire Katrina. L'argent est la seule bonne chose qu'on peut attendre d'eux.

Elle avait acheté un appartement et payait des gouvernantes qui s'occupaient d'Anna pendant qu'elle-même sortait s'amuser et faire ce qui lui plaisait. Anna avait reçu l'argent nécessaire pour financer ses études. Mais elle n'avait reçu de sa mère ni beaucoup d'amour, ni la moindre information sur l'histoire de la famille. Katrina ne parlait jamais de son île natale.

— Il existe un trust qui oblige mon père à m'entretenir, lui avait-elle confié un jour. Tu n'as pas besoin d'en savoir davantage, Anna. C'est un homme épouvantable. Ne me pose pas de questions.

Elle n'en avait posé aucune. Tout ce qu'elle connaissait de Tovahna, c'était la langue du pays. Elle l'avait apprise avec sa mère lorsque celle-ci revenait à l'appartement après une énième rupture amoureuse ou pour échapper aux ennuis qu'elle s'était attirés.

Elle avait essayé de mettre Leo en garde.

— Ma mère est instable, Leo. Elle parle trop vite. Sous ses grands airs, elle cache...

Une femme blessée.

Anna n'en connaissait pas vraiment la cause, jusqu'à cette soirée où, alors qu'ils dînaient tous les trois au restaurant, Katrina s'était livrée. Sans doute parce que Leo, malgré son extrême jeunesse, savait déjà être à l'écoute. L'empathie dont il faisait preuve avait séduit Katrina. Le fait qu'il lui ait parlé en tovahnien avait probablement contribué à faire tomber ses défenses.

— Parlez-moi de votre père, voulez-vous ? avait-il fini par lui demander alors qu'ils prenaient le café. J'ai perdu mon père quand j'étais enfant, mais ma mère habite toujours Strada Del Porto, sur la côte est de l'île. Est-ce là que vit votre père ?

Un long silence avait suivi. Anna avait regardé sa mère, se demandant comment elle allait réagir.

— Autant que je sache, mon père est toujours dans ce grand château gothique qu'il aime tant, avait alors répondu Katrina. C'est la seule chose qu'il aime. Il reste là, se prenant pour un roi, et il ne se soucie de rien ni de personne. Il ne s'est jamais intéressé à ma mère ni à moi. Et mon frère est exactement comme lui. Ils peuvent bien moisir dans leur château, cela m'est parfaitement égal.

Leo l'avait regardée fixement, l'air stupéfait.

— Vous êtes une Castlavara...
— Ne prononcez pas ce nom.
— Mais c'est votre...
— Cela suffit.

Katrina avait repoussé sa chaise et quitté le restaurant.

Et Anna avait vu son histoire d'amour avec Leo prendre fin ce soir-là.

— J'étais si immature, dit Leo.
— C'est bien que tu le reconnaisses.
— J'aurais dû te donner des explications.

— Ma mère aussi. Je la mets dans la même catégorie que les autres. Elle a préféré me laisser dans l'ignorance, et j'en ai subi les conséquences. Pas un instant elle ne m'a mise en garde ni respectée, ni reconnu le droit de savoir. Mon grand-père, mon oncle et mon cousin étaient tous d'infâmes égoïstes, je le sais à présent. Ma mère était une pauvre alcoolique. Cela aussi, je le sais. Et toi, tu as décidé que je devais être comme tous ces gens-là et tu m'as exclue de ta vie de peur que je te contamine.

— C'était beaucoup, beaucoup plus compliqué que cela.

— Comment pourrais-je le savoir ? Aucun de vous n'a daigné me donner la moindre explication.

— Je pensais que ta mère...

— Elle ne m'a jamais rien dit. Elle est morte il y a quatre ans sans m'avoir expliqué quoi que ce soit.

— Si j'étais resté avec toi, je n'aurais jamais pu rentrer à Tovahna.

— Et pour toi, c'était ce qui comptait le plus.

— Oui...

Il marqua une hésitation.

— J'aurais dû t'en parler, je le sais. Ce pays est très pauvre, tu t'en es rendu compte, et m'envoyer à Londres pour étudier la médecine a représenté un énorme effort financier pour ma communauté. Mon père était mort et ma mère n'avait pas les moyens de me payer des études. J'aurais dû devenir pêcheur à douze ans, mais quand j'ai annoncé que je voulais devenir médecin, mon instituteur a dit qu'il croyait en mes chances de réussite. Les gens se sont cotisés. Je ne sais pas comment ils ont fait. Ta famille ayant mis le pays en coupe réglée, il fallait rendre compte de chaque centime.

— Ce n'est pas ma famille.

— Anna, je t'ai déjà dit que j'étais désolé. Désolé de ne pas t'avoir bien expliqué les choses, et de t'avoir quittée si brusquement. Mais peut-être cela valait-il mieux, afin de tourner la page plus rapidement...

Il marqua une pause.

— J'espère que c'est ce que tu as fait. As-tu un compagnon, aujourd'hui ?

Toute femme a sa fierté. Elle décida de faire bonne figure.

— Tu t'imagines peut-être que, depuis dix ans, je me morfonds toute seule, portant le deuil de notre relation ? Eh bien, non. J'ai bien profité de la vie. J'ai un travail que j'adore, une jolie maison, des chiens. J'ai commencé à sortir avec Martin il y a deux ans. C'est un juriste et un ami, prêt à me rejoindre ici en un clin d'œil si je le lui demande. Comme n'importe lequel de mes amis, d'ailleurs.

— Mais ils ne sont pas venus, alors que tu es blessée ?

— J'ai mal à la tête, et non pas une hémorragie cérébrale. Et toi ? As-tu une femme ? Des enfants ? Un poisson rouge ?

— Je n'ai pas le temps d'entretenir de relation, répondit-il d'un ton brusque. Revenons à ce qui nous occupe, Anna. Cette idée d'hôpital... Ta réponse est non, n'est-ce pas ?

Elle hésita, essayant de ne pas songer au passé. De dépasser cette souffrance qui aurait dû disparaître depuis longtemps.

Un hôpital. Ici.

Elle se rappela ce que lui avait dit Martin.

« Ne fais rien. Tu as vingt ans devant toi pour réfléchir à ce que tu voudras réaliser quand tu auras enfin le droit de disposer librement de ta fortune. Va là-bas pour voir à quoi cela ressemble, et reviens. »

Rentrer chez elle était tentant. Mais créer quelque chose ici l'était aussi. Quelque chose de magnifique ?

— Je n'ai pas dit non, corrigea-t-elle en détachant chaque mot. Je vais rester ici un moment. Laissons le passé derrière nous. Tu connais le château ?

— J'y suis venu souvent. J'étais le médecin de ton cousin.

— Alors, tu connais sa chambre et le hall d'entrée. Es-tu allé ailleurs ?

— Quand j'étais enfant, je venais souvent explorer ces vieux murs. Ton oncle disposait d'un personnel très réduit, alors, nous, gamins, nous en profitions pour fouiner partout sans nous faire voir.

Elle hocha la tête, songeuse.

Victor lui avait montré les spectaculaires appartements de Yanni. Il l'avait aussi emmenée dans les parties qui présentaient des risques. Il ne cessait de répéter la même chose : « Restaurons tout ce que nous pouvons pour en faire de luxueux logements et abattons le reste. » Si elle devait l'affronter, mieux valait qu'elle fasse preuve d'autorité.

— Eh bien, je pense que tu as déjà mûrement réfléchi à ton projet, docteur Aretino. Aussi, oublions notre amourette de jeunesse, et même notre relation médecin-patiente. Nous sommes confrères, et tu me soumets un projet d'ordre médical. Allons faire un tour dans le château, et parle-moi des options possibles.

6

Leo en avait rêvé depuis ses douze ans. La nuit où son père était mort, il était resté à sangloter au pied du château. Cette nuit passée à pleurer l'avait amené à se jurer que, un jour, il créerait un centre médical permettant d'éviter aux habitants de l'île une telle détresse.

Il n'avait pas réussi à tenir sa promesse. Certes, il avait fait beaucoup. Carla et lui avaient mis en place un système de soins qui répondait aux besoins essentiels de la population. Mais ils manquaient de personnel, d'équipement. De tout, en fait.

— Je dois me faire une idée de la situation actuelle, dit Anna.

Elle s'était chaussée, et ils venaient de quitter la chambre pour s'engager dans le long couloir qui menait... Eh bien, lui le savait, mais pas Anna.

Il la tenait par le bras. Peut-être n'en avait-elle pas vraiment besoin, mais comme elle ne le repoussait pas, il n'était pas près de la lâcher.

— Que veux-tu connaître ? demanda-t-il.

— Tout ! Mais explique-moi d'abord pourquoi vous n'avez pas suffisamment de médecins ?

— Il n'y a pas d'université dans l'île. Et lorsque nous parvenons à envoyer l'un de nos jeunes étudier à l'étranger, il se voit proposer là-bas des jobs bien mieux payés qu'ici. Après six années passées à l'étranger, nos étudiants ont appris à apprécier des choses que l'île ne peut pas leur offrir.

— Et parfois, ils tombent amoureux et ne reviennent pas.

— Cela arrive, dit-il d'un ton neutre.
— Alors, l'hôpital...
— Nous n'avions pas les fonds nécessaires pour en construire un. Le nôtre a été réalisé en regroupant quatre maisons.
— Ce qui explique que ce soit un vrai labyrinthe.
— Nous n'avions pas le choix. Les habitants vivent chichement sur leur lopin de terre. Nous n'avions pas de terrain ni d'argent pour construire un hôpital neuf...

Ils venaient de déboucher dans le hall d'entrée du château.

Un hall immense.

Il y avait pénétré pour la première fois quand il avait huit ans. Ses copains et lui s'étaient aventurés dans les souterrains et s'étaient retrouvés dans cette salle. Ils avaient été si impressionnés qu'ils en avaient oublié toute prudence. L'un des domestiques avait découvert leur présence et les avait jetés dehors.

Des colonnes se dressaient jusqu'à la voûte située à une hauteur vertigineuse équivalant à celle de trois étages. Le sol était dallé et les murs recouverts de grandes tapisseries aux couleurs fanées. Une cheminée gigantesque occupait une partie du mur du fond.

— Victor prévoit d'installer ici une salle de sport et une piscine destinées aux occupants des appartements, dit Anna sur le ton de la conversation. Et toi, qu'en ferais-tu ? J'imagine mal qu'on puisse diviser cet espace pour y aménager des chambres pour les patients.

Il sourit.

— Une piscine pourrait être une bonne idée. Que dirais-tu de faire de ce hall un centre de rééducation ? Avec un bassin, des tapis de marche, des barres d'appui, tout l'équipement nécessaire. Actuellement, quand quelqu'un se blesse sur l'île, nous essayons de le faire évacuer immédiatement pour qu'il soit soigné, mais une rééducation à l'étranger est hors de question, c'est beaucoup trop cher. Alors, nous nous en chargeons et faisons de notre mieux. Mais ici, dans ce hall... Anna, tu imagines tout ce qu'on pourrait y faire ?

Conscient de manifester trop d'excitation, il se calma.

— Désolé. J'exagère, créer un hôpital dans les murs du château représentera déjà une dépense considérable sans qu'on y ajoute encore une piscine. Je veux juste un hôpital qui fonctionne.

— Oui, peut-être, dit-elle d'un ton évasif. Fais-moi voir le reste.

Ce qu'il fit.

Victor ne se montra pas et les quelques domestiques chargés de l'entretien du château restèrent invisibles.

Leo connaissait certaines des chambres de la famille Castlavara pour être venu soigner Yanni. Ces pièces étaient d'une telle opulence qu'il en avait été choqué. Celles destinées au personnel donnaient sur la cour. Elles étaient simples et pratiques mais ne représentaient qu'une très faible proportion de l'ensemble du bâtiment. Le reste était une sorte de vaste méli-mélo où se côtoyaient les différents styles et goûts exprimés par les générations qui s'étaient succédé dans ces lieux. Des draps poussiéreux recouvraient de vieux meubles. Des rideaux et des papiers peints tombaient en lambeaux. Le plâtre s'écaillait à certains endroits, témoignant de l'humidité des murs.

Il se sentait de plus en plus découragé à mesure qu'ils allaient d'un étage à l'autre, parcourant les pièces en triste état. Les couloirs étaient éclairés par des ampoules nues suspendues à des fils passablement usés. La rénovation du réseau électrique du château coûterait à elle seule une fortune.

La visite s'effectuait en silence. Lorsqu'il se résolut à faire part à Anna de ses doutes, elle le fit taire.

— Le jour de mon arrivée, Victor m'a emmenée faire un tour rapide du château. Il parlait tout le temps, me disant que la seule solution était de faire ces appartements de luxe, et le plus rapidement possible, parce que le château tombait en ruine. Je me suis cassé la tête à comprendre ses plans. Laisse-moi le temps de comprendre les tiens.

Mais il n'avait plus de plan. L'état de délabrement du château lui faisait prendre conscience que son rêve d'y créer un hôpital était irréalisable, car bien trop cher à financer. Comment avait-il pu envisager cette option ?

Ils avaient maintenant atteint les remparts. D'ici, l'île s'offrait tout entière au regard tandis qu'au loin se dessinait la côte italienne.

C'était cette vue exceptionnelle ainsi que la plage qui s'étendait sous les murailles du château qui avaient donné à Victor l'idée d'aménager des appartements destinés à une riche clientèle.

Debout l'un à côté de l'autre, silencieux, ils suivirent des yeux un bateau de pêche qui regagnait le port tandis qu'une bande de dauphins s'ébattait dans les vagues.

— Imagine si les patients pouvaient recouvrer la santé dans ce cadre, dit enfin Anna. Les personnes âgées accueillies dans la maison de retraite qui occupe une partie de ce sinistre bâtiment que tu appelles hôpital, imagine-les ici, profitant du soleil.

— C'est impossible, répondit-il d'une voix sourde. Maintenant que j'ai visité tout le château... Je regrette même d'avoir envisagé ce projet.

— Mais pourquoi ?

— Mis à part les appartements de Yanni, je n'étais pas revenu ici depuis que j'étais gamin. Je n'imaginais pas l'ampleur des travaux qu'il y aurait à faire.

Appuyée contre le parapet, Anna cessa de regarder les dauphins qui jouaient dans l'eau pour fixer son attention sur lui.

— As-tu une idée du montant de mon héritage ?

— Je n'en sais rien, et cela ne me regarde pas.

— Si cette fortune a été accumulée en spoliant la population de l'île, cela te regarde tout à fait.

— Ce système dure depuis des générations.

— C'est vrai. Il avait été instauré pour permettre aux seigneurs du château de payer des mercenaires chargés de défendre l'île contre les pirates. Mais il y a longtemps que cette menace a disparu. Pourtant, les Castlavara ont continué d'entasser de l'argent, comme s'il fallait craindre d'autres attaques. Sur les conseils de Martin, j'ai demandé une évaluation des biens dont j'hérite, et je connais maintenant le montant de ma fortune. Alors, retiens ton souffle, docteur Aretino, et écoute...

Il écouta. Et fit répéter à Anna le chiffre qu'elle venait de lui donner tant il était énorme. Incroyable.

— Je n'arrive pas à...

— Moi aussi, j'ai du mal à le mesurer. Cela m'a laissée sans voix quand j'ai su. Mais je ne pensais pas pouvoir faire grand-chose avant vingt ans. Restaurer le château, oui. Et même y aménager des appartements. Mais rien d'autre.

— Et...

— Eh bien, maintenant, tu m'as montré qu'il y a d'autres choix possibles. Les clauses du trust sont très claires : je peux faire toutes les dépenses que je veux dès lors qu'elles sont engagées pour mon usage personnel. Les administrateurs disent que, si je veux collectionner des diamants, rien ne s'y oppose. Alors, si je veux, pour ma satisfaction personnelle, créer ici l'hôpital de mes rêves, qu'est-ce qui pourrait m'en empêcher ? Le rôle de ces juristes est de respecter à la lettre les conditions définies par le trust.

Elle prit une profonde inspiration.

— Je vais téléphoner à Martin.

— Martin ?

— Je te l'ai dit, il est avocat. Et un excellent avocat.

Ce qu'Anna venait de lui proposer comblait tous ses rêves. Pourquoi un type appelé Martin devrait venir perturber le cours de ses pensées ? Ce Martin n'était pas là. S'il y avait quelque chose de sérieux entre Anna et lui, il aurait dû être ici, auprès d'elle. Aucune importance. Non, aucune !

Il se força à reporter son attention sur ce qu'elle disait.

— Tu ferais vraiment cela, dit-il lentement.

— Je crois que j'aimerais créer un hôpital qui soit à la pointe du progrès. Et je pense même à d'autres projets. Par exemple, j'adore voyager, mais je déteste l'avion. Aussi, il me faudrait un hélicoptère basé ici pour que je puisse me déplacer facilement en cas d'urgence. Et il servirait aussi à évacuer les patients qui ont besoin de soins particuliers que nous ne pouvons pas leur prodiguer. Et puis, pour mes sorties habituelles, j'aimerais avoir à ma disposition un ferry, assez gros pour que je n'aie pas le mal de mer. Et les administrateurs, à Milan, ne verront certainement aucun inconvénient à ce que je laisse les habitants de l'île l'utiliser aussi. Et même les touristes venus du continent pour passer la journée ici.

Elle se prenait au jeu, l'esprit débordant d'idées.

— Le personnel de l'hôpital..., reprit-elle. Tu dis que vous n'arrivez pas à garder des médecins ici ? J'aime la compagnie des médecins, et je n'ai pas envie de vivre toute seule dans ce château. Je pourrais engager du personnel médical, et bien sûr faire venir les meilleurs spécialistes et les payer pour qu'ils me forment.

— Tu me donnes le vertige, Anna.
— Je me le donne à moi aussi.

Elle marqua une pause.

— J'ai fini par réaliser qu'en fait je peux faire tout ce que je veux. Il faut que j'en parle à Martin, mais il est possible que...

Encore ce Martin. Il devait l'arrêter. Elle s'était cogné la tête. Elle ne devait prendre pour l'instant aucune décision.

— Tu ne feras jamais tout cela, dit-il.
— Pourquoi ?
— Parce que cela impliquerait que tu vives ici.
— Il me faudra mes chiens, dit-elle.
— Et Martin ?

Anna se tourna vers lui, le fusillant du regard.

— Ne te mêle pas de cela ! Pour ce qui se passe ici, les plans pour le château, l'hôpital, l'île, j'ai besoin de conseils et d'aide. Mais en ce qui concerne ma vie privée, tu as perdu le droit de t'y intéresser il y a dix ans, lorsque tu m'as quittée.

— Je t'ai dit...
— Que tu étais désolé. Et c'est très bien ainsi. J'ai oublié ce qui n'était qu'une amourette d'adolescents, et tu devrais en faire autant.

— Anna, ce que je ressens...
— Tais-toi ! Parlons de ce qui nous occupe. Veux-tu te charger de la création d'un hôpital capable de répondre aux besoins de la population ?

— Tu ne voudrais pas m'en donner la responsabilité.
— Je ne suis pas folle, Leo, dit-elle avec toujours autant de froideur. J'ai pu constater que tu diriges très bien ton hôpital, si rudimentaire soit-il. Tu connais les besoins des insulaires, aussi ton aide m'est-elle indispensable. J'imagine qu'il nous faudra l'assistance d'un expert, les conseils de gens qui savent comment installer le genre de services médicaux dont nous

parlons. Des architectes. Et aussi des conseillers en patrimoine, car je commence à penser à d'autres projets. Par exemple, les souterrains que Victor voudrait me voir condamner pourraient, une fois sécurisés, être ouverts au public et faire l'objet de visites guidées – et payantes – pour les touristes venus avec mon ferry.

— Tu ne crois pas que tu t'emballes un peu ?

— Oh ! je suis définitivement emballée ! admit-elle avec un large sourire.

Visiblement, tous ces projets l'enchantaient.

— Nous nous laissons emporter par notre imagination, avança-t-il. Les administrateurs du trust...

— Je vais demander à Martin de parler avec eux. Je ne comprends pas pourquoi je n'y avais pas pensé plus tôt.

— Yanni est mort il y a quelques semaines à peine. Tu étais sous le choc.

— C'est vrai. Je suis passée d'une minute à l'autre du statut de simple médecin de campagne à celui de riche héritière responsable de...

Elle haussa les épaules.

— Je n'avais pas pris conscience de mes responsabilités avant de venir ici.

Soudain, elle porta la main à sa tête et fit la grimace.

— Tu dois retourner te mettre au lit, Anna !

— Comment pourrais-je trouver le sommeil ?

— Il faut te reposer. Tous ces projets ne restent que des vues de l'esprit tant que tu ne les auras pas soumis aux administrateurs. Quant à t'installer ici... C'est une décision importante. Tu devras en parler à... À Martin ?

— Et aux administrateurs. Mais aussi à mes chiens. Ils sont très exigeants quant à l'endroit où ils vivent.

— Et pour Martin ?

— Ne te mêle pas de cela, Leo.

— Ah, désolé.

— Tu es désolé, mais tu persistes quand même à le faire. Eh bien... Puisque c'est cela, parle-moi de ta vie privée.

— C'est...

— Si tu me dis que cela ne me regarde pas, j'appelle Victor.

— Que veux-tu savoir ?
— Dis-moi si tu vis seul ? Cela m'étonnerait.
— Je vis avec ma mère et son canari qui répond au nom de Pepe.
— Ta mère...
— Elle est malade. Depuis longtemps.
— J'en suis désolée. Est-ce pour cette raison que tu as l'air si tendu ? Puis-je faire quelque chose ?

Non contente de vouloir dépenser une partie de sa fortune pour doter Tovahna d'un service médical de qualité, voilà qu'elle lui proposait son aide pour prendre soin de sa mère. Dire qu'il l'avait si mal traitée !

— Elle souffre d'une sclérose en plaques, dit-il. Ma tante m'aide à la soigner. Anna, je dois m'excuser. La manière dont j'ai agi...
— Cela date d'il y a si longtemps, on ne peut passer son temps à revenir sur cette histoire. Il faut aller de l'avant, Leo.

Elle toucha son pansement.

— J'ai mal, il faut que je m'allonge. Je vais réfléchir à tout cela.
— Bien sûr.

Elle se tourna vers l'escalier aménagé dans les remparts. La pierre s'effritait. Instinctivement, il la prit par le bras pour l'aider à descendre.

Avant d'attaquer la première marche, elle marqua une pause et contempla la mer qui scintillait sous le clair de lune.

Un vieil homme pêchait depuis la jetée, juste en face des murs du château. Soudain, la ligne de la canne à pêche se tendit. L'homme moulina un moment avant de sortir enfin sa prise de l'eau.

— Un calamar, dit Leo. Luigi et Sondra auront de quoi manger, demain.
— Tu connais tous les insulaires ?
— J'en connais beaucoup. Je suis leur médecin. Mon père était pêcheur, et j'ai de la famille un peu partout dans l'île. Tous ces gens me font confiance.

C'était pour cela qu'il était revenu à Tovahna, songea-t-il. Et qu'il n'était pas resté avec cette femme. Mais maintenant elle était ici elle aussi...

Inutile de rêver. C'était tout simplement impossible. L'héritière de la fortune des Castlavara ? Non, non et non.

— Leo...
— Oui ?
— C'était bien, nous deux, n'est-ce pas ?
— Oui, et je regrette que cela ait dû prendre fin.
— Je ne comprends toujours pas ce qui s'est passé. Mais je commence à me dire que... que les gens peuvent changer. Tu as changé.
— Non, je ne crois pas.
— Tu te soucies des autres.
— Je l'ai toujours fait.
— Pas en ce qui me concerne.
— Si, Anna, je me souciais de toi.

Elle le regarda fixement, comme si elle voulait lire en lui.
Il se lança.

— Oh si, je me souciais de toi. Et c'est toujours le cas aujourd'hui.
— Leo...

Ce qui arriva ensuite, il n'aurait su l'expliquer. Il était fatigué. Stressé. Secoué par les événements : la réapparition d'Anna après tant d'années, le malaise de Carla, les projets de transformation du château... Mais surtout, Anna était devant lui et le dévorait du regard comme elle le faisait dix ans plus tôt.

Elle avait changé aussi. Elle avait toujours sa belle chevelure flamboyante, ses taches de rousseur et son petit nez retroussé, mais il se dégageait d'elle une sorte de sagesse apaisante.

Avait-elle un petit ami ? Un compagnon ? Où était ce Martin, en ce moment ? Pas ici, en tout cas. Qu'est-ce que cela voulait dire ?

Anna était sa patiente. Il devait reprendre auprès d'elle son rôle de médecin. L'aider à descendre doucement l'escalier et à se remettre au lit. Mais la façon dont elle le regardait, la chaleur, le doux mouvement des vagues au pied du château, la nuit...

C'était de la folie. Mais, folie ou pas, c'était comme si le monde entier retenait sa respiration.

Avant de descendre l'escalier, Anna s'arrêta un bref instant en haut des marches, l'esprit confus.

Elle se sentait troublée. Désorientée. La façon dont Leo la regardait lui donnait à penser qu'il croyait que, entre eux, ce n'était pas fini.

C'était donc à elle de mettre le point final à cette histoire. Elle devait regagner sa chambre à la décoration ridicule, fermer la porte derrière elle, et mettre en place tous les systèmes de défense dont elle disposait.

Mais il avait toujours la main posée sur son bras, et ses yeux la fixaient.

Elle ne put s'empêcher de lui caresser la joue.

Elle n'aurait su définir ce qu'elle ressentit alors, mais ce contact déclencha chez elle une surexcitation de tous les sens. Elle ne voulait plus retirer sa main, et quand il l'embrassa, une décharge électrique la traversa tout entière.

La force de Leo, la chaleur de son étreinte, sa tendresse, la façon dont il l'embrassait, tout cela la laissait sans force.

Elle avait connu cela dix ans auparavant, quand, âgée d'à peine dix-neuf ans, elle était tombée dans les bras de cet homme, convaincue qu'ils ne feraient désormais plus qu'un.

Mais les choses ne s'étaient pas passées ainsi.

Au cours des années qui avaient suivi, elle avait pris conscience qu'elle s'était comportée comme une gamine pleine de naïveté. Elle s'était alors promis de ne plus se laisser emporter par l'émotion. Pourtant, en cet instant, elle était submergée par tant d'émotions qu'elle s'y noyait. Ce baiser lui donnait l'impression de... d'être revenue chez elle.

Sauf que, bien sûr, ce n'était pas le cas. Leo était un ex-petit ami qui avait fichu sa vie en l'air autrefois. Elle devait retrouver son bon sens. Maintenant !

Lequel des deux s'écarta le premier, elle n'aurait su le dire, mais la réalité refit surface.

Elle lui jeta un regard horrifié.

— C'est impossible, on ne peut pas se comporter comme cela ! Et puis, tu es mon médecin traitant. J'ai eu un choc à la tête. M'embrasser est contraire à l'éthique.

— Pourtant, c'est bon, dit-il en esquissant un sourire.

Mais elle vit ce sourire s'évanouir aussi vite qu'il était venu.

— Je suis désolé, dit-il.

— Nous le sommes tous les deux.

— Je dois partir.

Soudain, la panique la saisit. Il ne pouvait pas l'avoir emmenée sur les remparts, l'embrasser et l'abandonner !

— Après que tu m'auras raccompagnée jusqu'à ma chambre, dit-elle en tâchant de prendre un ton léger. Je n'ai aucune idée de l'endroit où je me trouve. On a gravi trois étages, franchi deux parapets... Ou bien deux étages puis trois parapets ? Je ne voudrais pas tomber sur Victor. Ce type se croit irrésistible. Il a noté que je ne suis pas mariée. Je le soupçonne de vouloir me mettre dans son lit puis d'épouser ma fortune.

— Quelle horreur ! Tu veux que je reste avec toi ?

— Tu plaisantes ? Repousser Victor et t'avoir à sa place ? Non, je ne crois pas !

— Je ne parlais pas de coucher avec toi, dit-il d'un ton brusque. Ce soir, ma tante reste avec ma mère. Je pourrais dormir non loin de toi et voler à ton secours si besoin.

Elle retint un soupir.

Ce qui s'était passé entre eux quelques instants avant paraissait déjà oublié. Mieux valait lui parler franchement.

— Leo, si je t'appelais à l'aide et que j'étais à moitié endormie, je ne serais pas surprise qu'il se passe quelque chose. Il faut voir la réalité en face, il y a un truc entre nous.

— Un truc.

— Une attirance mutuelle que nous devons dépasser aujourd'hui. Merci de ton offre, mais je refuse. Tout ira bien.

— Et si je t'envoyais une infirmière ? Je dirai à Victor que ton état émotionnel réclame qu'on te garde en observation.

Ils avaient atteint le palier qui menait à l'aile où se trouvait sa chambre. Leo lui fit face, l'air gêné.

— Ce qui vient de se passer n'était pas vraiment normal. C'est sans doute dû à ton accident.

— C'était stupide, lança-t-elle d'un ton cassant.

— Je suis d'accord. J'ai été stupide. Mais, Anna, réponds-moi. Veux-tu que je t'envoie une infirmière ?

Il semblait vraiment soucieux. Et elle, elle se sentait complètement perdue.

— J'aimerais bien de la compagnie.
— Très bien. Je vais t'envoyer Juana.
— Mais, sans elle, ne seras-tu pas à court de personnel ?
— Elle n'est pas de service ce soir, mais elle sera ravie de venir dormir au château. Je pense qu'il te faut rester en observation durant ton séjour ici. Tu auras chaque fois une infirmière différente.
— Et si je m'installe définitivement ?
— Tu y penses vraiment ?

Tout abandonner pour vivre dans ce château...

Elle songea à son joli petit cottage en Angleterre, à sa vie douillette. Elle pouvait quitter l'île, vivre dans le luxe durant les vingt années à venir et vendre ensuite ses biens au plus offrant. Ou bien, elle pouvait changer la vie des habitants de Tovahna. Cet endroit pouvait-il devenir un hôpital ? Pouvait-elle vraiment changer le cours des choses ?

Elle se tourna vers Leo, l'homme à qui elle avait donné son cœur autrefois. Elle ne commettrait pas de nouveau la même erreur, elle n'était pas stupide. Mais, pour tout le reste, elle avait confiance en lui.

— Oui, dit-elle. J'y pense vraiment. En fait, si les administrateurs acceptent le projet, je resterai définitivement.

Elle se mit à trembler.

Que lui arrivait-il ? Prendre aussi rapidement une décision d'une telle importance ?

Leo saisit son trouble.

— Tu ne peux pas te décider maintenant. Tu dois te donner le temps de réfléchir. Parler avec ce Martin...

Il eut une hésitation.

— Laisse-moi te sortir d'ici une journée pour voir dans quoi tu t'embarques.
— Que veux-tu dire ?
— Avant de t'engager dans cette voie, il faut que tu aies une image plus globale de la situation. Ce soir, tu as besoin de te

reposer. Mais peut-être samedi ? Bruno et Freya auront repris le travail, et il n'y a pas de consultation ce jour-là. Je pourrais prendre un jour de congé. J'aimerais te faire découvrir le vrai visage de Tovahna. Les gens que tu aideras si tu décides de mettre en œuvre ce que tu proposes.

Il était comme elle. Il croyait encore qu'il s'agissait d'un fantasme.

— Je pense que j'ai déjà pris ma décision.

— Anna, tu as reçu un choc. Je ne peux pas te laisser faire de promesses maintenant. Mais dans quelques jours, quand ta blessure à la tête ne te fera plus souffrir, me permets-tu de te montrer l'île et ses habitants ? De te faire voir comment ce rêve fantastique pourrait changer leur vie ? Donne-moi une journée.

Tout une journée avec Leo ! La perspective l'étourdissait. Elle voyait bien que ce qu'il lui proposait était raisonnable. Elle ne devait pas faire de promesse ce soir. Mais toute une journée avec Leo, son grand, son adorable Leo...

Non. Il ne lui appartenait pas. C'était un confrère, rien de plus. Et, dans ce cas, pourquoi ne pas accepter son offre ?

— Samedi, ça me semble parfait, Leo Aretino. Nous ferons le tour de l'île. Et maintenant, je vais me coucher.

7

Assise sur le siège du passager dans la vieille Fiat de Leo, Anna était subjuguée. Ils avaient pris la route de la côte, et la vue qui s'offrait à eux était à couper le souffle. L'état des routes était épouvantable, et la voiture de Leo une véritable ruine, mais la beauté du paysage faisait oublier tout le reste.

Cette mer bleu saphir, ces falaises rose orangé, ces petites criques qui se succédaient comme autant d'invitations à la baignade...

Ils avaient laissé derrière eux la rue commerçante de la ville et roulaient à présent vers la pointe de l'île, plus faiblement peuplée. On voyait çà et là de vieilles maisons en pierre et des gens qui travaillaient au milieu des oliviers et des vergers. D'autres réparaient des filets sur les plages, ou marchaient le long de la route. De toute évidence, la Fiat de Leo était connue de tous : les insulaires qu'ils croisaient leur faisaient signe ou les hélaient au passage.

Leo répondait en agitant la main. Il restait silencieux, comme s'il attendait qu'elle lui livre ses impressions.

Ils avaient atteint un promontoire d'où l'on voyait des oliveraies s'étendre sur des kilomètres et la mer scintiller sous le soleil. Des quantités de roses sauvages s'épanouissaient le long des chemins, rehaussant la beauté exceptionnelle du paysage.

— C'est magnifique, dit-elle enfin. Je comprends pourquoi tu as voulu revenir.

— Je *devais* revenir, corrigea-t-il. Ne te laisse pas avoir par le charme de l'île, il masque une profonde misère. Vois-tu un inconvénient à ce qu'on s'arrête un moment ? Dino Costa a quatre-vingt-dix ans, et il est quasi grabataire. Si je pouvais le voir maintenant, cela m'éviterait d'avoir à revenir la semaine prochaine. Il y a une crique au pied de la maison. Tu pourrais aller t'asseoir sur les rochers ou bien faire un tour en attendant que j'aie fini.

— Bien sûr. Mais je pourrais peut-être aussi te donner un coup de main... Si tu penses que Dino aimerait faire ma connaissance, ajouta-t-elle d'un ton hésitant.

Leo lui lança un regard aigu.

— Tu serais d'accord ?

— Si cela peut lui faire du bien...

Il esquissa un sourire.

— Il sera enchanté de te rencontrer. Il s'en vantera auprès de tous ses voisins. Mais je t'avertis : Dino n'est pas un modèle de courtoisie.

Elle sourit.

— Hé, je suis médecin de famille ! J'ai eu mon lot de patients relativement grossiers. Par ailleurs, je sais déjà ce que les insulaires pensent de moi. Alors, allons-y.

Ils s'arrêtèrent devant une vieille maison en pierre bâtie un peu en retrait sur la falaise. Elle était entourée d'oliviers et de citronniers qui croulaient sous le poids des fruits non cueillis. Le sol était sec et pierreux. Envahi de roses sauvages, le jardin était visiblement laissé à l'abandon. Et le vieux chien qui accourut vers eux pour les accueillir semblait en aussi piteux état que le reste.

Leo se pencha pour le caresser.

— Salut, Zitto ! Comment va ton maître aujourd'hui ?

Le chien, visiblement ravi d'avoir de la compagnie, se dirigea vers l'arrière de la maison comme pour leur montrer le chemin. La porte était ouverte.

— Dino ? cria Leo. Vous êtes prêt à avoir de la visite ?

— Leo, c'est toi ? répondit la voix tremblante d'un vieillard.

— Mais oui ! Je vous ai amené quelqu'un qui veut faire votre connaissance. Anna Castlavara. Vous voulez bien la recevoir ?

— La Castlavara ? Chez moi ? Tu me racontes des histoires, Leo Aretino !

— Constatez par vous-même, rétorqua Leo en la poussant devant lui.

Le vieil homme était assis devant la cheminée où brûlait un feu de bois malgré la forte chaleur qui régnait dehors.

Anna avait l'habitude d'aller chez des personnes âgées. Elle savait que, pour elles, la chaleur était un vrai remède.

Dino fit mine de se lever, mais elle se précipita pour lui prendre la main.

— Restez assis, monsieur Costa, je vous en prie. Je ne suis pas une Castlavara. J'ai hérité du château, mais je m'appelle Anna Raymond. Je suis le Dr Raymond. Je vais rester dans un coin pendant que le Dr Leo vous examine.

— Je vais faire du café, dit le vieillard qui semblait désemparé. Je devrais...

— Dino est surpris. Il est habitué à voir Victor venir encaisser le loyer, expliqua Leo.

Elle jeta un regard circulaire dans la cuisine.

Faire du café serait sûrement une tâche compliquée pour Dino, mais elle comprenait le besoin du vieil homme de se montrer hospitalier. Elle aperçut une bouteille vide posée sur la table. Il y avait d'autres bouteilles semblables rangées sur une étagère, portant toutes une étiquette écrite à la main.

Une liqueur faite maison ? Parfait.

— C'est presque l'heure du déjeuner, dit-elle. Puis-je vous demander... peut-être un petit verre de *limoncello* ?

Les yeux du vieil homme brillèrent. Il se leva de sa chaise, repoussant la main de Leo qui voulait l'aider.

— Je le fais moi-même, dit-il. Avec mes propres citrons. Mon grand-père était allé à Sorrente il y a très, très longtemps. Il travaillait sur un bateau de pêche. On n'a plus entendu parler de lui pendant un an, puis, un jour, il est revenu, rapportant avec lui un sac rempli de plants de citronnier. « Ils feront notre fortune », a-t-il dit. Bien sûr, on n'est pas devenus riches, mais, grâce à eux, j'ai un excellent *limoncello,* et c'est déjà bien.

Il se dirigea à petits pas vers le placard, en sortit trois verres à liqueur qu'il essuya avec un torchon usé, puis il prit dans le réfrigérateur une bouteille contenant un breuvage d'un jaune éclatant.

Il remplit les trois verres en essayant de maîtriser les tremblements de sa main et il en tendit un à chacun de ses hôtes.

— À votre santé, dit-il en levant son verre. Vous ne pouvez pas être pire que ceux qui vous ont précédée, ma fille.

— Je pourrais peut-être même être meilleure qu'eux.

Elle porta le verre à ses lèvres.

— C'est comme votre *limoncello*, vous mélangez les citrons de l'île avec des citrons venus d'ailleurs, et vous obtenez quelque chose d'un goût tout à fait nouveau. Monsieur Costa, c'est le meilleur *limoncello* que j'aie jamais bu. Vous savez, l'île a maintenant une Castlavara venue d'ailleurs. Alors, comme pour votre *limoncello*, qui sait ce que cela pourra donner ?

Leo voulait examiner un abcès dont souffrait Dino. Pendant qu'il soignait le vieil homme, elle sortit de la maison et alla s'asseoir sur un rocher pour contempler la baie.

Leo vint la retrouver vingt minutes plus tard.

— Merci, dit-il en s'asseyant près d'elle. Toute l'île va savoir que tu as apprécié le *limoncello* de Dino.

— Je me suis entraînée avec le cordial que Marie Donohue prépare avec des framboises. Elle en sert à tous ses visiteurs et affiche un visage rayonnant en les regardant boire. Heureusement, si je puis dire, elle souffre d'un glaucome, et il y a chez elle beaucoup de plantes en pot… Un moyen bien commode pour qui veut se débarrasser du cordial !

— Alors, le *limoncello* de Dino…

— Il est mille fois meilleur que le breuvage de Marie Donohue ! Jamais je ne m'en serais débarrassée dans un pot de fleurs !

— Il a été si content de voir que tu l'appréciais. Il y a une bouteille pour toi dans la voiture. Dino me l'a donnée en disant : « Cela va l'amadouer, mon garçon. L'île a besoin d'une Castlavara dotée d'un grand cœur. »

— Je ne suis pas une Castlavara !

— Si, il le faut. En tant qu'Anna Raymond, tu peux reprendre ta vie en Angleterre. En tant que Castlavara, tu peux faire beaucoup de bien aux gens de cette île.

— Mais en étant toujours traitée comme une Castlavara.

— Tu ne peux pas y échapper.

Elle regarda la mer, pensive.

— Non. Et toi non plus.

Il fronça les sourcils.

— Que veux-tu dire ?

— Tu as très bien compris. Tu m'as expliqué que tu m'avais quittée parce que ton pays t'aurait rejeté si tu étais resté avec moi Et si nous parlions de ta fierté ?

— Anna...

— Victor m'a tout raconté. C'est une vraie commère, mais il a son utilité comme source d'information. Il a cherché à me mettre en garde contre toi. Il m'a dit que ta famille était très pauvre et vivait de la charité des gens quand tu étais enfant. Il a ajouté que, maintenant que tu es médecin, tu veux prendre ta revanche et te hisser au-dessus de tout le monde alors que tu n'es rien ni personne. Il faut se méfier de toi, selon lui, parce que tu cherches à avoir le plus de choses possible.

— Il a vraiment dit cela ?

— Oui, plus ou moins dans ces termes. Pour ma part, je n'ai jamais eu cette image de toi. Mais je voudrais savoir s'il y a une autre raison qui t'a poussé à me quitter. As-tu été effrayé par mon immense fortune ? Entre le camp des riches et celui des pauvres, tu as choisi les pauvres ?

— Anna...

— Je pense que c'est ce que tu as fait. Et c'était idiot. Je n'étais pas riche. Par ailleurs, Yanni aurait très bien pu avoir une douzaine d'enfants avant de mourir, et dans ce cas, je n'aurais jamais hérité de quoi que ce soit.

— J'étais abasourdi quand j'ai su qui tu étais, je ne savais plus quoi penser.

Elle poussa un soupir.

C'était une journée magnifique. Elle sentait la chaleur du soleil sur son visage. Le paysage était fantastique. Elle venait de boire un verre de *limoncello* vraiment excellent, et un type superbe lui faisait visiter l'île. Il fallait passer à autre chose.

— J'avoue que j'aurais fait n'importe quoi pour que tu restes avec moi. Alors, peut-être as-tu pris l'option la plus raisonnable. De toute façon, j'ai bien réfléchi, et je... J'ai décidé de te pardonner.

— Tu me pardonnes ? répéta Leo d'une petite voix.

Elle lui sourit.

— Et j'ai décidé de rester ici.

— Avec Martin ?

Si elle s'installait dans l'île, Leo serait pour elle un collègue et peut-être un ami. Certes, il avait le droit de lui poser des questions, mais elle tenait à fixer des limites.

— D'accord, jouons cartes sur table. Martin est mon ex-petit ami et aussi mon avocat. Mais c'est la dernière fois que tu m'interroges sur ma vie privée, Leo Aretino. Victor aussi semble s'y intéresser de près, mais vous n'avez ni l'un ni l'autre le droit de vous mêler de ma vie amoureuse. Je ne pense pas que Victor et moi devenions amis un jour, mais toi, c'est différent. Nous allons être des collègues, et si nous en faisons l'effort, nous pouvons aussi être des amis. Aussi vais-je oublier que tu m'as plaquée autrefois et tourner la page. Es-tu prêt à en faire autant ?

Leo semblait déconcerté.

— Je pense.

Elle se leva et lui sourit.

— Bien. Cela prouve qu'on a du bon sens tous les deux. Je meurs de faim ! Faut-il retourner en ville pour déjeuner ?

— Il y a une petite auberge pas loin d'ici.

— Excellent. Commençons dès maintenant à faire preuve de bon sens et allons-y.

Leo était tout acquis à cette vision des choses. Ce qu'Anna avait dit était marqué au coin du bon sens, en effet. Elle avait fort bien résumé ce qui s'était passé entre eux. Elle connaissait les raisons pour lesquelles il l'avait quittée, et elle avait décidé de ne pas lui en vouloir. Rien ne les empêchait donc de se comporter comme des collègues et des amis. C'était certainement la meilleure solution.

Alors, pourquoi les choses lui semblaient-elles aller de travers ?

L'auberge où il l'avait amenée était un de ses endroits préférés. Sofia cuisinait les meilleures pâtes du pays, et Giuseppe pêchait les plus beaux calamars. Quatre petites tables étaient installées sous les oliviers. De là, on voyait la jetée branlante où Giuseppe amarrait son bateau. Deux autres tables se trouvaient à l'intérieur au cas où des clients seraient assez fous pour renoncer à la vue sur la mer. Aujourd'hui, ils étaient les seuls clients. Assis dehors, ils dégustaient le plat unique au menu : des pâtes aux fruits de mer.

— Je n'ai jamais rien mangé de meilleur ! s'exclama Anna en savourant un morceau de calamar. J'ai l'impression d'être au paradis.

— Oui, il n'y a pas que la misère sur cette île, admit-il. Il y a aussi les pâtes, les olives, les tomates, les produits de la pêche... Que des bonnes choses.

— Le cuisinier du château semble ne connaître que les boîtes de conserve. Hé, après tout, je suis une Castlavara, je peux sûrement ordonner à Sofia de venir au château me faire la cuisine !

Elle s'était exprimée en tovahnien. Giuseppe et Sofia étaient sur le pas de la porte, regardant trois de leurs enfants, âgés de douze, dix et huit ans, faire la course entre l'auberge et la jetée.

Lorsqu'ils entendirent les propos d'Anna, ils se figèrent sur place, l'air consterné.

Celle-ci les regarda et devint pâle comme un linge en devinant ce qu'ils pensaient.

— Non, mais non, je plaisantais ! s'écria-t-elle.

Elle se leva de sa chaise et s'approcha de Sofia, qui, apeurée, eut un mouvement de recul.

Voilà pourquoi les choses allaient de travers, songea Leo. Rien n'était réglé. Anna était une amie et une collègue, certes. Mais elle était aussi une Castlavara.

— Sofia, c'était une plaisanterie, dit Anna en prenant la main calleuse de l'aubergiste. Une plaisanterie particulièrement stupide. Je ne vais rien ordonner du tout.

— Vous pouvez nous chasser de notre maison, dit Sofia d'un ton désespéré.

— Mais non, je ne veux pas !

— Tu peux prendre tout ce que tu veux sur cette île, expliqua Leo. C'est toi qui commandes.

— Je ne veux rien commander !

— Cela prendra du temps pour en convaincre les habitants de Tovahna.

— Du temps... Vingt ans ?

— Je crois que c'est à cela que tu t'engages.

— Oui.

Elle se tourna vers Sofia.

— Sofia, je vous en prie, il faut me croire quand je dis que je ne veux menacer personne. Je suis peut-être votre propriétaire, mais je n'ai nullement l'intention d'interférer dans vos vies. J'aimerais, si c'est possible, aider le Dr Leo à créer un centre médical dont toute l'île pourrait profiter. Le temps passant, si je vous inspire confiance, peut-être pourrai-je devenir pour vous une amie ?

Sofia répondit par un petit sourire crispé et battit en retraite à l'intérieur de la maison. Les enfants la suivirent tandis que Giuseppe se mettait en travers de la porte, les bras croisés sur la poitrine. L'image même de l'insulaire en position de défense.

Anna, bouleversée, se tourna vers Leo.

— Aide-moi !

— Tout va bien, dit-il en se levant pour la rejoindre. Ne le prends pas personnellement. Tu es...

— Une Castlavara, je sais, répondit-elle en soupirant. D'accord, Leo, je dois l'accepter. Mais je ne serai pas comme mes ancêtres, j'apporterai autre chose. Seulement, vingt ans...

Elle fit la grimace et s'écarta de lui.

— Je vous en prie, dit-elle à Giuseppe, rassurez Sofia. Dites-lui que je ne veux en aucun cas l'arracher à cette auberge, pas plus qu'à vous, à vos enfants et à cet endroit magique. Savez-vous pourquoi ? J'ai l'intention de revenir ici toutes les semaines durant les vingt prochaines années m'asseoir sous vos oliviers pour manger vos pâtes et vos calamars. Si vous êtes d'accord, bien sûr.

— Avec le Dr Aretino ? demanda Giuseppe d'un ton prudent.

— Avec ou sans lui, rétorqua-t-elle d'un ton brusque. J'ai l'intention de mener une vie agréable sur cette île.

Elle retourna s'asseoir à table et s'attaqua avec énergie à son assiette.

Giuseppe haussa les épaules comme pour dire : « On verra bien. »

Leo, qui l'observait, ne pouvait qu'être d'accord avec lui. Il lui sourit et retourna vers la femme qu'il avait aimée autrefois et qu'il aimait toujours.

Vingt ans ?

Oui, on verrait bien.

8

Six mois plus tard

Anna était sur la plage. Il était 9 heures du soir.
Elle avait passé toute la journée le nez plongé dans les plans au milieu du chaos général engendré par la transformation du vieux château en centre médical ultramoderne. Le bruit des marteaux-piqueurs, les cris des charpentiers, les maçons qui ne cessaient de s'adresser à elle, tout cela lui avait donné un solide mal de tête.

Son téléphone sonna.

Sans doute était-ce l'architecte, ou bien l'un des maçons. Toute l'île semblait décidée à voir l'hôpital fonctionner au plus vite, et si l'achèvement des travaux exigeait qu'on lui téléphone en pleine nuit, personne n'hésitait à le faire.

Les derniers six mois s'étaient écoulés dans un climat d'effervescence généralisée. Une rencontre passionnante avait eu lieu à Milan avec les administrateurs, qui s'étaient montrés pleins d'enthousiasme pour le projet. Ils lui avaient expliqué les subtilités juridiques dont elle devait tenir compte, et, au prix de gros efforts, elle avait maintenant l'impression de maîtriser le sujet. Martin l'avait aidée à engager une équipe de financiers compétents. Jennifer et lui étaient venus passer une semaine dans l'île, amenant les chiens.

Elle avait profité de leur séjour pour explorer l'île avec eux et rencontrer les insulaires. Ils avaient bu plus que de raison de la *grappa* ou du *limoncello* fait maison, et elle avait apprécié ces moments, même si elle se sentait encore considérée comme une étrangère. Elle avait fini par l'accepter. Les habitants restaient méfiants, mais ce qu'elle faisait la rendait heureuse.

Elle voyait à peine Leo. Il essayait de se libérer pour assister aux réunions de chantier, mais dès que celles-ci prenaient fin, il s'en allait.

Elle savait qu'il était sous pression, lui aussi. Elle avait appris par Carla que l'état de santé de sa mère se dégradait, et les besoins des insulaires en matière de soins médicaux étaient toujours aussi colossaux. Les administrateurs lui avaient expliqué qu'elle ne pouvait pas embaucher de personnel médical tant que l'hôpital créé dans le château ne serait pas prêt à fonctionner. Et elle-même était si occupée par la surveillance des travaux qu'elle ne pouvait pas lui prêter main-forte.

Et voilà que son téléphone sonnait encore.

Elle était vraiment lasse de devoir régler tous les détails de cette énorme entreprise que représentait la transformation du château.

Elle marchait au bord de l'eau, surveillant de loin les chiens qui couraient devant elle. La nuit était presque sans lune, mais Victor avait fait installer des projecteurs par souci de sécurité, et la plage se trouvait grâce à eux baignée de lumière.

La sonnerie du téléphone s'arrêta, puis reprit presque aussitôt.

Poussant un soupir, elle sortit l'appareil de sa poche, lut sur le cadran le nom de son correspondant, et son cœur fit une embardée.

Leo.

Elle décrocha et s'efforça de prendre un ton naturel.

— Une seconde, tu permets, Leo ? Je dois rappeler les chiens. Ici, Boris, Daisy ! Il est temps de rentrer !

Ils revinrent aussitôt vers elle. Elle commença à gravir l'escalier de la plage, les chiens sur ses talons.

— Que puis-je faire pour toi, Leo ? reprit-elle.

— Anna, j'ai besoin de ton aide. Deux chalutiers sont entrés en collision dans le port parce qu'ils se déplaçaient sans lumière, ces idiots. J'imagine que les ampoules avaient grillé et que, par souci d'économie, ils ne les ont pas remplacées, chacun pariant que les autres bateaux seraient éclairés. L'un des réservoirs a explosé. Il y a des brûlures multiples. Je suis à bord d'un bateau qui se dirige vers eux. Le rapport que j'ai signale six marins blessés. Notre salle des urgences est minuscule, nous ne pouvons soigner que deux patients à la fois. Nous avons besoin de toi comme médecin, mais il nous faut aussi de la place. Où en es-tu, au château ?

— Autour, c'est encore en chantier, mais la zone réservée aux urgences est prête à accueillir des patients. L'équipement est arrivé au cours des deux dernières semaines...

Elle marqua une pause.

Elle entendait en bruit de fond le moteur du bateau sur lequel Leo se trouvait. Elle avait envie d'être auprès de lui. Mais ce dont elle avait envie n'avait aucune importance. Ce qui comptait, c'était l'aide qu'elle pouvait lui apporter. Maintenant.

— Tu as vu les lieux il y a quinze jours, dit-elle. La peinture venait d'être terminée. Nous avons bien avancé depuis. Quand les équipements sont arrivés, j'ai décidé de tout mettre en place, sans attendre que l'ensemble des travaux soit terminé. Tout a été déballé. C'est propre, stérile. Deux salles d'opération sont prêtes à être utilisées. Je n'ai pas encore les médicaments, mais j'imagine que tu pourras facilement apporter ceux que tu as à l'hôpital. J'ai huit box déjà fonctionnels.

Les personnes brûlées devaient être prises en charge le plus rapidement possible. Il faudrait sans doute les évacuer, car un petit hôpital n'était pas en mesure de soigner sur le long terme des brûlures graves, mais il était impératif de commencer par stabiliser les victimes.

— Tu peux amener les blessés jusqu'à la jetée qui se trouve au pied du château, dit-elle. Carla est-elle à ton hôpital ?

— Bruno y est. Carla et Freya sont en route pour le rejoindre.

— Elles peuvent venir directement ici. Combien de patients sont actuellement hospitalisés chez toi ?

— Sept, mais aucun ne présente de risque vital.

Il y eut un bref moment de silence.

— Je vais te prendre au mot, alors, dit-il. Tu as huit box, un équipement chirurgical ?

— J'ai tout ce qu'il faut sauf des médicaments.

— J'ai déjà alerté tout le personnel disponible. Bruno va les rediriger vers toi. Je laisserai une seule infirmière à l'hôpital, j'en prends le risque. Bruno va t'apporter les médicaments. Je te laisse réceptionner les victimes. Nous arrivons sur les lieux de l'accident.

— Tu ne veux pas que je te rejoigne là-bas ?

— Tu es plus utile au château. Nous ne sommes qu'à dix minutes de chez toi. Les bateaux t'amèneront directement les blessés, je ne ferai sur place que les procédures de réanimation. Nous t'adresserons tous les autres cas. Bon courage.

— Bon courage à toi aussi.

En tant que médecin de famille, elle n'avait pas l'expérience du type d'accident auquel ils devaient faire face. Mais elle avait eu la formation nécessaire, et Leo aussi.

Ils allaient en avoir besoin l'un et l'autre.

La scène que Leo avait sous les yeux était épouvantable.

L'eau était couverte de débris et de morceaux de bois qui brûlaient encore. L'un des bateaux n'était plus qu'une coque carbonisée, et l'autre réduit à l'état d'épave.

Il connaissait ces bateaux et leurs équipages. Dire qu'ils avaient voulu regagner le port tous feux éteints pour économiser un peu d'argent... Quel calcul stupide !

Le bateau de la police locale était sur les lieux, ainsi que deux bateaux de pêche qui s'apprêtaient eux aussi à rentrer au port. Deux canots pneumatiques avaient été mis à l'eau. Ils avançaient à la rame, car il y avait trop de carburant en feu pour prendre le risque de se servir d'un moteur.

Il vit des pêcheurs hisser quelqu'un à bord. Un cadavre ?

Pietro, le chef de la police locale, le héla depuis son bateau.

— Doc ! On a ici deux hommes en sale état. Quatre autres sont sur le *Marika*. Ils sont peut-être moins gravement blessés, mais je n'en suis pas certain. Un homme est en train d'être hissé à bord, mais il semble qu'il n'ait pas survécu. Un autre est porté disparu.

— Envoyez le *Marika* à la jetée du château. Le Dr Raymond les y attend.

— La Castlavara ?

Angelo, l'austère capitaine du *Marika*, semblait ne pas en croire ses oreilles.

— C'est vous qui devez les soigner, doc, reprit-il. Ou Carla. Pourquoi faudrait-il les envoyer au château ?

Les insulaires n'avaient toujours pas confiance en Anna. Leo avait entendu ce qui se murmurait dans l'île : « Tout ça, c'est encore pour faire de l'argent. Attendons de voir ce que cela va donner. » Et maintenant, cette méfiance transparaissait dans la façon dont le capitaine avait prononcé le mot « château », comme s'il parlait d'un poison.

— On les emmène à l'hôpital, non ? insista Angelo.

— Non. Le château est prêt à les accueillir. Vous savez que nous avons travaillé d'arrache-pied pour y créer un nouvel hôpital, et ce soir, nous allons l'utiliser. Bruno, Freya, Carla et nos infirmiers y sont déjà. Allez, Angelo, il n'est plus temps de traîner. Assurez-vous que les voies respiratoires des blessés ne sont pas obstruées et que l'on fait couler de l'eau en permanence sur leurs brûlures. Allez !

Angelo lui jeta un regard incrédule, mais il obéit.

La confiance, pensa Leo.

Il avait eu du mal à gagner celle des insulaires, et il y attachait beaucoup d'importance. Tous ces gens nourrissaient une haine profonde pour la famille Castlavara. Ils avaient pu voir comment Anna se comportait et tous avaient entendu parler de la façon dont elle avait aidé à sauver Carla, mais les traces laissées par des siècles de méfiance ne s'effaçaient pas en quelques mois. Tous attendaient de voir le vrai visage d'Anna.

Mais, ce soir, il leur demandait de lui accorder leur confiance, et ils le faisaient.

L'homme qui avait été sorti de l'eau n'était pas mort. Du moins, pas encore. Il avait avalé beaucoup d'eau et respiré probablement des fumées toxiques. Leo dut faire appel à toute son obstination pour parvenir à le réanimer.

Il était en train de le faire évacuer vers le château sur l'un des bateaux de pêche, lorsque quelqu'un le héla.

— Doc, on a retrouvé Giulio plus loin. Il a dû essayer de regagner la côte à la nage. Il n'a pas l'air en bon état.

C'était peu dire. Après s'être acharné pendant trente minutes à tenter de le réanimer, Leo dut s'avouer vaincu.

Le dernier bateau l'emmena jusqu'à la jetée du château avec le corps de Giulio.

Il avait déjà connu sur l'île des nuits comme celle-ci après des catastrophes qui avaient fait de nombreuses victimes. Chaque fois, il éprouvait le même sentiment d'impuissance. Son hôpital n'était pas capable de faire face à des situations pareilles, et à cause de cela, des gens mouraient.

Qu'y avait-il de changé, aujourd'hui ? Il s'était senti impuissant le jour où son père était mort d'une péritonite parce qu'il n'y avait sur l'île ni médecin ni hôpital capables de le prendre en charge. Il avait agonisé pendant vingt-quatre heures...

Leo s'était promis que plus personne, à Tovahna, ne mourrait dans de telles conditions. Mais là, maintenant, il était coincé sur ce bateau, et qui sait ce qui se passait au château ? Bruno et Freya étaient jeunes, inexpérimentés, pleins de bonne volonté, mais ils avaient besoin d'être encadrés. Carla avait repris le travail, mais elle n'était plus tout à fait la même qu'avant. Ses mains tremblaient légèrement, et lorsqu'il fallait prendre une décision rapide, elle montrait des hésitations.

Restait Anna.

Ils approchaient maintenant de la jetée. Le château dressait au-dessus d'eux sa masse sombre et imposante.

Quelle mouche l'avait piqué de suggérer d'en faire un hôpital ? Cela ne créerait-il pas encore plus de confusion dans les esprits ? Tout était entre les mains d'Anna et dépendait des promesses qu'elle avait faites. Or, il était bien placé pour savoir que les promesses ne signifiaient rien du tout. N'avait-il pas promis à Anna de l'épouser ?

Des cris se firent entendre depuis la jetée, les torches des habitants de l'île s'agitaient dans la nuit afin de les guider.

Avant l'arrivée d'Anna, les abords du château avaient toujours été interdits. Elle avait vraiment apporté du changement à Tovahna.

Il posa les yeux sur le corps de Giulio, enveloppé dans une couverture.

Cet homme avait connu une mort stupide, inutile.

Lui aussi, il se sentait inutile en cet instant. Il s'était promis de faire changer les choses sur cette île, mais les gens continuaient de mourir, et il y aurait encore d'autres décès cette nuit, à moins d'un miracle. Mais il ne fallait pas compter sur un miracle. Anna ferait sûrement de son mieux, cependant le lourd héritage laissé par la famille Castlavara était toujours là. On ne pouvait pas changer le passé.

Anna ne pouvait rien faire.

Cet homme n'avait que vingt-trois ans, et il était en train de mourir entre ses mains.

Elle avait pu tenir la salle des urgences prête à temps pour y recevoir les blessés. Les hémorragies, les lacérations et les fractures avaient été traitées. Les victimes avaient reçu des antalgiques. L'équipe médicale s'activait, rafraîchissant les brûlures en faisant couler de l'eau dessus pendant au moins vingt minutes.

Bruno et Freya enveloppaient les membres brûlés dans du film plastique afin de les protéger et de calmer la douleur. Carla s'occupait d'une fracture du bras qui risquait de bloquer la circulation sanguine.

Anna, elle, tenait un masque à oxygène sur le visage du pêcheur qu'elle craignait de ne pas pouvoir sauver.

Il s'appelait Tomas. Malgré son visage défiguré par les brûlures, Bruno l'avait reconnu.

— C'est le meilleur ami de mon plus jeune frère, avait-il dit, bouleversé. Anna, je ne peux pas...

Aucun d'eux ne pouvait. Bruno et Freya n'avaient jamais eu

à traiter de brûlures d'une telle gravité. Carla avait plus d'expérience, mais depuis son attaque, elle n'était plus aussi fiable. La médecine de famille qu'Anna avait pratiquée ne l'avait pas non plus préparée à faire face à cela.

Elle augmenta l'oxygénation de Tomas, le regardant lutter pour tenter de continuer à respirer, mais il était visiblement en train de perdre la bataille.

Lorsqu'elle vit Leo entrer dans la salle, elle soupira de soulagement.

Il se dirigea aussitôt vers elle.

— Que se passe-t-il ? demanda-t-il.

Elle avait envie de crier, de l'appeler au secours, mais Tomas était toujours conscient. Il n'était pas question qu'elle lui laisse voir à quel point elle était paniquée.

— Tomas et moi, nous aimerions bénéficier de tes conseils, dit-elle en s'efforçant de parler calmement.

Puis elle s'adressa au blessé.

— Tomas, le Dr Aretino est ici. Je lui résume ce qui vous arrive. Leo, Tomas souffre de brûlures dans la zone oropharyngée et sur le cou. Je l'ai intubé, mais il a du mal à respirer. Nous avons rafraîchi et enveloppé les tissus brûlés. Nous lui avons donné des antalgiques et l'avons mis sous perfusion. J'avais pensé que l'intubation serait efficace...

Par égard pour Tomas, elle n'ajouta pas « mais il semble qu'il n'y ait plus rien à faire ». Elle savait que Leo comprenait.

Elle s'écarta pour qu'il puisse examiner le blessé.

Tomas semblait avoir été frappé de plein fouet par l'explosion. Son torse n'était plus que plaies et brûlures.

Leo procéda à un examen rapide puis lui pressa la main.

— Eh bien, tu t'es mis dans un drôle d'état, Tomas. Mais tu as la chance d'être dans l'hôpital du château. Nous avons un bloc opératoire flambant neuf, et tu vas être le premier à en bénéficier.

Sa voix était chaude, ferme, rassurante. Tomas se détendit légèrement, ce qui montrait qu'il lui faisait confiance.

Leo était connu de tous. Il était un insulaire. Ce qu'elle ne serait jamais... Mais ce n'était pas le moment d'y penser. Il la regardait, essayant de capter son attention.

— Tomas, voilà ce qui va se passer. Quelque chose de brûlant a frappé ta poitrine. Ce choc a provoqué une blessure et un gonflement des tissus, cela forme comme un corset qui t'empêche de respirer. On va faire une incision qui te libérera, comme si on coupait les lacets du corset. L'opération se fera sous anesthésie. Tu ne sentiras donc rien, et après, tu respireras plus facilement. Est-ce que ça te va ?

Tomas pouvait à peine bouger, mais tout son corps sembla s'abandonner. Il confiait son destin à Leo.

Tout comme elle. Elle s'en remettait complètement à Leo. L'intervention qu'il voulait pratiquer était une escharotomie : il s'agissait d'inciser dans la zone blessée afin de relâcher la pression. Elle avait appris cette méthode au cours de sa formation mais ne l'avait jamais appliquée.

— Allons-y, mes amis, lança Leo d'un ton tranquille.

Quelques minutes plus tard, ils étrennaient la salle d'opération. Elle était grande, aérée, bien éclairée, et une équipe médicale fournie s'y activait. Bruno avait apporté les médicaments et du matériel supplémentaire provenant de l'ancien hôpital. Maria tenait le rôle d'infirmière chef, et une infirmière plus jeune lui servait d'assistante. Anna, elle, était chargée de procéder à l'anesthésie.

Compte tenu de la gravité des brûlures de Tomas, cette tâche lui paraissait au-dessus de ses capacités.

— N'y a-t-il pas quelqu'un de plus compétent que moi ? avait-elle murmuré à Leo tandis qu'ils se lavaient les mains.

Il avait secoué la tête.

— Carla est encore fragile. Elle connaît ses limites, et elle veut que ce soit toi qui le fasses. Tu en es capable, Anna.

— Leo, avec une telle détresse respiratoire...

— Rappelle-toi simplement ce que tu sais et applique-le. Et si tu as besoin de renfort, dis-le.

— À qui ?

— Nous n'avons jamais eu d'anesthésiste qualifié. Carla et moi nous sommes débrouillés. Nous avons lu et appris par nous-mêmes jusqu'à maîtriser les niveaux de saturation en oxygène et les flux respiratoires. Mais même avant son attaque,

Carla n'était plus aussi sûre d'elle. Son arthrite lui raidissait les doigts, ce qui lui faisait perdre confiance en elle. Je l'aide en prenant les décisions lorsqu'elle hésite. Si tu as des questions, demande-moi. Il n'y a pas de honte à ça.

Elle avait hoché la tête.

Elle ne craignait pas qu'il la juge. Elle savait qu'il lui était reconnaissant de lui prêter main-forte. Il était prêt à tout pour protéger les insulaires, elle était bien placée pour le savoir...

Voilà que le passé resurgissait encore.

Depuis six mois qu'elle résidait dans l'île, elle ne cessait de repenser à son histoire avec Leo. Y compris en cet instant où il concentrait toute son énergie à maintenir Tomas en vie.

Il était en train d'inciser les chairs carbonisées qui comprimaient les voies respiratoires de Tomas. Il travaillait d'une main sûre sous l'œil admiratif de l'équipe.

Elle aussi était médecin. Elle devait mettre tout en œuvre pour sauver ce garçon et ne songer qu'à apporter son aide à Leo. Mais elle ne parvenait pas à ne voir en lui qu'un collègue. Il était... Leo.

Son signal d'alarme intérieur retentit comme d'habitude.

Ne pas penser à la façon dont il veillait sur ses compatriotes ! Ne pas admirer l'habileté de ses doigts incroyables ! Ne pas s'avouer qu'il était simplement...

L'homme qu'elle aimait ?

Elle chassa cette pensée pour se focaliser sur les chiffres de l'écran qui indiquaient que le cœur de Tomas continuait de battre, que la saturation en oxygène augmentait, et qu'il allait probablement s'en sortir. Grâce à Leo. Et à la décision qu'il avait prise de revenir dans son île.

Voilà pourquoi l'histoire personnelle qu'elle avait vécue autrefois avec lui n'avait pas sa place ici.

Dès que l'incision fut faite, la poitrine de Tomas commença à se soulever et à s'abaisser dans un mouvement moins contraint, comme s'il retrouvait sa capacité à respirer par lui-même.

Leo cautérisa ensuite la plaie pour l'empêcher de saigner.

Il y aurait bien d'autres cicatrices sur ce torse ravagé. Il faudrait des mois et sans doute des années de soins avant qu'il retrouve un aspect presque normal. Il subirait de nombreuses greffes de peau. L'instant d'inattention dans le port serait suivi de longues années de regret.

— Nous allons le garder en coma artificiel, dit Leo. Son cerveau doit se focaliser sur la nécessité de guérir plutôt que sur le choc et la douleur. Il sera le premier à être transféré.

Elle hocha la tête.

Ils n'avaient pas le choix. Ils avaient fait tout ce qu'ils pouvaient, mais des brûlures aussi graves nécessitaient un transfert dans un service spécialisé.

— Je vais rester avec lui, dit-elle. Toi, retourne t'occuper des autres blessés...

Elle hésita avant de poser la question.

— Giulio ?

— Il est mort, répondit Leo d'un ton brusque.

L'une des infirmières étouffa un sanglot, et le visage de Leo se crispa. Elle sentit le chagrin et l'épuisement qu'il éprouvait.

Ces gens étaient son peuple. Sa famille. Ce qui n'était pas son cas à elle. Elle n'était pas allée à l'école avec eux, elle ne partageait pas leurs souvenirs. Elle ne pouvait pas partager leur douleur. Mais elle avait de la peine pour Leo.

Elle vit celui-ci se ressaisir et repartir vers les autres blessés.

Restée dans la salle d'opération à présent à moitié vide, elle regarda la poitrine de Tomas qui se soulevait et s'abaissait au rythme de sa respiration.

Elle ne pouvait pas l'abandonner. Quelqu'un devait prendre soin de lui, et aucune des infirmières n'avait les compétences voulues pour le faire.

Il était vivant grâce à Leo. Leo qui était revenu chez lui pour faire ce qui était bon pour son pays.

Elle aussi pouvait faire quelque chose : veiller au développement de ce centre médical et aider Tovahna à sortir de la pauvreté. C'était un projet si énorme qu'il ne laisserait pas trop de place au sentiment de vide qui venait parfois la submerger.

9

Le dernier hélicoptère s'en alla à l'aube.

Il y en avait eu trois, tous ayant à leur bord des équipes médicales spécialisées en traumatologie. Tomas avait été évacué le premier. Tous les blessés souffraient de brûlures et tous devaient être soignés par des spécialistes travaillant sur le continent.

Les hélicoptères avaient pu se poser grâce à l'héliport qu'Anna avait fait aménager.

Elle aurait dû être satisfaite de voir le succès de l'opération d'évacuation, mais elle était envahie par la sensation d'un grand vide.

Elle chercha Leo du regard.

Il se tenait en retrait, les épaules basses. Il semblait effondré.

— Ils s'en sortiront, dit-elle. Même Tomas. Il n'a rien aux jambes ni aux bras. Sa gorge est enflée, mais son visage n'est pas trop abîmé.

— Mais combien cela va-t-il coûter ? En as-tu la moindre idée ?

Il regardait l'hélicoptère disparaître dans le ciel.

— Désolé, reprit-il. Tu ne peux rien y faire.

— Si, peut-être, dit-elle d'un ton hésitant.

— Non, tu en as fait assez. Avoir réussi à aménager cet hôpital dans le château, c'est déjà un miracle en soi. Nous ne pouvons rien espérer de plus.

— Si, peut-être.

Durant les longues heures qu'elle avait passées à veiller Tomas, elle avait pris le temps de réfléchir.

— Je vais devoir parler à Victor.
— Pourquoi ? demanda Leo d'une voix monocorde.
Il semblait absent. Découragé.
— Parce qu'il est malhonnête.
— Quoi ?

Il se tourna vers elle, avec l'air de ne rien comprendre à ce qu'elle disait.

— Martin a examiné les livres comptables lorsqu'il a séjourné ici. Il a découvert que Victor s'en est mis plein les poches, et ce durant des années.
— Quel rapport avec l'accident de cette nuit ?
— Dans deux semaines, je donne une grande fête ici. Elle marquera l'ouverture du château à tous les habitants de l'île.
— Quoi ? Tu veux faire... une sorte d'inauguration ?

Elle sourit.

— Tu n'en as pas entendu parler ? D'accord, les travaux ne sont pas encore terminés, mais je suis impatiente et je veux organiser cette fête maintenant. J'y pense depuis des semaines. Je vais sans doute devoir noter quelques modifications sur mon agenda... Les administrateurs sont là pour faire respecter les clauses du trust à la lettre, mais ils n'y regarderont pas de trop près.
— Je ne comprends pas...
— Nous allons organiser une journée « Portes ouvertes » au château pour que chacun voie ce que nous y faisons. Tous les habitants de l'île seront les bienvenus. Ce sera une grande fête, et bien sûr il nous faudra beaucoup de nourriture pour accueillir tout ce monde.
— Anna, je ne vois pas...
— Tu trouves que ce n'est pas le moment de parler de festivités ? Mais si, justement. Leo, écoute-moi. Mon cousin et mon oncle semblent avoir été paranos en ce qui concerne l'approvisionnement du château. Il y a ici des stocks de nourriture capables de subvenir aux besoins d'une armée – sauf qu'ils sont périmés ! Les réserves regorgent de boîtes de haricots vieilles de cinquante ans ! En revanche, les congélateurs sont vides.
— Oui, mais...

— Cette nuit, j'ai réfléchi à la façon de venir en aide aux pêcheurs qui ont été blessés. Leurs soins et leur rééducation vont coûter une fortune. Les conditions fixées par le trust m'interdisent de payer leurs frais médicaux, mais s'ils travaillaient pour moi...

— Ils étaient en train de pêcher.

— Exact, dit-elle en souriant. Voilà quel est mon plan, avec l'aide du peu scrupuleux Victor : demain, on découvrira un document daté, disons... d'il y a deux jours. Je laisserai à Victor le soin de régler les détails. Il y a deux jours, donc, j'ai demandé à deux bateaux de pêche de l'île de prendre la mer pour ramener suffisamment de poisson pour remplir mes congélateurs. Il y aura aussi des documents antidatés montrant que j'ai engagé des cuisiniers, ainsi que des menus dans lesquels figureront les types de poissons détruits dans l'accident de la nuit dernière.

Elle marqua une pause.

— C'est assez compliqué, je l'avoue, mais l'idée est de prouver que les pêcheurs blessés étaient employés par le château. C'est-à-dire pour mon compte personnel. Par conséquent, le trust doit prendre en charge leurs frais médicaux.

Il y eut un long silence.

— Sais-tu de quoi nous parlons ? dit enfin Leo. Des soins donnés dans des unités spécialisées dans le traitement des grands brûlés. Et ensuite, la rééducation. Et il y a Giulio. Il est mort, Anna. Il faudra payer ses obsèques. Par ailleurs, sa femme et lui vivaient sur le bateau. S'il travaillait pour toi...

— Leo, peux-tu te mettre dans la tête que je ne me considère pas comme la propriétaire de cet endroit ? Et cette immense fortune ne m'appartient pas davantage. Ma famille a saigné l'île pour remplir les coffres. Cet argent appartient aux insulaires. Alors, docteur Aretino, est-ce une bonne idée ou non ?

Leo la regarda fixement, l'air abasourdi.

— C'est une brillante idée, reconnut-il enfin. Si tu es sérieuse...

— Je suis absolument sérieuse ! Crois-tu que les insulaires viendront à ma fête ?

— Quand on leur expliquera pourquoi tu la donnes, ils viendront tous.

— Excellent.

Elle soupira.

Elle était épuisée. Elle rêvait de se mettre au lit, mais aller se coucher maintenant... Elle savait qu'elle ne dormirait pas. Et Leo non plus, même s'il avait le visage marqué par la fatigue. Il avait perdu un insulaire, cette nuit. L'un des siens.

Elle se sentait lasse, sale et abattue. Leo devait éprouver la même chose en pire.

Il n'y avait plus aucune urgence ici. Les infirmières pouvaient faire face. Leo avait son téléphone. Il serait joignable en cas de problème. Alors, pourquoi pas ?

— Leo, je vais nager. Est-ce que tu veux venir ?
— Quoi ? Maintenant ?
— Tu t'apprêtais à aller prendre une douche, non ? Il y en a une en bas. Tu peux nager, te doucher et partir après. Tu viens ?

Il hésitait visiblement.

— Je descends, dit-elle. Je connais le chemin, à présent. Il faut prendre trois escaliers, tourner à gauche, et l'on arrive à une porte en bois avec de grosses barres en cuivre. Derrière se trouve la piscine du château. Tu sais, un bassin d'eau de mer taillé dans le rocher, avec un canal qui permet d'aller nager en pleine mer si on en a envie. Moi, j'en ai envie. Et en cet instant précis, je pense que j'ai bien mérité d'utiliser cette piscine. Alors, rejoins-moi si tu veux, Leo Aretino, à toi de voir.

Elle se dirigea vers l'escalier.

Leo devait rentrer chez lui. Voir comment sa mère allait, puis retourner à l'hôpital.

Sa tante était auprès de sa mère. Quant à l'hôpital...

Il passa rapidement deux coups de téléphone.

On n'avait pas besoin de lui.

Il entendit, venant d'en bas, un plouf. Il se pencha au-dessus du parapet, espérant vaguement qu'Anna lui ferait un signe de la main, mais il la vit fendre l'eau vers le bout de la piscine, presque nue. Elle ne portait rien d'autre qu'un slip. Elle évoluait dans l'eau avec l'agilité d'une loutre, comme si elle se trouvait dans son élément.

Où avait-elle appris à nager ainsi ? On aurait presque pu la prendre pour une insulaire, ce qu'elle n'était pas...

Il ferait mieux de s'en aller.

Mais la voir fendre cette eau bleu saphir, le choc de la nuit dernière, la fatigue... Il n'avait pas les idées claires.

Il savait surtout qu'il avait envie de nager. De nager avec Anna.

Anna plongea la tête sous l'eau et s'étira dans la fraîche caresse. L'eau lui faisait tant de bien. Il en avait toujours été ainsi.

Sa mère aussi avait toujours nagé depuis qu'elle était toute petite. Et quand sa vie devenait trop compliquée, elle allait sur une plage, ou au bord d'un lac, ou bien à la piscine.

— On oublie tout quand on nage, disait-elle. Il ne faut pas craindre d'avoir froid dans l'eau. Laisse-toi aller, prends-toi pour un poisson, et tu y es à l'aise. Tu t'y sens chez toi, en sécurité.

Devenue adulte, Anna s'était inquiétée de cette passion qu'avait Katrina pour la natation, au point d'aller à la plage en plein hiver et de se jeter dans l'eau glacée, ou de plonger dans une piscine au milieu de la nuit.

Maintenant qu'Anna vivait au château, elle comprenait mieux sa mère. Celle-ci avait connu une enfance triste et solitaire, et la mer lui apportait un apaisement qu'elle-même découvrait à son tour.

L'eau n'était pas froide, ici. Elle était accueillante. Depuis six mois qu'elle habitait la forteresse, elle allait nager tous les jours, et c'était pour elle un moment d'évasion comme cela l'avait été pour sa mère.

La « piscine » n'était en réalité qu'un creux aménagé dans le rocher au pied du château. Elle était aussi longue qu'un bassin olympique, et son eau était renouvelée à chaque marée haute. Du côté où l'eau était peu profonde, il y avait du sable, et à l'autre extrémité, le fond rocheux était tapissé d'herbes marines à travers lesquelles de minuscules poissons, à l'abri des gros prédateurs, filaient comme des flèches.

Elle avait laissé Leo là-haut, ignorant s'il allait la rejoindre ou non... Cela n'avait pas d'importance, maintenant. Le fait de nager induisait chez elle un état méditatif.

Mais lorsqu'elle vit Leo nager à côté d'elle, la méditation fut vite oubliée.

Il était aussi bon nageur qu'elle. Peut-être même meilleur.

Ils avancèrent côte à côte, même si la piscine était presque aussi large que longue.

Leo n'était vêtu que d'un boxer. Et il était si proche que, si elle se déplaçait de quelques centimètres vers la gauche, elle lui effleurerait la poitrine.

Peau contre peau.

Elle-même n'avait gardé que son slip. Elle aurait pu regagner ses appartements pour mettre un maillot de bain après avoir quitté Leo, mais la piscine était hors de vue des fenêtres du château, et tout ce qu'elle voulait, c'était plonger au plus vite.

À présent, ils avançaient avec une telle synchronisation qu'elle avait presque l'impression qu'ils étaient un seul et même corps en mouvement.

Elle connaissait parfaitement chaque centimètre du corps de cet homme. Elle s'en souvenait dans les moindres détails. Mais aujourd'hui, il avait dix ans de plus. Il était plus fort, avec des muscles plus puissants. Il était devenu un véritable Apollon. Elle avait envie de le serrer contre elle. Elle le désirait.

Mais elle ne pouvait avoir ce qu'elle voulait. Ne l'avait-elle pas appris de la plus dure des façons ? Dix ans s'étaient écoulés depuis. Durant ces dix années, elle n'avait pas été malheureuse. Après quelques mois épouvantables, elle s'était résignée à accepter la situation et avait décidé de vivre le mieux possible. Elle s'était bâti une belle carrière et avait eu quelques petits amis tout à fait charmants.

Cependant, Leo lui avait toujours manqué.

Maintenant qu'il était là, tout près d'elle, la tension lui parut soudain insupportable. Elle fit un écart et fila vers le passage qui menait à la mer.

La baie, sans être vraiment privée, était fermée, protégée par deux caps qui faisaient partie du domaine du château. Personne ne s'y aventurait jamais. L'autorisation donnée la veille aux insulaires d'utiliser la jetée était une exception. L'endroit était magnifique, rassurant, et il lui appartenait.

Sur sa gauche, des rochers émergeaient, formant des îles minuscules. Leur surface était lisse, polie par le passage des marées.

L'idée que Leo était quelque part derrière elle la troublait. Ils étaient dans le même élément. Dans le même monde.

« Veux-tu m'épouser ? »

Il lui avait posé la question dix ans auparavant, et elle avait répondu oui. Peut-être se sentait-elle toujours engagée envers lui. Peut-être avait-elle l'impression de lui appartenir pour toujours.

C'était absurde.

Elle accéléra sa nage, laissant l'eau froide éteindre le feu qui brûlait en elle.

Des poissons restaient dans son sillage, comme pour profiter de sa force dynamique afin d'avancer plus rapidement.

Elle n'était pas seule. Elle avait les poissons, et ses chiens qui l'attendaient au château. Elle n'avait pas besoin de Leo.

Lorsqu'elle atteignit le dernier rocher qui se dressait dans la baie avant l'ouverture sur la pleine mer, elle refit surface.

Leo était juste derrière elle.

Il était fort, viril. Son corps humide luisait dans le soleil du matin. Il toucha le rocher et s'y accrocha. Leurs corps se frôlèrent, peau contre peau.

Elle regretta de n'avoir pas gardé son soutien-gorge. C'était stupide de l'avoir ôté. Quelle idée de se montrer aussi dénudée ! Elle devrait regagner le rivage, attraper ses vêtements et s'enfuir.

Elle ne pouvait pas. Elle était à bout de souffle.

Elle se hissa sur le rocher, ruisselante.

Leo y grimpa à son tour et s'installa près d'elle.

— Impressionnant, dit-il. Ta façon de nager.

— C'est une des rares choses de valeur que ma mère m'a laissées en héritage.

— La natation, et un château.

— A-t-il vraiment de la valeur alors qu'il a chamboulé ma vie ?

— En quoi l'a-t-il chamboulée ?

Elle ne pouvait plus attendre. Il était trop superbe, trop près d'elle. Il était trop... Leo.

— C'est à cause de lui que l'homme que j'aime n'a plus voulu de moi.

— Anna...

— Si on se taisait juste un moment ? dit-elle. Je ne sais pas ce qu'il en est pour toi, mais je n'en peux plus, Leo. Je n'ai envie que d'une chose, c'est que tu m'embrasses. Embrasse-moi avant que je devienne folle.

Leo la couva des yeux, l'air égaré.

— Comment pourrais-je ne pas t'embrasser ?

Et il la prit dans ses bras.

Elle appartenait à cet homme. C'était aussi simple que cela. Dix ans auparavant, elle lui avait donné son cœur, et ce cœur était toujours à lui.

Cet homme était à elle. C'était une évidence. Une réalité si vraie, si profonde, que rien ni personne n'y pouvait rien changer.

Elle n'aurait pas dû se trouver là, à demi nue, en train d'embrasser un homme avec qui elle n'avait eu aucun contact durant dix longues années, mais tout son corps lui disait que ce qu'elle faisait était bien. Elle serrait Leo contre elle, et en sentant sa poitrine se coller à ce torse musclé, elle avait l'impression d'être chez elle.

Cet homme. Ce corps. Il était à elle.

Il la tenait fermement tout contre lui et l'embrassait fiévreusement. Il l'enveloppait de sa chaleur, de sa force... C'était bien. C'était là qu'elle voulait être.

Comment aurait-il pu ne pas embrasser Anna ?

C'était la plus belle femme qu'il ait rencontrée. La plus ensorcelante. Elle était vêtue en tout et pour tout d'un ravissant slip en dentelle. Et quand elle le regardait ainsi, avec cette lueur de défi dans ses jolis yeux verts...

Comment résister ?

Pourtant, il n'aurait pas dû se comporter ainsi.

Il aimait cette femme, il la désirait de tout son être, mais tout au fond de lui, les leçons du passé étaient encore là. À ce moment où Anna se blottissait contre lui, elles refaisaient surface, tels des fantômes qui refusaient d'être exorcisés.

Elle était une Castlavara.

Alors même qu'il la tenait dans ses bras, qu'il succombait à la force du désir, les événements de la nuit dernière revenaient le hanter.

Il songea aux réticences des pêcheurs.

Il leur avait demandé de lui faire confiance. Mais ils n'avaient pas confiance en Anna, comment aurait-il pu en être autrement ? Ils avaient confiance en lui.

Leo était à elle, et l'instant d'après, il ne l'était plus. Elle perçut le moment où la passion faisait place au désespoir.

Soudain, il s'écarta d'elle et la tint à bout de bras.

— Anna, je ne peux pas, dit-il d'une voix tremblante d'émotion. Non, je ne peux pas...

— Pourquoi ? demanda-t-elle, au bord des larmes.

Elle se rappela brusquement que les ouvriers du chantier allaient bientôt arriver pour se mettre au travail. Ils devaient installer les fenêtres du nouvel hôpital. Or, celui-ci donnait sur la mer. Les ouvriers les verraient, Leo et elle.

Elle croisa les bras sur sa poitrine nue en un geste de défense. Leo le remarqua.

— Nous devons rentrer, dit-il. Es-tu prête à repartir ?

— Oui. Mais, Leo, pour ce qui nous concerne...

— Il n'y a pas de nous.

— Tu plaisantes ? Après ce qui vient de se passer ? Tu me désires autant que je te désire.

Que lui arrivait-il ? Elle ne savait plus où elle en était. Mais il n'était plus temps de se taire. Ils avaient perdu dix ans. Qu'avait-elle à perdre en brisant le silence ?

— Leo, il y a dix ans, tu m'as quittée. Je me suis dit que c'était une amourette de jeunesse, rien de plus. J'ai tourné la page. D'une certaine façon. Mais maintenant, ce que je ressens, ce que toi, tu ressens... Leo, ce qu'il y a entre nous est bien réel, et très fort. Pouvons-nous continuer à l'ignorer ?

— Je crois que nous le devons.

Elle s'efforçait de parler d'un ton calme.

— Dis-moi pourquoi. Tu ne m'aimes pas ?

— L'amour n'a rien à voir avec cela. Anna, sais-tu ce que tu me demandes ?

La colère commençait à la gagner.

— Quoi ? Il me semble que c'est moi qui donne.

— C'est vrai. Et c'est bien le problème. Anna, nous appartenons à deux mondes différents, il faut l'accepter parce que c'est la réalité. Je suis le fils d'une mère très pauvre, et mon père est mort à cause de l'inégalité qui règne sur cette île. J'ai vu ce que détenir le pouvoir pouvait faire, et chaque habitant de Tovahna le sait aussi.

— Cela peut changer. Ça a déjà commencé, tu le vois bien.

Sa colère ne faisait que croître. Elle avait pris tant de risques, et voilà que Leo continuait de ne voir en elle qu'une femme de pouvoir. Une Castlavara de plus.

— Il faut que tu comprennes la situation, dit-il. Laisse-moi te décrire le tableau.

Leo affichait un air résolu. Implacable. Elle se rappela soudain lui avoir vu la même expression, autrefois. Rien n'avait changé.

— Oui, vas-y.

Malgré le soleil qui se faisait de plus en plus chaud, elle tremblait. L'idée d'être rejetée la rendait malade.

— Anna, que penseraient les insulaires si nous nous mariions ?

Il ferma les yeux un instant. Lorsqu'il les rouvrit, elle vit qu'il était décidé.

— Ils sont relativement optimistes quant à ce que tu fais pour eux maintenant, reprit-il. Mais tu ne peux pas acheter leur confiance au bout de six mois. Cela prend des générations pour la construire. Et, Anna, ils ont confiance en moi.

— Pourquoi en serait-il autrement ?

— Il y aurait beaucoup de raisons à cela. Si tu savais le temps qu'il m'a fallu pour leur faire accepter que je vaccine leurs enfants... La pauvreté favorise la superstition et la peur. Carla n'avait pas pu les convaincre. Sais-tu pourquoi ? Parce que la sœur de sa grand-tante par alliance avait épousé ton grand-père. C'était grâce à elle que Carla avait eu l'argent nécessaire pour payer ses études de médecine. Une fois diplômée, elle était revenue ici. Les insulaires lui étaient reconnaissants de les soigner, mais ils n'avaient pas pour autant confiance en elle. Elle pouvait traiter les cas les plus graves, mais elle ne pouvait pas changer les choses.

Anna ferma les yeux. Elle se sentait tellement triste qu'elle en était presque malade.

— Alors, pour eux, je suis une Castlavara, et donc irrécupérable.

— Oui, à leurs yeux. Peu importe ce que je veux... Anna, je ne peux pas mettre en péril ce que j'ai construit.

— Après dix ans, rien n'a changé, je vois.

— C'est impossible, dit-il d'une voix désespérée.

Mais sa détresse n'était rien, comparée à ce qu'elle éprouvait, elle. Elle se sentait vulnérable. Trahie. Impuissante.

— Bon, c'est comme ça, alors, dit-elle tristement. Nous y survivrons l'un et l'autre, mais avec le bonheur en moins.

— Anna, tu pourrais peut-être...

— Tais-toi ! Ce n'est pas à toi de me dire quoi faire de ma vie. Cela ne te concerne pas. Je ferai dans ce château le meilleur hôpital possible. Je consacrerai toute mon énergie à rendre cette île plus vivable, pour réparer le mal fait par ces gens que je ne considère même pas comme mes ancêtres.

Elle marqua une pause.

— Mais si je n'ai pas le droit de t'aimer, je ne supporterai pas que tu te mêles de ma vie personnelle. Désormais, tu n'es plus pour moi qu'un collègue, et rien d'autre. Alors, tu voudras bien m'excuser, mais je vais regagner le rivage et m'habiller. Tu as mis tes barrières en place il y a dix ans, et il est grand temps que j'en fasse autant, avec la même inflexibilité.

Elle n'avait rien d'autre à ajouter. Elle sentit les larmes couler malgré elle sur ses joues. Comme Leo avançait la main pour les essuyer, elle le repoussa.

— Ne me touche pas. Plus jamais.

Lui tournant le dos, elle plongea et nagea jusqu'à la côte aussi rapidement qu'elle le put.

En regardant Anna s'éloigner, Leo éprouva une douleur pire encore que celle qu'il avait ressentie lorsqu'il avait renoncé à elle dix ans auparavant.

À l'époque, il s'était dit qu'Anna souffrirait de leur séparation mais qu'elle s'en remettrait. Elle était jeune, belle, talentueuse. Sa vie était en Angleterre.

Maintenant, en la suivant des yeux tandis qu'elle nageait vers la rive, il entendait résonner les mots qu'elle venait de prononcer. Il comprenait qu'il lui avait fait autant de mal qu'il s'en était fait à lui-même.

Oh! sauter dans l'eau pour la rejoindre, la serrer dans ses bras, ne pas songer aux conséquences, l'aimer...

Mais épouser une Castlavara, c'était impossible. Tout ce qu'il avait réussi non sans difficulté à mettre en place dans l'île – les vaccinations, la rééducation à domicile, les régimes alimentaires, l'exercice physique, les programmes de santé pour les enfants et les adolescents –, tout cela pouvait paraître élémentaire et relever du simple bon sens, mais pour une île que la misère avait coupée du monde pendant des siècles, cela représentait un progrès énorme. Cela n'avait été possible que parce que les insulaires le considéraient comme l'un des leurs. Il avait leur confiance. Il n'était pas un Castlavara.

Anna avait atteint la plage. Il la vit attraper ses vêtements, enfiler un T-shirt et se diriger vers l'escalier avant de disparaître à l'intérieur du château.

Dans ses appartements fantastiques.

C'était à ce monde qu'elle appartenait. Et le destin avait décidé qu'elle y resterait, tandis que lui-même appartenait à un autre monde.

Il éprouvait une telle tristesse et une telle lassitude qu'il en était malade. Ce qui le désespérait le plus, c'était de voir le mal qu'il avait fait à Anna.

Mais il n'y avait pas d'autre issue. Il était un Aretino, un insulaire. Anna était une Castlavara. Ce qu'ils avaient en commun, c'était ce magnifique hôpital flambant neuf. Grâce à la générosité d'Anna et à la confiance que les Tovahniens lui accordaient, à lui et à son équipe, cela fonctionnerait peut-être. Mais sa relation avec Anna devait se limiter strictement à une collaboration d'ordre médical. Le risque de tout gâcher était trop grand.

Anna était partie. Réfugiée dans son château.

Il avait du travail qui l'attendait. Il devait passer voir sa mère. Visiter des patients. Assurer ses consultations. La vie continuait. Il le fallait.

Et l'amour qui liait deux personnes l'une à l'autre comme Roméo et Juliette ?

Il laissa échapper un petit rire amer.

Cette histoire lui avait toujours paru ridicule. Mourir pour un amour d'adolescence, c'était stupide.

Il n'en était plus si sûr, à présent. Mais il était sûr d'une chose, en revanche : Roméo et Juliette n'avaient pensé qu'à eux et à leur chagrin. Si Roméo avait eu comme lui le sens du devoir, l'histoire ne se serait-elle pas terminée autrement que l'avait imaginé Shakespeare ?

Drôle de question... Pourtant, si Roméo s'était senti comme lui responsable de toute une population qui lui faisait confiance, il aurait certainement sacrifié son amour à son devoir. Il n'aurait pas eu le choix.

10

Organiser l'inauguration de l'hôpital du château Castlavara deux semaines plus tard était à l'évidence une entreprise prématurée. Les travaux n'étaient pas terminés. Mais si Anna voulait pouvoir subvenir aux besoins des pêcheurs blessés, cette fête devait avoir lieu maintenant.

Elle avait expliqué ses intentions aux administrateurs.

— Vous m'avez laissée construire mon hôpital parce que je veux pouvoir pratiquer la médecine en bénéficiant de tous les moyens les plus modernes. Et maintenant que la première tranche de travaux est terminée et que les locaux sont prêts pour accueillir les urgences médicales, je veux célébrer cela en donnant une grande fête.

Elle avait obtenu gain de cause.

Et en ce samedi qui marquait le début de tout un week-end festif, elle aurait dû se réjouir. Ce n'était pas le cas. Depuis le matin où elle avait nagé avec Leo, elle se sentait déstabilisée.

Elle était redevenue cette stupide gamine de dix-neuf ans éperdument amoureuse. C'était vraiment stupide. Dire qu'un seul baiser avait suffi à la plonger dans un tel état d'abattement !

Mais ce n'était pas le moment de penser à cela.

Alors que les insulaires commençaient à arriver, elle circulait lentement dans le château, essayant de voir les choses avec un regard neuf.

À l'extérieur, la cour était aujourd'hui remplie de stands offrant des boissons et de la nourriture. Il y avait aussi des jeux d'adresse et des baraques de diseuse de bonne aventure. Bientôt, cette cour serait transformée et divisée en deux, avec d'un côté un parking pour les ambulances et une zone d'accueil, et de l'autre un jardin clos réservé aux patients pouvant se promener.

Elle envisageait aussi de mettre en place un accueil pour les visiteurs, un centre d'art, des activités touristiques, des visites guidées du château et des souterrains. Pour l'hôpital, elle voulait une piscine et un centre de rééducation que leur envieraient les plus grands hôpitaux.

De grands posters exposaient ces différents projets.

Les insulaires avaient l'air content en découvrant les lieux et les futurs aménagements prévus, mais elle constata rapidement que, dès qu'elle apparaissait, les conversations s'arrêtaient. Chacun la saluait poliment, se disait reconnaissant pour tout ce qu'elle faisait, mais tout le monde restait distant.

Elle monta jusqu'aux remparts où avait été aménagé un solarium. Il permettrait aux patients, allongés dans des chaises longues, de profiter du soleil et d'une vue exceptionnelle sur la mer.

Il y avait là beaucoup de monde. Mais, une fois de plus, le silence se fit dès qu'elle apparut. Visiblement, les insulaires étaient toujours aussi méfiants à son égard.

Elle redescendit et traversa des pièces appelées à devenir des chambres pour les patients. Des posters expliquaient en détail que chacune aurait une décoration personnalisée. La peinture des murs, la couleur des rideaux et le style des couvre-lits, tout était précisé. Il y aurait là du travail pour les femmes de l'île sachant coudre.

Certes, il aurait été plus simple de choisir une décoration uniforme, mais cette option permettrait aux familles de toucher de confortables salaires.

— J'aime ce qui est beau, avait-elle déclaré aux administrateurs.

Perplexes, ils s'étaient contentés de donner leur accord.

Poursuivant sa visite, elle se rendit dans ce qui avait été la salle de bal du château. Destinée à accueillir les enfants, celle-ci avait été divisée en box, avec une aire de jeux conçue pour permettre d'opérer une rééducation en douceur.

Un groupe d'habitants admirait les posters montrant les futurs équipements de l'aire de jeux. En la voyant, tous s'écartèrent pour la laisser passer.

Leo se tenait au milieu d'eux. Il l'accueillit avec un sourire.

— Docteur Raymond, c'est merveilleux.

— Je sais. Nous pouvons tous être fiers du travail que nous avons accompli.

— Que *vous* avez accompli. Vous avez été incroyablement généreuse avec nous. Et ce que vous faites pour nos pêcheurs blessés... Croyez-moi, nous vous en sommes très reconnaissants.

Il y eut un murmure approbateur.

Les insulaires lui montraient de la gratitude, mais elle voyait bien qu'ils étaient toujours aussi méfiants à son égard.

— Croyez-moi, je ne cherche pas à ce qu'on me soit reconnaissant de quoi que ce soit, répondit-elle.

Soudain, elle fut frappée par le visage défait de Leo. Il paraissait à bout de forces.

— Leo, qu'y a-t-il ?

Il secoua la tête comme pour lui signifier que ça ne la regardait pas. Il ne voulait pas de sa sollicitude.

Le moment était venu de procéder à l'inauguration officielle du service des urgences. Elle avait demandé au président du conseil d'administration du trust de prononcer un discours, et réussi à convaincre Leo de prendre la parole ensuite malgré ses réticences.

— Ce n'est pas mon rôle, avait-il dit.

— C'est ton île. Tout cela, c'est pour ton peuple. Alors, fais-le.

Il avait accepté.

Un feu d'artifice serait tiré depuis les remparts. Il y aurait une cérémonie religieuse le lendemain matin dans l'église principale de l'île, et puis la vie reprendrait son cours.

Durant dix-neuf ans et six mois.

Mais Leo ne joua pas le jeu.

Le représentant du trust avait prononcé un discours magnifique, mais Leo ne prit pas le relais. Finalement, ce fut Carla qui parla à sa place.

Elle commença par excuser son absence.

— Il a dû se rendre au chevet d'un patient, expliqua-t-elle en s'adressant à la foule. Mais le Dr Raymond s'occupe déjà de renforcer notre équipe médicale, ce qui permettra à notre cher Dr Arentino de s'accorder un peu de repos.

Elle parla bien, et de façon chaleureuse, mais le vide laissé par Leo était presque palpable.

Toutefois, c'était la fête. Le feu d'artifice fut spectaculaire, la musique excellente.

Anna ressentait pourtant un grand vide. Ce silence lorsqu'elle s'approchait des gens, la façon gênée dont ils lui répondaient, leur méfiance... Quand cela prendrait-il fin ?

Elle vit Carla venir vers elle, les joues rouges, le regard affolé. Visiblement, quelque chose la bouleversait.

— Anna, pouvez-vous nous aider ?
— Bien sûr !
— Je crois que la mère de Leo est en train de mourir. Son état s'est aggravé la semaine dernière, et elle n'en a plus pour longtemps. Sa sœur a pris peur, et ces derniers jours Leo a passé toutes ses nuits auprès de sa mère. Mais maintenant, il est épuisé. Il ne veut pas de mon aide et tient à ce que la fête continue, mais il est là-bas, tout seul. Anna, il ne va pas tenir le coup. Est-ce que vous pourriez aller l'aider ?

— J'irais volontiers, mais je ne crois pas qu'il souhaite ma présence.

— Mais si, il la souhaite ! Je sais qu'il se passe quelque chose entre vous, je ne suis pas aveugle. Mais ce soir, il a besoin d'aide, sur le plan médical comme sur le plan personnel. Il a besoin de vous, Donna aussi. Voici l'adresse. Puis-je compter sur vous ?

Que pouvait-elle dire ?
— Bien sûr.

À présent que sa mère dormait profondément, Leo pouvait réfléchir aux événements de la journée.

L'inauguration de cette première tranche de l'hôpital avait été extraordinaire. L'ensemble du projet représentait tout ce dont il avait rêvé pour son île. Il faudrait un certain temps avant de constituer une équipe médicale compétente capable d'utiliser au mieux tous les moyens techniques mis à leur disposition, mais il savait que l'on s'intéressait au projet dans les milieux médicaux du monde entier. Beaucoup de praticiens étaient attirés par la perspective de vivre dans un superbe château rénové et de créer un service médical en partant presque de zéro.

Il savait aussi qu'Anna pensait déjà à créer de bonnes écoles, de bonnes routes, un port digne de ce nom. Il était sûr qu'elle y parviendrait. Elle était stupéfiante.

Elle était la femme de ses rêves, et il ne pouvait pas le lui dire.

Peut-être dans trois ou quatre ans, lorsque l'équipe médicale serait constituée et que les insulaires commenceraient enfin à faire confiance à Anna…

Mais peut-être cela n'arriverait-il jamais. Jusqu'où allait cette méfiance à l'égard des Castlavara ? Et comment pourrait-il s'allier à une famille qui avait pratiquement tué son père ?

Ce n'était pas possible. Il ne devait plus y penser.

Sa mère était en train de s'éteindre, et il avait du mal à l'accepter. Ils étaient restés tant d'années rien que tous les deux. Tous ces souvenirs le bouleversaient, ce qui s'ajoutait à son extrême fatigue. Un trop-plein d'émotions le submergeait, et il ne pouvait plus y faire face.

Il entendait au loin les bruits de la fête qui se déroulait au château. Il n'en faisait pas partie. Ces festivités étaient données par la femme qu'il aimait, et jamais il ne s'était senti aussi seul.

En arrivant dans la rue où vivaient Leo et sa mère, Anna fut frappée par la vétusté des maisons. Les terrasses de pierre semblaient prêtes à s'écrouler, les façades usées par le temps penchaient dangereusement.

La demeure de Leo ne faisait pas exception. Entourée d'un minuscule jardin envahi de fleurs et de vigne, elle montrait une façade aussi délabrée que celle de ses voisines.

Leo travaillait-il donc gratuitement ?

Elle frappa mais n'obtint aucune réponse. Alors, elle poussa la porte, qui s'ouvrit sur une petite salle de séjour.

— Leo ?
— Anna !

Elle traversa la pièce et ouvrit une autre porte.

Leo était au chevet de sa mère, il lui tenait la main. Les yeux fixés sur le visage de celle-ci, il avait l'air en pleine détresse. Il ne se leva pas de sa chaise.

Il suffisait de regarder la vieille dame pour comprendre que la fin était proche. Donna était toute petite, et la maladie semblait l'avoir ratatinée encore plus. Le visage auréolé d'une masse de boucles blanches, elle était allongée dans le lit, parfaitement immobile, et Anna n'aurait su dire si elle dormait ou si elle était plongée dans le coma.

— Carla m'a dit que tu avais peut-être besoin de moi, murmura-t-elle.

Leo secoua la tête.

— Elle n'avait pas le droit.
— Carla t'adore, comme tous les gens de l'île.

Il y eut un silence.

— Est-elle inconsciente ?
— Elle a ouvert les yeux il y a un moment. Elle voulait boire.
— Cela veut dire qu'elle dort, alors. Leo, depuis combien de temps, *toi*, tu n'as pas dormi ?
— Je ne m'en souviens pas.

Elle s'approcha du lit et prit le poignet amaigri de Donna. Le pouls était stable. La vie était encore là.

— Tu vas finir par t'évanouir si tu ne dors pas.
— Ma tante est la seule personne en qui ma mère ait confiance, mais elle ne veut plus rester. Elle a trop peur.

Cela arrivait parfois. La mort pouvait être terrifiante.

— Irais-tu dormir deux heures si je restais auprès de ta mère ? Elle ne me connaît pas, mais...
— Mais si, elle te connaît. Tu es la Castlavara.

Il avait dit cela d'un ton presque désespéré.

— Donc, elle sait aussi que je suis médecin. Elle ne devrait pas avoir peur en me voyant. Mais si elle a l'air inquiet, je te promets de venir aussitôt te réveiller. Me fais-tu confiance ?
— Oui, absolument.

— Alors, confie-moi ta mère et va dormir un peu.
— Anna, après tout ce que je t'ai fait...
— Tais-toi. Pour l'instant, il ne faut penser qu'à ta mère et à ton besoin de repos.

Quand il se leva, elle ne put s'empêcher de lui caresser la joue. Un geste de réconfort, rien de plus, mais ce fut comme s'ils avaient reçu tous les deux une décharge électrique.

— Va dormir, dit-elle doucement. Je te réveillerai quand il le faudra. Fais-moi confiance.
— Je te fais confiance, mais l'île...
— N'y pense plus. Va te coucher.

Après avoir jeté un long regard à sa mère, il quitta la chambre.

Assise dans la pénombre, écoutant le souffle fragile de Donna, Anna éprouvait un sentiment de paix. Comme si elle avait enfin trouvé sa place. Elle se laissa envelopper par le calme de la nuit, et le reste du monde parut s'effacer.

Juste avant l'aube, Donna se réveilla. Ses yeux noirs se fixèrent sur elle à la lumière de la veilleuse.

— Vous... C'*est* vous. La Castlavara.
— Je m'appelle Anna. Leo dort dans la pièce d'à côté. Oui, je suis la Castlavara.

À quoi bon le nier, à présent ?

— Vous êtes la femme que mon fils aime.

Que répondre à cela ?

— Je vais aller chercher Leo. Je suis désolée que ce soit moi que vous trouviez ici à votre réveil, mais vous savez que je suis médecin ? Leo avait besoin de dormir.
— Ne soyez pas désolée. Vous êtes Anna.

Elle poussa un gros soupir.

— Il vous aime.
— Et il ne peut pas m'épouser. Donna, tout va bien. Votre fils ne fera jamais rien qui puisse ébranler sa famille ou la confiance des habitants de cette île.
— Je le sais. Mais il est tombé amoureux de vous. Il a votre photo sur sa table de chevet. Il me l'a envoyée il y a des années

de ça. Il avait écrit : « C'est la femme que je vais épouser. » Et puis, plus rien. Finalement, il m'a expliqué, et j'ai compris. J'ai pensé qu'il allait surmonter cela. Tourner la page.

— C'était plein de bon sens.

La vieille femme lui prit la main et la tint serrée dans la sienne.

— C'était égoïste. Vous a-t-il dit...

Visiblement, Donna avait du mal à parler. Chaque mot qu'elle prononçait lui coûtait un gros effort.

— Donna...

— Laissez-moi vous raconter. Vous savez que les Castlavara ont tué son père ? La nuit où mon mari a eu cette crise d'appendicite... Carla a dit que l'appendice avait éclaté, que Paolo devait être opéré d'urgence, mais il fallait l'évacuer sur le continent, et de l'argent pour payer l'hélicoptère. J'ai envoyé Leo au château. Il avait douze ans. Nous pensions que les Castlavara seraient sensibles à la prière d'un enfant. Mais votre grand-père a dit que ça ne le concernait pas, et il lui a claqué la porte au nez.

— Oh ! Donna !

— Ah, si seulement Leo pouvait faire tout ce qu'il a à faire en vous ayant à son côté ! S'il pouvait conserver la confiance des insulaires... Tout ce que vous faites au château... Je suis si fière de vous. Si je pouvais trouver un moyen...

— Ce n'est pas à vous de trouver comment faire, dit Anna en essuyant une larme qui roulait sur la joue de Donna. Leo et moi, nous réglerons cela. Il le faut.

— Il ne peut pas. Il est comme son père. Un homme de parole.

— Je sais.

— Faites quelque chose, je vous en prie.

Elle se pencha pour poser un baiser sur la joue ridée de la vieille dame.

— Je ferai tout ce que je pourrai. En attendant, j'ai promis à Leo de le réveiller quand vous ouvririez les yeux, et moi aussi, croyez-le ou non, je tiens mes promesses.

— Moi, je le crois. Mais les gens d'ici ?

Leo était allongé sur le lit, tout habillé. Il dormait à poings fermés, et elle regrettait d'avoir à le réveiller.

La chambre était toute petite, à peine meublée, avec un lit en fer des plus rustique et un tapis usé jusqu'à la corde. C'était la chambre d'un homme qui y passait peu de temps.

Le seul luxe était la chaîne hi-fi posée sur la table de chevet et le casque à écouteurs, tous deux de bonne qualité.

Elle vit alors la photographie. Un petit cliché en noir et blanc dans un cadre argenté tout simple.

Elle se souvenait du jour où cette photo avait été prise : ils venaient de passer des examens et étaient partis faire un tour dans une fête foraine. Ils avaient découvert une cabine où l'on pouvait se faire photographier. Ils y étaient entrés avec leur barbe à papa qui leur collait aux dents.

La photo montrait deux visages hilares, si proches l'un de l'autre qu'ils semblaient ne faire qu'un. Elle exprimait tout leur amour et leur bonheur d'être ensemble.

Elle avait la même photo chez elle, enfouie au fond d'un tiroir, car pendant toutes ces années, cela lui faisait trop mal de la regarder. Mais ni l'un ni l'autre n'avaient pu la détruire.

Elle se pencha et tapota l'épaule de Leo, qui ouvrit aussitôt les yeux.

— Elle va bien, Leo. Elle est réveillée et elle m'a parlé.

Il se leva et se passa la main dans les cheveux.

— J'y vais.

Soudain, elle pensa à la nuit où son père était mort. Peut-être s'était-il réveillé dans ce lit, dans cette chambre. Elle songea au petit garçon de douze ans qui abordait le pont-levis dans le noir pour atteindre les grilles du château. Comme il avait dû se sentir seul !

Il était seul aujourd'hui pour affronter la mort prochaine de sa mère. Et il devait faire face aussi aux besoins des insulaires, dont la lourde charge lui incombait.

Elle pouvait l'aider, partager cette tâche avec lui. Mais qu'un Aretino se lie à une Castlavara...

C'était la misère qui avait rendu les Tovahniens si rigides, elle le comprenait. On était soit un insulaire, soit un membre de la famille Castlavara, mais pas les deux.

« Si je pouvais trouver un moyen », avait dit Donna.

C'était possible. Avec un transfert des titres de propriété, un déblocage des fonds du château... Dans dix-neuf ans et six mois.

Il fallait que le changement s'opère. Elle ne pensait plus à sa fierté blessée, à sa colère devant la façon dont elle avait été traitée. Ce qui comptait, c'était cet homme si seul qui se dévouait entièrement à son peuple.

C'était lui qui aurait dû être le maître du château. Il avait su gagner la confiance des insulaires. Il était plus légitime qu'elle pour prendre des décisions concernant le pays. Il aurait dû être à la place qu'elle occupait.

Debout devant elle, il la regardait d'un air malheureux.

— Anna, merci. Je suis désolé. J'ai besoin, tu as besoin...
— Nous en avons besoin tous les deux, acheva-t-elle.

C'était comme si quelque chose se mettait en place. Quelque chose de solide, de sûr. Cet homme avait fait ce qu'il devait faire. Il tenait ses promesses. Il était fiable.

Elle l'aimait.

Sans lui laisser le temps de réagir ou de la repousser, elle lui effleura les lèvres d'un baiser léger puis s'écarta.

— Va voir ta mère, dit-elle doucement. Ce sont ses besoins qui sont prioritaires en ce moment. Mais sache que je suis avec toi. Sache que mon amour t'accompagne. Sache que je suis là pour toi, et que je le serai toujours.

11

L'inauguration de l'hôpital s'acheva le lendemain matin par un office religieux.

Carla s'était montrée très claire.

— Vous voulez que l'île accepte les changements que vous faites au château ? La fête doit se terminer par une action de grâces à l'église.

Le dimanche matin à 10 heures, Anna prit place au fond de l'église, derrière un pilier. Carla vint la trouver et essaya de la convaincre de s'asseoir devant, mais sans succès.

— Comment va la mère de Leo ? lui demanda Anna.

— Un peu mieux. Je suis passée la voir il y a une heure à peine. Votre présence a dû lui faire du bien, la nuit dernière. Quand je l'ai quittée, elle m'a même dit qu'elle avait envie de se joindre à nous ce matin. Je ne sais pas si c'est possible. En tout cas, Leo va venir. Il veut prendre la parole puisqu'il n'a pas pu le faire hier. Anna, venez devant avec nous.

— Non, je vous en prie, je préfère rester ici.

Carla n'insista pas.

N'ayant personne à qui parler, Anna regarda autour d'elle.

L'église était ancienne. Pour l'occasion, elle était décorée d'une multitude de roses sauvages, mais toutes ces fleurs ne parvenaient pas à masquer l'état de délabrement du bâtiment. Il avait vraiment besoin d'être restauré.

Comment pourrait-elle convaincre les administrateurs de lui

donner les fonds nécessaires ? En prétendant qu'avoir une église en bon état était indispensable à son bonheur ?

Le service commença enfin. C'était une cérémonie très simple, une action de grâces pour tous les bienfaits dont l'île jouissait maintenant.

Vint le moment où ce fut à Leo de prendre la parole.

Le silence se fit. Il avait l'attention de tous. Et leur totale confiance.

Oui, se dit-elle à nouveau, c'était lui qui aurait dû être le maître du château.

Il parla avec autant de calme que de force. Il parla du rêve qu'il avait depuis longtemps. Il parla du miracle qui s'opérait dans l'île, de l'espoir qu'il mettait en Anna, de sa fierté de ce qui avait déjà été réalisé, et de sa confiance en l'avenir.

Il parla avec simplicité, contenant son émotion. Une profonde lassitude perçait dans sa voix. Le poids des responsabilités écrasait cet homme qui se dévouait corps et âme pour ses concitoyens. Un homme que rien ne détournait de son devoir. Pas même l'amour qu'il avait pour elle.

Elle le savait. Leur histoire commune n'était faite que de sacrifices. Lorsqu'il avait renoncé à elle, elle s'était sentie profondément blessée, mais Leo avait souffert autant qu'elle.

Soudain, la colère l'envahit, prenant le pas sur toute autre émotion.

« Si je pouvais trouver un moyen », avait dit Donna.

N'était-ce pas le moment de parler ? De faire preuve de courage ? Elle devait saisir sa chance. Oui, c'était le moment.

Tandis que l'assistance se levait pour chanter, elle s'avança dans l'allée centrale sous les regards curieux des insulaires.

Leo se tenait encore à côté du prêtre. En la voyant venir vers eux, il eut l'air surpris.

Allait-elle avoir le courage ?

— Aidez-moi, Donna, murmura-t-elle tout bas. Aidez-moi.

Leo avait l'impression de vivre dans un monde irréel.

Ce matin, sa mère qu'il avait cru à l'article de la mort lui avait demandé de l'emmener à l'église. Elle était là, dans son fauteuil roulant, entourée des siens. Lorsqu'il s'était avancé pour prononcer son discours, il avait croisé son regard braqué sur lui. Un regard brillant, plein de vie.

Il savait que sa fin était proche. Sa présence ici, ce matin, tenait du miracle. Et voilà qu'Anna venait maintenant vers lui, remontant l'allée d'un pas ferme et déterminé !

Elle était sobrement vêtue d'un tailleur gris perle et d'un chemisier blanc. Elle avait noué ses boucles cuivrées en un chignon classique. Sa tenue était adaptée aux circonstances, dans ce pays où les femmes d'un certain âge avaient encore l'habitude de se couvrir les cheveux.

Toute l'assistance retenait son souffle.

Il descendit les deux marches du chœur pour aller à sa rencontre. Lorsqu'elle arriva à sa hauteur, elle s'arrêta et lui posa la main sur le bras. Cela ressemblait presque à une caresse.

— Reste près de moi, Leo, chuchota-t-elle. J'ai besoin de toi.

Puis elle gravit les deux marches, le laissant libre de la suivre ou non.

Il lui emboîta le pas et se posta à son côté, face à l'assistance.

Elle salua l'assemblée d'un signe de tête, l'air grave, puis elle prit la parole.

— Je vous demande à tous votre indulgence. Mon père, m'autorisez-vous à m'adresser à vos fidèles ?

Le vieux prêtre, médusé, s'inclina. On ne disait pas non à une Castlavara.

— Je n'avais pas prévu de parler aujourd'hui. Je pensais ne pas en avoir le droit. Cet hôpital vous appartient à vous, les insulaires, et non à moi. J'en suis simplement la gardienne durant les années à venir.

Il y eut un murmure dans la foule, comme pour exprimer le regret qu'il faille avoir une gardienne.

Mais Anna n'avait pas terminé.

— Ce que j'ai à dire maintenant nous concerne tous.

Elle prit une profonde inspiration.

— La nuit dernière, je suis restée auprès de Donna Aretino…

Parcourant des yeux l'assemblée des fidèles, elle se rendit

soudain compte que Donna était là. Leo vit qu'elle était sous le choc, mais elle parvint à sourire à la vieille dame et reprit son discours.

— Vous savez tous que Donna a été bien malade. Cette nuit, à son chevet, j'ai compris beaucoup de choses. J'ai vu ce qui nous faisait du mal à tous, à moi, à vous, à des personnes comme Donna. Alors, je voudrais vous poser une question. Mais, d'abord, je dois vous raconter une histoire.

Elle avait capté l'attention de chacun. On n'entendait plus aucun murmure.

— Vous le savez, Katrina, ma mère, était une Castlavara. Elle a quitté l'île parce qu'elle détestait la façon dont son père et son frère se comportaient, mais elle en a eu beaucoup de chagrin. Elle a épousé un Anglais, et je suis née Anna Raymond. Ma mère ne m'a jamais parlé de Tovahna. Cependant, quand j'étais enfant, elle m'a appris ce qu'elle appelait sa langue secrète, le tovahnien. Votre langue. Elle m'a appris vos chansons. Et puis, à la faculté de médecine, j'ai rencontré un homme qui parlait lui aussi votre langue. Cet homme, c'était Leo Aretino. Et je suis tombée amoureuse...

L'émotion assaillit Leo par surprise. Il dut serrer les dents pour se contrôler.

— Et celui qui allait devenir votre Dr Leo est tombé amoureux de moi, reprit-elle d'une voix forte. Nous avons passé ensemble six mois merveilleux. Il m'a demandé de l'épouser et j'ai dit oui. Mais quand Leo a rencontré ma mère, il a découvert qu'elle était une Castlavara. À ce moment-là, je suis moi aussi devenue une Castlavara à ses yeux. Je sais tout le mal que cette famille a fait à cette île. Je comprends pourquoi Leo a rompu sa promesse de m'épouser.

De nouveau, l'assemblée s'agita. Les insulaires n'avaient pas l'habitude d'entendre parler de ce genre de choses. Une histoire d'amour qui s'était passée autrefois... Cela ne leur plaisait pas.

Cela n'empêcha pas Anna de poursuivre ses confidences.

— Quand Leo a terminé sa formation, il est revenu ici, parmi les siens. Les Aretino participent à la vie de l'île depuis des générations, faisant preuve d'attention, de respect et d'amour pour chacun, alors que les Castlavara n'ont jamais pensé qu'à eux. Et me voici, une Castlavara pour vous tous, et je n'ai pas ma place parmi vous.

Des murmures parcoururent la foule, traduisant une certaine gêne tout en confirmant la déclaration d'Anna : elle était bien une étrangère pour tous ces gens.

Leo la sentit frémir. Sentant que cette situation lui était insupportable, il lui saisit la main et la garda dans la sienne.

Les murmures s'accentuèrent, cette fois clairement désapprobateurs.

Il avait la gorge serrée. Il aurait dû lâcher la main d'Anna, il le savait. Seulement, il en était incapable. Qu'importent les conséquences ! Il mesurait soudain que rien ne pouvait le faire renoncer à cette femme.

Anna reprit la parole.

— Mais les familles changent. Les noms s'éteignent. Celui de Castlavara a disparu avec la mort de mon oncle. Désormais, il n'y a plus personne qui porte ce nom sur cette île.

— Mais vous êtes une Castlavara, lança un vieil homme d'un ton brusque.

C'était un pêcheur dont le bateau avait été saisi, des décennies auparavant, pour s'être approché trop près de la partie de la plage que les Castlavara considéraient depuis des siècles comme leur appartenant exclusivement.

— C'est faux, corrigea Anna avec calme mais fermeté. J'ai les cheveux et le teint de mon père, et aussi son nom. Cependant, j'ai hérité du pouvoir des Castlavara et, pendant les dix-neuf années et demie qui viennent, je ne peux rien y changer.

— Vous faites tout ce que vous pouvez, observa Carla d'une voix forte. Vous nous donnez déjà tellement !

— Non, je vous rends ce qui vous appartient. Et je veux vous rendre beaucoup plus encore, mais vous savez tous que les clauses du trust m'obligent à attendre dix-neuf ans et six mois avant de pouvoir agir. Le trust prendra alors fin, et l'île passera sous le contrôle de ses habitants. Votre terre sera la vôtre, je vous en fais la promesse. Mais, avec l'aide de Leo, je peux faire davantage.

— Comme quoi ? demanda le vieux pêcheur, toujours aussi agressif.

— Comme devenir l'une des vôtres, dit Anna.

Elle avait parlé d'une voix plus faible, mais l'acoustique de l'église était excellente, et ses paroles avaient été parfaitement audibles.

— C'est ce que je veux être, reprit-elle avec effort. Une insulaire qui partage tous vos soucis. J'ai pu créer le nouvel hôpital, mais nous avons besoin d'écoles, d'un nouveau port, de routes fiables, de moyens de transport pour récolter nos olives. Nous avons besoin d'un réseau électrique, d'endroits où transformer notre poisson et nos olives afin d'en tirer le meilleur profit. Nous avons besoin de créer une infrastructure pour accueillir les touristes. Il faut créer des emplois pour que nos enfants n'aient plus à quitter l'île. Nous avons besoin de tant de choses !

Elle se tourna vers Donna.

— Donna, toute votre vie, vous avez travaillé dur pour cette île. Vous l'avez fait par amour pour votre famille et pour votre île. Leo est comme vous. Il vous est entièrement dévoué, à vous et à tous les habitants de Tovahna. C'est ce que je veux, moi aussi. Que tout le monde ici ait une vie meilleure.

Anna avait capté l'attention de tous. Le vieux pêcheur irascible l'observait en plissant les yeux. Il était soupçonneux, mais prêt à écouter la suite, comme toute l'assistance.

— Voilà ce que je propose, reprit-elle. Les Aretino forment une grande famille. Leo est fils unique, mais il est parent avec la plupart d'entre vous. Et, comme je l'aime, je partage ses soucis. Vos soucis sont devenus les miens, Tovahna est en train de devenir ma famille.

Une nouvelle fois, l'auditoire manifesta une certaine méfiance, mais cela ne la déstabilisa pas pour autant.

— Si ma famille ressemblait à celle des Aretino, j'en aimerais tous les membres et je voudrais que chacun ait une vie meilleure. Le trust devrait alors me laisser disposer de ma fortune pour aider cette grande famille, car comment pourrais-je être heureuse si mes cousins ne peuvent pas pêcher en toute sécurité, si les enfants de ma famille n'ont pas accès à de bonnes écoles et si, plus tard, ils ne trouvent pas de bons emplois sur l'île ?

Les insulaires commençaient à comprendre. Cela se voyait sur leurs visages qui s'éclairaient timidement.

— Autrefois, poursuivit-elle, le Dr Aretino m'a demandé de l'épouser. Il a renoncé à ce mariage par amour pour son île. Mais cela fait six mois que je vis ici, et j'ai appris à aimer Tovahna, moi aussi. Et mon amour pour Leo n'a pas disparu.

— Alors, épousez-le, lança Carla. Vous avez notre bénédiction.

— J'ai votre bénédiction, Carla, mais cela ne me suffit pas. Je dois poser la question à tous les insulaires. Je vous demande à tous, en présence de Donna et de l'homme que j'aime, si vous acceptez que j'entre dans la famille de Leo ? Acceptez-vous que Leo et Donna viennent vivre au château ? Nous devrons y habiter durant les dix-neuf prochaines années et demie pour respecter les clauses du trust, mais acceptez-vous de nous y laisser travailler au bien-être de tous les Tovahniens ? Me permettez-vous d'épouser cet homme et de devenir une insulaire ? Et, par ce mariage, de faire disparaître à jamais le nom de Castlavara ?

Silence. Il y eut des murmures et des échanges de coups de coude.

Soudain, Carla bondit de sa chaise.

— Allez, bande de poltrons, parlez !

Donna s'exprima la première, avec une force étonnante.

— Mes chéris, vous avez ma bénédiction.

Quelqu'un applaudit. C'était le vieux pêcheur qui s'était montré si désagréable. Un enfant l'imita. Et ensuite...

Finalement, tout le monde se leva et applaudit à tout rompre. Le prêtre lui-même affichait un grand sourire.

Leo regarda la femme qu'il aimait, dont le visage exprimait à la fois de l'émerveillement, de l'incrédulité et une immense joie.

Il porta sa main à ses lèvres puis lui posa la question cruciale, même s'il en connaissait déjà la réponse.

— Anna, il y a dix ans, je t'ai quittée. Veux-tu revenir vers moi ?

— En fait, j'ai l'impression de ne t'avoir jamais quitté.

— Alors, tu veux bien m'épouser ?

Le silence se fit de nouveau. C'était comme s'ils se trouvaient seuls au monde tous les deux.

— Ce serait un honneur pour moi.

— Maintenant ?

— Oh ! Leo ! s'exclama-t-elle, riant et pleurant à la fois. Oui, bien sûr.

Il se tourna vers le prêtre qui semblait dérouté devant la tournure que prenaient les événements.

— Mon père...

— Oui, mon fils ?

— Je sais que, d'habitude, on doit publier les bans avant de se marier. Et il y a tout un tas de formalités à accomplir. Mais, autrefois, j'ai demandé à Anna Raymond de devenir ma femme, et elle a dit oui. Un engagement qui dure depuis dix ans est-il suffisant pour remplacer toutes ces formalités ? Acceptez-vous de nous marier maintenant ?

Il se tourna vers Anna.

— Est-ce que cela te convient, ma chérie ? Acceptes-tu de te marier en toute simplicité, sans le décorum habituel ?

— En douterais-tu ? demanda-t-elle, le visage rayonnant. Pourquoi pas ? J'ai tout ce qu'il me faut...

Elle ôta sa sévère veste grise, qu'elle lança sur le côté. Puis elle dénoua son chignon, libérant ses boucles d'or rouge.

— Ah, des fleurs ! Toute mariée a un bouquet à la main.

Son regard rieur montrait que, avec ou sans fleurs, le mariage aurait bien lieu, mais une jeune femme du premier rang se précipita vers un des vases qui ornaient l'église. Elle en extirpa une brassée de roses sauvages, puis, s'emparant d'un mouchoir, elle en enveloppa les tiges, composant ainsi un bouquet qu'elle tendit à Anna.

Le curé fixa alors sur Leo un regard sévère.

— Les anneaux ? Avons-nous des anneaux ?

Aussitôt, une centaine de mains se levèrent dans l'assistance. Mais Leo secoua la tête et sourit à Anna.

— J'ai ce qu'il faut sur moi. Une bague de fiançailles qui m'a été rendue il y a dix ans, et une alliance que nous avions achetée en même temps. Je les garde toujours toutes les deux dans mon portefeuille.

— Alors, vous avez tout, dit le prêtre. Si vous êtes sûrs tous les deux...

— Nous le sommes, répondirent-ils d'une seule voix.

— Bien, allons-y.

Affichant un large sourire, le prêtre se tourna vers l'assemblée des fidèles.

— Mes bien chers frères, si nous sommes réunis ici aujourd'hui...

Et le mariage eut lieu. Les vœux furent échangés.

Leo sortit de l'église en tenant sa femme par la main, avançant sous une pluie de pétales de roses jetés par les insulaires. Ceux-ci n'avaient pas hésité un seul instant à dépouiller l'édifice religieux de toutes ses fleurs pour leur faire honneur.

Épilogue

Dix-neuf ans et six mois plus tard

L'avion était prêt à décoller, et Anna se sentait vraiment mal. Depuis son réveil, ce matin, elle n'avait cessé de pleurer, et Leo n'allait pas beaucoup mieux qu'elle. Mais lui parvenait à garder son calme.

Leurs deux filles étaient arrivées en haut de la passerelle. Elles se retournèrent pour leur adresser un signe d'adieu.

Les jumelles Aretino n'étaient pas de vraies jumelles. L'une était une magnifique brune, l'autre une superbe rousse. Ce qu'elles avaient en commun, c'était leur grand sourire.

— Je n'arrive pas à croire qu'elles s'en vont, se lamenta Anna, blottie contre Leo.

— Maman, arrête !

Georg, qui avait à peine quinze ans, promettait déjà de devenir aussi beau que son père. Il agitait la main en direction de ses sœurs tout en se moquant de ses parents.

— Regardez-vous, tous les deux ! Vos filles vont étudier dans la même faculté que vous et découvrir le monde ! Elles sont folles de joie. Et puis, elles reviendront à toutes les vacances, et ensuite elles feront leur carrière ici. Vous ne perdez pas vos enfants. Vous savez que nous avons tous envie de vivre à Tovahna.

Anna renifla une dernière fois.

Son fils avait raison, ses filles reviendraient.

— Et maintenant, dit Leo, il est temps que nous fassions

ce que nous nous étions promis de faire il y a bien longtemps. Es-tu prête, ma chérie ?

Elle était prête. Aujourd'hui, elle devait se réjouir pour les habitants de l'île.

Tout se déroula le plus simplement du monde dans le bureau d'Anna où s'étaient réunis les membres du conseil de l'île. Les avocats avaient préparé les documents. Il n'y avait plus qu'à les signer. L'affaire était enfin close : Tovahna appartenait désormais à sa population.

— Génial, lâcha Georg d'un ton morne qui montrait à quel point ce qui se passait le laissait indifférent. Mais il ne faut pas que je rate le départ pour le stage de football !

Après avoir déposé leur fils au stade, Leo et Anna allèrent dîner chez Giuseppe et Sofia qui leur firent fête, et ils regagnèrent le château à la nuit tombante.

Le grand appartement dans la partie privée du château restait leur propriété, ainsi qu'un petit domaine agricole situé à l'extrémité de l'île et dont l'arrière-arrière-grand-père de Leo avait été le fermier. Tout le reste était à présent transféré aux insulaires ou était devenu un bien public administré par le conseil de l'île.

Les remparts n'appartenaient plus à Anna, et cela faisait déjà des années qu'ils servaient aux patients, aux résidents et au personnel de l'hôpital de Tovahna, maintenant devenu un établissement de renommée mondiale. Ce soir-là, cependant, ils avaient demandé qu'on leur en laisse une dernière fois l'usage exclusif. Ils voulaient se retrouver là où, autrefois, ils avaient échafaudé leur projet en contemplant la mer.

Leo prit Anna dans ses bras, et ils échangèrent un long baiser. Un baiser qui confirmait leur conviction de posséder ce qu'il y avait de meilleur au monde : une famille, un foyer. Le bonheur.

— Nous l'avons fait, murmura Anna. Notre famille se lance sur un nouveau et passionnant chemin, et Tovahna appartient enfin à notre peuple.

— *Toi*, tu l'as fait, corrigea Leo en l'embrassant derrière l'oreille. Ma belle châtelaine. La dernière des Castlavara.

— Non ! Je suis la femme du Dr Leo Aretino. Le nom de

Castlavara a disparu, tout le monde l'a oublié. Leo, nous avons fait du bon travail, non ?

— De l'excellent travail. Demain, les insulaires vont recevoir leurs titres de propriété, mais ce n'est plus tellement important. Tu leur as déjà rendu l'île il y a vingt ans.

— *Nous* la leur avons rendue. Si je ne t'avais pas rencontré, si je n'étais pas tombée amoureuse de toi...

Il l'attira de nouveau dans ses bras et l'embrassa avec fougue.

— Je ne veux même pas y penser ! Mais, dis-moi, nous avons demandé qu'on nous laisse disposer une dernière fois de cet endroit en toute intimité. N'as-tu pas la même idée que moi ?

— Oui, mais les fenêtres...

— J'y ai pensé, dit Leo, l'air content de lui. J'ai demandé que toutes les fenêtres donnant à l'est aient leurs volets fermés.

— Mais les gens vont tricher ! J'en ferais autant, à leur place.

— Eh bien, ils risquent d'être choqués, voilà tout, dit Leo en l'entraînant vers l'escalier qui menait à la plage. Il y a vingt ans, j'ai nagé presque nu avec toi, mon amour, et je t'ai presque fait l'amour. J'ai toujours regretté ce « presque ». Alors, qu'en dis-tu ? On va nager ?

— Tout ce qui nous est arrivé jusqu'à présent a été merveilleux, répondit-elle, souriante, en commençant à déboutonner son chemisier tandis qu'ils descendaient les marches.

— Ce n'était qu'un avant-goût, déclara Leo. Je crois que le meilleur est encore à venir.

Arrivés à la plage, ils se débarrassèrent de leurs vêtements et plongèrent dans l'eau bleu saphir. Après avoir nagé longtemps, ils atteignirent « leur » rocher.

Tant pis si des insulaires furent choqués par ce qui se passa ensuite, car il s'avéra que Leo avait eu raison : le meilleur était à venir.

LOUISA HEATON

Retrouvailles au Queen's hospital

Traduction française de
FRANÇOISE PINTO-MAÏA

BLANCHE
HARLEQUIN

Titre original :
PREGNANT BY THE SINGLE DAD DOC

Ce roman a déjà été publié en 2019.

© 2019, Louisa Heaton.
© 2019, 2024, HarperCollins France pour la traduction française.

1

Le front collé à la vitre, Ellie contemplait les rangées de couveuses. Chacune contenait un bébé minuscule bardé de tubulures et de branchements. Ils étaient seulement vêtus d'une couche et d'un bonnet trop grand qui les faisait paraître plus petits encore.

La gorge nouée, elle soupira de manière saccadée. Ses jambes tremblaient tant qu'elle dut poser une main sur la vitre pour garder l'équilibre. Elle continua néanmoins d'observer, évitant seulement de regarder le visage des parents qui se tenaient autour de chaque incubateur. Elle ne voulait pas voir leur détresse et se rappeler son propre chagrin. Eux au moins avaient encore de l'espoir…

Être là était si pénible… Une véritable épreuve. Pourtant, elle devait l'endurer si elle voulait réaliser son rêve et devenir médecin. L'université l'avait envoyée ici, dans le service de néonatalogie du Queen's Hospital. Elle n'avait pas eu le choix.

C'est seulement pour quelques semaines. Je vais y arriver…

Cette partie de l'hôpital était surnommée « le Nid », parce que les prématurés ressemblaient à des oisillons roses et squelettiques tout juste sortis de leurs coquilles. Ici, ils recevaient chaleur, nourriture et protection, dans l'espoir qu'un jour ils soient suffisamment forts pour rejoindre leur foyer.

Craignant soudain que les parents ne remarquent son angoisse, Ellie alla s'asseoir sur une chaise du couloir. Son formateur, le Dr Richard Wilson, n'allait pas tarder.

Elle lui avait parlé au téléphone la semaine précédente et l'avait tout de suite perçu comme un vieux médecin éminemment sympathique et patient – ce qui changeait agréablement des praticiens qui l'avaient dirigée jusque-là. Le Dr Wilson avait détaillé de ce qu'elle apprendrait au cours du stage et l'avait interrogée sur ses études, sur les hôpitaux dans lesquels elle avait déjà travaillé. Rien qui ne sortît de l'ordinaire, certes, mais le ton avait été bienveillant.

Ellie avait même failli lui parler de Samuel mais s'était ravisée, craignant de fondre en larmes. Elle attendrait un meilleur moment pour lui exposer sa situation. Sans doute l'interrogerait-il sur son expérience de patiente et sur ce qui l'avait poussée à faire les choix auxquels elle était confrontée aujourd'hui ?

Sentant l'angoisse monter, elle fourragea dans son sac à la recherche de sa bouteille d'eau. Téléphone, mouchoirs, stylo, calepin, vade-mecum de pharmacie, barres de chocolat énergétiques...

Pff... Quelle pagaille ! Ah, ma bouteille d'eau...

Elle but une longue gorgée puis, apaisée, rangea la bouteille dans son sac et vérifia sa tenue. Elle avait opté pour un chemisier blanc, un pantalon noir et une veste élégante. Elle tenait à faire bonne impression et prouver sa motivation à son directeur de stage – même si la néonatalogie la terrifiait.

Bah, si je réussis à supporter cette première journée, la suivante sera plus facile et celle d'après encore plus, non ? Peu à peu, elle s'habituerait. En attendant, c'était de la folie de se mettre une pression pareille.

— Ellie ?

La voix masculine était empreinte d'incrédulité. Elle se retourna pour voir celui qui la reconnaissait et ne pouvait que se tromper.

Mon Dieu !

Sous le choc, elle se leva d'un bond. Non... Il n'y avait pas d'erreur possible !

— Logan ?

Ellie n'en croyait pas ses yeux. Des souvenirs pénibles fusèrent dans son esprit. Depuis combien de temps ne s'étaient-ils pas revus ? Mais son cerveau avait cessé de fonctionner, elle ne put compter les années.

Logan Riley, le garçon longiligne au beau regard sombre de son adolescence, était devenu un homme solide doté d'une carrure d'athlète. Le temps n'avait pas eu de prise sur lui. La ligne de sa mâchoire s'était peut-être un peu accentuée, ce qui n'enlevait rien à son charme. Il s'était de toute évidence épanoui loin d'elle.

Pensait-il la même chose d'elle ? Non, sans doute pas. Elle n'était pas la chef d'entreprise qu'elle rêvait d'être à l'époque, avec compte en banque confortable et tailleurs sophistiqués. Elle était même revenue à la case départ, puisqu'elle était de nouveau étudiante.

Elle remarqua le badge sur sa blouse blanche. Logan était médecin, forcément. C'était d'ailleurs pour suivre des études de médecine qu'il l'avait laissée tomber. Son père était oncologue, et sa mère... Ah oui, gynécologue obstétricienne. Et lui, quelle spécialité avait-il choisie ? Pourvu que ce ne soit pas celle-ci...

— Ça alors ! Que fais-tu ici ? demanda-t-elle, le souffle coupé.
— J'ai vu le nom sur l'agenda du service, mais j'ai pensé qu'il s'agissait d'un homonyme.

L'agenda ? Pourquoi consultait-il l'agenda du service ? C'était réservé au Dr Wilson et à son personnel, non ?

Une crainte sourde s'insinua en elle, et elle jeta un regard d'un côté et de l'autre du couloir, dans l'espoir de faire arriver le Dr Wilson.

Mais le couloir demeurait désespérément vide. Elle reporta son attention sur Logan et esquissa un sourire poli.

— J'attends le Dr Wilson.
— Tu es la nouvelle stagiaire ?
— Oui, répondit-elle. Alors, si tu veux bien m'excuser... Je dois l'avertir que je suis là. Je ne voudrais pas qu'il me croie en retard le premier jour.

Elle passa devant Logan, soulagée que ses jambes fonctionnent finalement, que ses gestes soient coordonnés. Mais dans le mouvement, elle lui frôla l'épaule, et son parfum de bois de santal parvint à ses narines.

Elle eut l'impression d'être propulsée dans le passé, à l'époque de ses dix-huit ans. Elle se revoyait assise en tailleur dans la chambre de Logan, se moquant de lui qui essayait différents sprays en vue de la soirée qu'ils allaient passer ensemble. Elle s'était levée et l'avait attiré contre elle pour respirer l'odeur de sa peau...

— Le Dr Wilson est absent.

La voix de Logan stoppa net sa rêverie.

— Comment cela ? Mais nous devions nous voir. C'est mon directeur de stage.

Il prit un air grave.

— Désolé. Ce ne sera pas possible. Sa femme est décédée ce week-end.

Oh... C'était une terrible nouvelle. Qu'allait-elle faire ? Il fallait qu'elle appelle l'université au plus vite.

Ramenant ses cheveux en arrière, elle fouilla frénétiquement dans son sac. Bonté divine ! Où était ce maudit téléphone ?

— Que fais-tu ? demanda-t-il.

— Je dois joindre mon tuteur pour qu'on m'attribue un autre formateur...

— C'est déjà fait.

Elle releva la tête et fronça les sourcils.

— Pardon ? Ils m'ont trouvé quelqu'un ? Qui ?

Mais elle lisait déjà la réponse sur les traits de Logan. Son visage séduisant, qu'elle avait embrassé et caressé tant de fois, exprimait culpabilité et embarras.

— C'est moi. Je suis ton nouveau directeur de stage.

Elle sentit son cœur sombrer. *Oh non, pas ça !*

Ellie Jones... Logan n'en revenait pas. C'était incroyable d'être face à elle, de la contempler de nouveau. Comme si le temps ne signifiait rien, comme si toutes ces années sans elle étaient brusquement réduites à une fraction de seconde. Ses cheveux étaient un peu plus longs, mais toujours d'un noir brillant. Ses yeux intensément bleus étaient empreints de lassitude, comme s'ils avaient vu trop de choses pénibles. Mais peut-être était-ce seulement lui qu'elle regardait ainsi ?

Il était parfaitement conscient qu'il lui avait brisé le cœur autrefois et qu'il avait réduit ses attentes à néant. Il n'avait jamais eu l'intention de lui faire tout ce mal, elle ne pouvait savoir combien leur rupture l'avait affecté.

Mais aujourd'hui il était déterminé à être un bon professeur pour elle, le meilleur qu'elle pût avoir. Le passé était le passé et, même s'il l'avait blessée à une certaine époque, cela ne se reproduirait jamais. Pendant ce stage, il la pousserait et s'appliquerait à lui donner la meilleure formation possible. Une façon de réparer l'erreur qu'il avait autrefois commise envers elle. Si elle voulait être médecin, il ferait en sorte qu'elle le devienne.

Bizarre qu'Ellie ait fait ce choix. Elle n'avait jamais parlé d'être médecin à l'époque, il s'en serait souvenu. Ne rêvait-elle pas de monter son entreprise ? Qu'est-ce qui l'avait poussée à changer de voie ? Quoi qu'il en soit, si elle était motivée, il l'aiderait de son mieux.

— Je te montre où tu peux poser tes affaires.

Elle ébaucha un mouvement de tête, mais son incertitude était palpable. Peut-être ferait-il mieux de clarifier tout de suite la situation ?

— Écoute, Ellie, je sais que les circonstances ne sont pas idéales, mais je ferai en sorte que tu reçoives un enseignement de qualité dans ce service avec moi. Tu es ici pour apprendre et moi pour enseigner. Il n'y aura rien d'autre. Ça te va ?

Pourvu qu'il puisse tenir parole et ne pas laisser libre cours à d'anciennes émotions qu'il sentait soudain dangereusement proches.

Ellie en resta muette de saisissement. En même temps, les propos de Logan la hérissaient. « Il n'y aura rien d'autre. »

Mais qu'entendait-il par là ? Croyait-il qu'elle allait retomber amoureuse de lui ? En ce cas, il était complètement fou ! Elle n'avait pas besoin qu'il enfonce les portes ouvertes, comme si elle était une vieille fille avec des vues romantiques sur lui !

Il la conduisit jusqu'au vestiaire où elle déposa sa veste et son sac. Elle enfila une blouse et se munit d'un bloc et d'un stylo. À présent, elle courait presque pour rester à sa hauteur.

— Quelle est la première cause qui amène un nouveau-né en néonatalogie ?

Il avait décidé de lui faire visiter le service au pas de course, en lui posant toute une foule de questions. Soit, elle était partante pour cela. Elle était là pour apprendre et c'était le moment de lui montrer sa motivation.

— Une naissance prématurée.
— Et la pathologie la plus fréquente ?

Comme elle hésitait, il s'arrêta et se tourna vers elle, attendant une réponse satisfaisante.

— L'ictère néonatal ? répondit-elle enfin.

Il continua de scruter ses traits de ce regard sombre qui l'hypnotisait autrefois.

— Provoqué par ?

Elle se mit à réfléchir à toute vitesse. Un patient avait eu la jaunisse dans le service de chirurgie générale où elle avait fait son précédent stage. Les causes de cette maladie étaient-elles différentes chez un bébé ?

— Euh... Des taux élevés de bilirubine ?
— C'est une réponse ou une question ?
— Une réponse.

Il hocha la tête.

— Ici, plus que dans les autres services de l'hôpital, à l'exception de la pédiatrie, nous devons être clairs et fermes dans nos diagnostics quand nous communiquons avec les parents de nos patients. Ils ne veulent entendre ni hésitation, ni doute. Ils ont avant tout besoin qu'on leur parle avec confiance et d'un ton assuré. Est-ce clair ?

Elle acquiesça. Il se remit en route et elle lui emboîta le pas, admirant sa taille mince, ses épaules larges et...

— À quoi reconnaît-on l'ictère ?
— Au jaunissement de la peau, notamment au niveau des pieds et des mains, des yeux. Et à des urines sombres.
— Et la cause de ces symptômes chez les nourrissons ?

Il s'arrêta devant une autre salle de couveuses. Derrière la vitre, elle vit deux infirmières et des visages de parents inquiets.

— Le foie n'est pas encore totalement développé chez le prématuré. Il n'est donc pas suffisamment efficace pour éliminer la bilirubine du sang.

Logan acquiesça de nouveau.

— Tu as révisé avant d'entreprendre ce stage ?
— Autant que j'ai pu. Tu sais ce que c'est...
— Continue de t'informer au maximum. C'est essentiel.

Elle était un peu agacée par son attitude froide et abrupte, mais elle ne pouvait se permettre de lui en faire la remarque. Il était désormais son directeur de stage, et elle en avait connu de pires. Pourtant, du fait de leur histoire, cela l'irritait qu'il prenne ce ton supérieur avec elle.

— Il y a deux bébés atteints d'ictère ici. Tous deux sont traités par photothérapie, au moyen d'une couveuse lumineuse en fibres optiques. Cependant, nous devons être conscients des contre-indications. Lesquelles ?

Elle secoua la tête, décontenancée. Les articles qu'elle avait lus sur la question n'abordaient pas le sujet.

Il répondit pour elle.

— Il faut constamment vérifier leur température et veiller à ce qu'ils ne se déshydratent pas.

Bien sûr ! Maintenant qu'elle y pensait, c'était évident. Elle s'en voulait de n'avoir pas su lui donner la réponse.

Déjà, il poussait une porte.

— Là-bas, nous avons le petit Bailey Newport et sa mère, Sam.

Ellie adressa un sourire crispé à la jeune femme.

— Bailey est l'un des triplés, nés à trente-deux semaines. Sam a subi une césarienne en urgence, à cause d'un risque de prééclampsie. Mais nous n'avions qu'une couveuse de libre et les deux autres bébés sont au St Richard's Hospital. Le mari de Sam veille sur eux. Nous espérons réunir la famille rapidement.

Sam leur offrit un sourire doux.

— Tom et moi nous nous relayons auprès de chacun d'eux. J'ai du lait, mais...

Sa voix mourut sur ses lèvres, et son regard plein de tristesse se porta vers son petit, couché dans l'incubateur.

Ellie eut l'impression de recevoir un coup de poing en pleine poitrine. Le bébé était très maigre, saucissonné de tubes et connecté à des écrans de contrôle. Ses poings minuscules étaient crispés. Être témoin d'une telle détresse serait assurément la partie la plus difficile de son stage, elle en avait la gorge nouée. Elle se concentra sur sa respiration pour ne pas se laisser submerger par l'émotion.

— Bailey prend très bien le lait maternel, dit Logan. C'est l'un des bébés pour laquelle nous employons la photothérapie. Comme ses taux de bilirubine baissent normalement, nous serons bientôt en mesure d'arrêter le traitement.

— C'est une bonne nouvelle. Avez-vous pu le tenir dans vos bras ? demanda-t-elle à Sam.

— Une fois seulement. Le personnel est si occupé. Je n'ai pas eu d'autres occasions.

Logan s'adressa à Ellie.

— Pour commencer, tu aimerais peut-être aider Sam à tenir son fils ?

— Maintenant ? Oui, j'en serais ravie.

— Très bien. D'abord, hygiène des mains.

— Oh ! moi aussi ! dit Sam avec enthousiasme.

Comme la jeune mère procédait consciencieusement à un lavage de mains, Ellie sentit le regard de Logan peser sur elle. Il était campé de l'autre côté de la couveuse et ses yeux sombres étaient remplis d'interrogations et d'incertitude. À quoi pensait-il ? Était-il content de la voir ici et qu'elle soit son étudiante ? Était-il au contraire embarrassé ? Il semblait en proie à un dilemme intérieur.

Elle ne tomberait pas amoureuse de lui. Ni de qui que ce soit d'autre d'ailleurs. Pas après ce qu'elle avait vécu avec Daniel. Mais Logan pouvait au moins la considérer comme une amie, en souvenir de ce qu'ils avaient partagé.

À son retour des lavabos, il lui montra comment ouvrir la couveuse pour transférer sans encombre le petit Bailey dans les bras de sa mère malgré tous les fils qui l'entouraient.

Ellie, consciente de sa proximité, écoutait ses instructions en essayant de ne pas penser que ce bébé serait le premier qu'elle tiendrait dans ses bras depuis Samuel.

Elle souleva l'enfant avec mille précautions, retenant son souffle jusqu'à ce qu'elle l'eût transféré dans les bras de sa mère.

Sam rayonnait de joie.

— Bonjour, mon petit bonhomme. C'est maman.

Elle releva la tête et, les yeux noyés de larmes de reconnaissance, s'adressa à Ellie et Logan.

— Merci... Merci mille fois !

Ellie aurait pu rester là une journée entière, à contempler cette mère et son bébé, à tout ressentir. Le tableau était si touchant, si puissant. Il n'y avait rien de comparable.

Elle aussi avait connu ce moment, mais il avait été empreint de chagrin et non de joie. Sentant les larmes la gagner, elle cilla furieusement des paupières pour les refouler.

Notant qu'Ellie tentait de cacher son émotion, Logan fut tenté de faire un geste vers elle, passer un bras autour de ses épaules pour la consoler, par exemple. La jeune fille qu'il avait connue autrefois n'était pas si sensible. Elle était au contraire déterminée, forte, surmontant les problèmes avec un sourire confiant et une sorte d'invulnérabilité qui lui servait de bouclier. Il avait admiré son attitude stoïque quand son père était tombé gravement malade et que son état avait nécessité une transplantation cardiaque. Ellie avait fait preuve d'un courage hors norme tout au long de cette épreuve, jusqu'au coup de téléphone salvateur annonçant qu'un cœur était disponible pour lui.

À sa place, il se serait effondré. Mais ses propres parents jouissaient d'une bonne santé, dont ils profitaient pleinement depuis qu'ils étaient à la retraite. Ils parcouraient le monde et, aux dernières nouvelles, se trouvaient à Bali.

Était-ce le fait d'être dans ce service qui bouleversait Ellie ? L'environnement était stressant pour n'importe qui. Personne ne supportait de voir des bébés en détresse reliés à des machines parce qu'ils n'avaient pas la force de respirer seuls.

Il essaya de se souvenir de son premier jour ici, du choc qu'il avait ressenti en voyant ces petits patients si fragiles, les soins à effectuer qui lui avaient paru terriblement compliqués... Avait-il été submergé par l'émotion ? Non, mais ensuite Rachel était née et il avait dû venir dans cette unité non pas en tant que médecin, mais en tant que parent. Son état d'esprit avait alors complètement changé...

Il soupira et revint au présent. Peut-être qu'au lieu de réconforter Ellie il devait s'efforcer de l'endurcir.

— Ellie, j'aimerais te dire un mot en privé.

Il sortit le premier et se lava les mains au gel antiseptique en attendant qu'elle le rejoigne. Ellie ferma la porte du sas derrière elle et leva vers lui un regard interrogateur.

— Je sais que c'est difficile d'être ici, dit-il, cherchant les mots qui convenaient pour ne pas paraître trop dur. Mais c'est mieux pour tout le monde si le personnel médical garde une certaine distance émotionnelle.

— Oui, tu as raison.

Il entendit à peine sa réponse tant il était déterminé à lui faire comprendre ce qu'il attendait d'elle.

— Tu n'as pas le droit de t'attacher. Tu peux compatir, mais pas trop. Un métier comme celui-là pourrait te détruire, tu comprends ?

Elle fronça les sourcils.

— C'est comme ça que tu l'exerces ? En observant une stricte distance émotionnelle ?

Comment prendre sa remarque ? Faisait-elle allusion au passé ? D'un autre côté, cela semblait une vraie question.

— C'est la seule façon de s'en sortir, répondit-il. Si tu prenais un moment pour te ressaisir ? Ensuite, rejoins-moi en salle 2. Nous avons un cas de gastroschisis et il est important que tu le voies.

Il la regarda s'éloigner. L'avait-il vexée ? Le fait de la retrouver, de travailler avec elle, était merveilleux en soi et venait lui rappeler combien elle lui avait manqué.

Ellie observa son reflet dans le miroir des toilettes, elle était furieuse de ne pas avoir su masquer sa faiblesse. Logan n'était pas à blâmer, bien entendu. Elle voulait qu'il la traite comme n'importe quelle étudiante en médecine, et c'était ce qu'il faisait. Si elle avait été dans un autre service, on lui aurait aussi recommandé de garder la bonne distance.

C'était entièrement de sa faute. À cause de ses maudites émotions. De frustration, elle frappa le bord du lavabo.

Ressaisis-toi ! Tu es plus forte que ça. Tu veux que Logan, entre tous, te juge incapable ?

Rien ne l'aurait mise dans cet état avant. Mais depuis ce qui était arrivé à Samuel, elle était devenue terriblement émotive, un rien la faisait pleurer. Une musique ou une histoire triste, les fêtes de Noël... Sans parler des sujets plus graves. C'était comme un coup de poignard au cœur, elle se sentait désemparée, inutile et pathétique.

Sa mère lui avait dit qu'elle changerait en devenant mère. Comme elle avait eu raison !

Elle prit une serviette en papier et se tamponna les yeux. Puis elle prit une profonde respiration.

— Ellie, tu vas y arriver, parce qu'il le faut ! dit-elle à haute voix.

Un souvenir lui revint soudain en mémoire. Elle avait lu quelque chose sur la « posture de puissance ». Jambes écartées, mains aux hanches, épaules en arrière et menton levé, dans l'attitude d'un super-héros...

Elle garda la pose quelques minutes. C'était un exercice facile, une sorte de haka, mais en moins bruyant et en moins embarrassant, surtout.

S'observant dans la glace, elle nota le sourire qui se dessinait sur ses lèvres. Le truc semblait fonctionner, en fait.

Logan se plongea dans le passé. Accepter la place qui lui avait été proposée à l'école de médecine d'Édimbourg avait été à double tranchant. L'offre était fantastique bien sûr, parce qu'il avait toujours voulu être médecin. Comme ses parents.

Seulement il n'avait pas prévu qu'il lui faudrait laisser derrière lui celle qu'il aimait.

Ce jour-là, Ellie était assise sur le lit, occupée à feuilleter un magazine, ignorant tout de la nouvelle importante qu'il s'apprêtait à lui annoncer.

— J'ai consulté le site du service central des inscriptions universitaires, dit-il.

Elle abandonna sa lecture et releva la tête.

— Et ? demanda-t-elle dans l'expectative.

— J'ai reçu une offre d'admission définitive.

Le visage d'Ellie s'éclaira et elle poussa un cri de joie en sautant sur le lit. Puis d'un bond, elle se jeta à son cou.

— Oh ! Logan, c'est formidable !

Il la serra contre lui et respira le parfum de ses cheveux, essayant de graver en lui le moindre souvenir d'elle. Car le plus difficile restait à dire.

— C'est l'université d'Édimbourg.

Il la sentit se raidir entre ses bras. Elle s'écarta légèrement et le regarda avec perplexité.

— Édimbourg ? Je croyais que tu avais postulé ici, dans des facultés à Londres.

— Oui. Mais Édimbourg est la seule fac à m'offrir une place.

— Mais tu disais que c'était trop loin.

— C'est vrai, mais...

Il fut pris d'une soudaine irritation. Pourquoi devait-il se justifier ?

— Nous pourrons quand même nous voir. Ce sera seulement moins souvent qu'avant.

— Ça, c'est sûr.

Il détourna le regard. L'expression blessée qu'il lisait sur les traits d'Ellie le peinait.

— Nous trouverons des solutions, dit-il en espérant que ce serait le cas.

Ils étaient si jeunes, si amoureux ; cette nouvelle les accablait. Quelle ligne de conduite adopter pour ne pas faire souffrir Ellie ?

Finalement, il était parti. Le premier trimestre avait été

douloureux. Au téléphone, il percevait le chagrin d'Ellie. Ni l'un ni l'autre ne se remettaient de la séparation.

Mais qu'aurait-il pu faire ? Rapidement, il avait été débordé. Entre les cours, les examens, les stages, il n'avait aucune chance de retourner à Londres. Ellie ne pouvait pas non plus venir en Écosse, parce qu'il passait tout son temps à étudier et qu'il n'aurait pas eu une minute à lui consacrer.

Il avait détesté l'entendre pleurer chaque fois qu'ils se disaient au revoir avant de raccrocher. Il aurait voulu apaiser sa peine, rendre les choses plus faciles pour elle, mais il ne pouvait la prendre dans ses bras, l'embrasser ou lui caresser les cheveux comme il le faisait avant, quand quelque chose la tourmentait.

Chaque appel était comme une nouvelle blessure. Il avait alors songé à lui rendre sa liberté, parce qu'il se sentait cruel de prolonger leur relation, d'imposer à Ellie de l'attendre pendant des années. Elle avait des rêves à réaliser. Il n'avait pas voulu la perdre. Pour rien au monde, il ne l'aurait quittée. Mais il l'avait fait, par amour pour elle, et la rupture l'avait dévasté autant qu'elle.

Ce soir-là, il l'avait appelée et annoncé aussitôt :

— Nous devons parler.

Elle observa un long silence avant de répondre :

— À quel sujet ?

— À propos de nous. Ellie, j'ai bien réfléchi et je crois que ce serait mieux si nous...

— Si nous... ? Que veux-tu dire ?

— Si nous en restions là.

Prononcer ces mots-là lui avait brisé le cœur. Mais il fallait trancher, la laisser partir. Il le faisait pour elle. Pour qu'elle puisse avoir enfin une vie à elle.

— Pourquoi ?

— Parce que ce que nous faisons ne peut pas fonctionner. Tu passes ton temps à m'attendre. Ellie, ce n'est pas possible pour toi. Quand j'aurai terminé la fac, je travaillerai en tant qu'interne et, après ça, j'entreprendrai ma spécialisation. Nous serons séparés au moins cinq ans. Je ne peux pas supporter de te mettre dans cette situation, ce n'est pas juste pour toi.

Son cœur saignait à chaque mot. Il aimait tellement Ellie !

Mais il devait aller jusqu'au bout. Il avait eu tort de penser qu'ils pourraient y arriver.

Au téléphone, Ellie pleurait en le suppliant de changer d'avis. Cela le déchirait de la laisser partir, mais il savait que c'était le meilleur moment pour cela.

À la fin de l'appel, il se prit la tête à deux mains, épuisé. Il aimait Ellie, vraiment. Mais elle avait besoin de vivre sa vie, pas de la gâcher pour lui. Il voulait qu'elle soit heureuse. C'était un mal pour un bien et, si au bout de ces cinq années il rentrait à Londres et que la flamme soit toujours là, alors peut-être reprendraient-ils leur histoire.

C'était ce qu'il avait sincèrement pensé. Mais au cours de ces cinq ans, il avait rencontré Jo, interne comme lui. Ils s'étaient découvert les mêmes goûts et les mêmes aspirations. Cela les avait rapprochés...

À présent, Ellie était de retour et sa présence le déstabilisait. Elle avait toujours ses longs cheveux noirs ondulés, qui en cet instant dissimulaient son visage, tandis qu'elle se concentrait pour poser une aiguille au creux du bras d'un bébé.

— Ajuste l'angle. Un peu plus bas. Voilà, comme ça.

Elle trouva la veine du premier coup. Une fois l'aiguille en place, elle plaça les tubes de tests pour recueillir les échantillons de sang demandés. Elle termina l'opération et appliqua un petit tampon de ouate et un pansement. Ses gestes étaient assurés. C'était un bon début.

— Bien. Envoie ces échantillons au laboratoire dès que tu auras noté les renseignements du patient.

Elle lui adressa un sourire bref et se remit au travail. Pourquoi ne pouvait-il s'empêcher de la regarder ? Parce qu'il avait encore du mal à croire qu'elle était là et qu'il la voulait plus proche de lui. Pour la toucher et s'assurer qu'elle était bien réelle.

Il avait pris la bonne décision autrefois, il en était sûr. Il n'y avait pas eu d'autre solution. Mais c'était le passé.

Tu ne peux pas y remédier maintenant, sauf en lui donnant la meilleure formation possible.

Elle se redressa et croisa son regard. Il lui sourit en retour. Le destin les avait remis en présence et c'était forcément un signe. Il avait enfin une chance de se racheter.

Il lui avait rendu sa liberté autrefois. Il le referait dans quelques semaines, à la fin de ce stage. Mais cette fois, Ellie le remercierait.

Mais lui, supporterait-il de la voir s'éloigner ?

2

— Voici Lily Mae Burke. Née à vingt-sept semaines, elle pèse sept cents grammes.

Ellie observa le petit être couché dans la couveuse que Logan lui désignait. Des tampons de gaze couvraient ses yeux, et son crâne disparaissait sous un bonnet de laine. Elle était sous assistance respiratoire et alimentée par un tube, mais elle dormait paisiblement. Dans un coin de la couveuse, quelqu'un avait placé un ours en peluche rose.

— Sa mère a failli accoucher à vingt et une semaines, expliqua Logan. Heureusement, nous avons réussi à stopper les contractions et elle est rentrée chez elle. Mais quelques semaines plus tard, elle a perdu les eaux. Nous n'avons pas pu empêcher le travail cette fois.

— Comment va la mère ?

— Jeannette est ici presque tous les jours. Tu la verras sans doute un peu plus tard. Nous avons préconisé une thérapie peau contre peau, qu'elles semblent apprécier beaucoup toutes les deux.

Ellie aurait tellement aimé avoir ce contact physique avec Samuel. Lui offrir ce bien-être avant qu'il...

Les larmes lui montèrent aux yeux. *Non, pas ici, pas maintenant !* Elle devait se reprendre, tenir bon.

Logan se déplaça vers une autre couveuse.

— Voici Aanchal Sealy. L'une des jumelles nées à vingt-huit semaines. Il souffrait du syndrome transfuseur-transfusé. Tu sais ce que c'est ?

— Une anomalie qui peut affecter les jumeaux qui partagent le même placenta. Le sang est transféré de manière totalement inégale d'un bébé à l'autre.
— Très bien, répondit-il avec satisfaction. Tu as vraiment révisé, à ce que je vois. Et dans la couveuse suivante, nous avons Devyani, la sœur d'Aanchal. C'est la plus petite des deux. Elle pèse un kilo de moins.
— C'est énorme !
Logan hocha pensivement la tête.
— Sais-tu quel est le taux de mortalité dans leur cas ?
Ellie essaya de se souvenir de ce qu'elle avait lu dans ses livres de cours.
— Euh… Soixante pour cent minimum, je crois. C'est dû à une insuffisance cardiaque.
Logan acquiesça de nouveau et arriva devant la quatrième couveuse.
— Ce jeune homme s'appelle Matthew Wentworth, né à trente semaines. Il avait un taux d'oxygène anormalement bas, c'est pourquoi il bénéficie d'une oxygénothérapie à haut débit.
Le petit Matthew était plus grand que les autres bébés et semblait en pleine forme. Mais les apparences étaient trompeuses chez les nourrissons, Ellie le savait. Elle jeta un regard circulaire à la salle. Partout, des équipements, des machines. C'était insupportable et effrayant, mais tous les bébés qu'on soignait au « Nid » avaient au moins une chance de s'en sortir. Si Samuel avait été admis dans une salle comme celle-ci, peut-être aurait-il survécu.
Brusquement, elle eut honte de ses pensées. Les parents de ces tout-petits auraient sûrement préféré ne jamais avoir à venir ici, alors qu'elle regrettait de ne pas avoir vécu cette expérience. N'était-ce pas absurde et terrible à la fois ?
Le regard de Logan semblait la transpercer jusqu'à l'âme, comme s'il essayait de lire en elle. Au bout de quelques secondes elle dut détourner les yeux, incapable de supporter plus longtemps l'intensité de ses prunelles sombres. Autrefois, quand il la regardait ainsi, elle se réfugiait amoureusement dans ses bras. Ce n'était évidemment plus d'actualité.

Comment faisait-il face aux situations dramatiques comme celles qu'il venait de lui exposer ? Voir tous ces bébés qui grandiraient peut-être avec des handicaps, savoir à quel point leur vie serait dure, sans parler de celle de leurs parents. Où trouvait-il l'énergie pour supporter cela au quotidien ? Elle craignait d'entendre une alarme, le signal d'une urgence. Logan tenterait alors le tout pour le tout pour sauver la vie d'un de ces prématurés. Serait-elle capable de le regarder faire ?

Oui, tu en es capable. Tu as déjà vécu le pire et tu es toujours debout...

— Pourquoi as-tu choisi cette spécialisation ? demanda-t-elle à brûle-pourpoint.

Avant de répondre, il promena un regard attendri sur les couveuses.

— Lors de mon premier passage en néonatalogie, j'ai su que je ne voudrais jamais faire autre chose. Ces enfants sont si fragiles, si démunis. Ils ne peuvent pas exprimer ce dont ils ont besoin, c'est à nous de le découvrir. Après les avoir vus, comment aurais-je pu les abandonner et choisir une autre voie ?

Ses yeux avaient une expression lointaine, comme s'il ne parlait pas seulement des bébés présents. Il faisait allusion à quelque chose qu'elle ignorait. La tenait-il à distance de sa vie ? Pourraient-ils développer des liens d'amitié, au moins le temps du stage qu'elle avait à effectuer, pour qu'ils recommencent à se parler et à tout se dire comme avant ?

Il lui avait terriblement manqué en partant étudier en Écosse. En plus de son amoureux, elle avait perdu son meilleur ami. Il y avait eu tant de choses qu'elle aurait aimé lui confier. Elle avait aussi détesté ce sentiment de vide au fond d'elle-même quand elle avait dû renoncer à décrocher le téléphone pour lui parler.

— C'est l'heure du déjeuner. Profites-en bien. Je veux que tu sois en forme pour le bloc cet après-midi.

— Je vais assister à une opération ? C'est vrai ?

— Seulement en tant qu'observatrice, répondit-il. Il s'agit de la petite Darcy, atteinte de gastroschisis. Nous espérons remettre son intestin en place.

Ellie acquiesça avec ardeur.

— C'est une super nouvelle !

— Sois de retour à 14 heures.

C'était peut-être le moment de tenter un rapprochement entre eux, afin de rendre la situation moins embarrassante ?

— Voudrais-tu venir manger avec moi ? demanda-t-elle. Ce serait bien de passer un moment pour échanger des nouvelles, non ?

Elle lut l'indécision dans son regard sombre, puis il répondit :

— Une autre fois peut-être. Je dois voir quelqu'un.

— Oh ! bien sûr. Aucun problème.

Elle le regarda s'éloigner. Espérer nouer des liens d'amitié avec Logan, c'était encore trop demander, pensa-t-elle, résignée.

Assis en face de sa fille, Logan souriait en l'écoutant parler de son sujet favori, le sang, et plus précisément combien le corps humain en contenait et quels étaient ses composants.

— Le plasma, les globules rouges, les globules blancs, les plaquettes...

Rachel énumérait tous les éléments en comptant sur ses doigts et en détaillant le rôle de chacun.

Dans le petit café à l'angle de la rue de l'hôpital, sa fille de six ans ne manquait pas d'attirer les regards curieux des collègues de Logan venus déjeuner en même temps qu'eux.

Il avait l'habitude de ces conversations étranges. Rachel était fascinée par le fonctionnement du corps humain, et son autisme la plongeait dans un questionnement sans fin. Depuis qu'elle avait compris que sa mère était morte, elle cherchait à comprendre pourquoi le corps de Jo n'avait pas résisté. Au début, il avait trouvé cette obsession morbide, déroutante et bouleversante. Alors, comment s'étonner de la réaction des autres ? Mais à présent, il y voyait presque une consolation, parce que c'était une conversation familière, rassurante et sans surprise et que Rachel la contrôlait parfaitement. Elle commençait invariablement par parler du sang, puis du cœur et ce qui se passait quand le cœur cessait de battre.

Il retrouvait les traits de Jo sur le visage de sa fille. Rachel avait les yeux de sa mère, bleus comme le ciel par une belle journée d'été, et les mêmes cheveux blonds. Parfois en la voyant parler avec animation de son sujet favori, il revoyait sa femme et prenait alors conscience de son deuil, comme s'il était tout récent. Il devait prendre le temps de respirer et se répéter que le décès de Jo était survenu des années plus tôt.

Logan se sentait coupable envers elle. Il l'avait aimée, il en était absolument certain. Mais était-ce le même amour que celui qu'il avait ressenti pour Ellie ?

Ellie, qui faisait partie du passé, était revenue dans sa vie. Jo ne reviendrait jamais. Que penserait Ellie de Rachel ? Et du fait qu'il était père ?

Quand elle lui avait demandé pourquoi il faisait ce métier, il n'avait pas été capable de lui dire toute la vérité ; dans chaque enfant qu'il essayait de sauver, il voyait Rachel. Avec chaque bébé arrivé en urgence dans son service, il se rappelait aussi le jeune père désespéré qu'il avait été, priant pour qu'on soigne son enfant.

Il aurait donné sa vie pour elle et savait parfaitement ce que les parents ressentaient quand ils entraient dans cette unité. Ils étaient terrifiés, ils faisaient des pactes avec Dieu. Il avait cette vision des choses qui manquait aux autres médecins du service. C'était la raison pour laquelle il faisait ce métier et sa motivation pour former des étudiants qui, plus tard, sauraient soigner ces petits et leur offriraient du temps pour profiter de la vie.

Il n'avait jamais pensé à retrouver Ellie, même s'il était revenu à Londres. Leurs vies avaient suivi des cours différents. Il s'était imaginé qu'elle ne tenait pas à le revoir, qu'elle était passée à autre chose et qu'elle avait tourné la page.

À l'époque, elle avait parlé de monter une affaire. En lui rendant sa liberté, il avait espéré l'aider indirectement à concrétiser ses rêves. Sauf qu'elle avait désormais décidé de devenir médecin. Qu'est-ce qui avait pu provoquer ce choix ?

Il avait remarqué la tristesse de ses yeux magnifiques, d'un bleu brumeux, ils renfermaient une histoire douloureuse. Avait-il envie d'en savoir plus ? Le tempérament joyeux qui avait été le sien et qu'il avait tant aimé avait disparu, laissant place à une réserve prudente. Que lui était-il arrivé durant toutes ces années ? Quel genre de vie avait-elle eu ? Ellie était belle. Il espérait qu'elle avait rencontré quelqu'un elle aussi et qu'elle ne l'avait pas attendu.

Il but une gorgée de café et sourit à Rachel qui continuait d'énumérer les composants du cœur.

— Oreillettes, ventricule, valve mitrale, valvule tricuspide...

Il reconnut la courte pause qu'elle observait à ce stade, juste avant de prononcer « nœud sinusal ». Et chaque fois, il se demandait si Rachel deviendrait médecin.

— Et...

Elle s'interrompit, l'air pensif. C'était une pause inattendue dans son rituel immuable.

— Papa, comment brise-t-on le cœur de quelqu'un ?

Il faillit avaler de travers. D'où venait cette question ?

— Drôle de question. Pourquoi me demandes-tu ça ?

— Une fille qui était à la fête de Verity a dit que son père avait brisé le cœur de sa mère. Comment est-ce possible ? Ce n'est pas du verre ou de la porcelaine, c'est un muscle. Alors ça doit être solide.

Pas tant que ça, Rachel. Malheureusement...

Ellie enfila une blouse stérile en vue de l'opération au bloc. Elle avait employé sa pause déjeuner à réviser ses connaissances sur le gastroschisis, tout en avalant un sandwich. L'intestin se développait à l'extérieur de l'abdomen du bébé. L'opération serait forcément délicate.

Comme elle rangeait ses vêtements dans un casier, une infirmière entra en souriant.

— Bonjour, vous êtes Ellie, n'est-ce pas ? Je m'appelle Clare. C'est votre première intervention ?

— Enchantée, Clare. Non, j'ai déjà un peu d'expérience dans ce domaine.

— Parfait. Vous ne risquerez pas de vous évanouir. Le Dr Riley est un bon chirurgien. Vous apprendrez beaucoup avec lui.

— Il m'a déjà beaucoup appris, répondit Ellie.

Clare prit un air vaguement intrigué.

— Vous vous connaissez ?
— Oui, depuis longtemps. Nous étions adolescents.
— Oh ! je vois. Comment était-il à l'époque ? Déjà séduisant ?

Ellie ne put s'empêcher de sourire.
— Oui, très.
— Je le savais, dit Clare. Je parie que les filles de l'école ne voyaient que lui.
— Je ne l'ai connu qu'en terminale.
— La période tumultueuse, hum ? dit l'infirmière en se changeant. Avant qu'il ne se range.

Ellie haussa les sourcils de surprise. Logan s'était rangé ? Qu'entendait-elle par là ? Était-il marié ? Avait-il une compagne ? Bizarrement, elle était déçue de l'apprendre, presque bouleversée. Mais à quoi s'attendait-elle ? Avait-elle espéré qu'il soit encore célibataire ? Non, mais comme elle n'avait eu aucune certitude là-dessus, cela ne l'avait pas touchée. Maintenant, cela changeait tout.

Ne voulant pas paraître ignorante devant Clare, elle acquiesça, faisant mine d'abonder dans son sens.

Intarissable, Clare reprit :
— Il emmène Rachel déjeuner chaque fois qu'il le peut. C'est adorable, non ?

Rachel... Ellie remonta ses cheveux et les ramassa soigneusement sous le calot chirurgical, tandis qu'elle tâchait d'assimiler l'information.

Il retrouve Rachel le midi et ils déjeunent ensemble ? Comme c'est romantique... Ils doivent être très amoureux.

Une vague de jalousie la submergea soudain, la frappant de plein fouet. Ellie en resta étourdie. Oui, elle était jalouse qu'il eût quelqu'un à aimer, à tenir dans ses bras, et que cette femme ait conquis le cœur de celui qui avait autrefois été tout à elle.

— Oui, adorable, en effet, répondit-elle en pensant exactement le contraire.

Logan avait conscience qu'Ellie le regardait par-dessus le masque chirurgical. Ses grands yeux bleus suivaient chacun de ses gestes avec attention. Il fut tenté de relever la tête, mais se ravisa. Après la question de Rachel, il se sentait suffisamment coupable comme cela. Car il savait exactement comment il avait brisé le cœur d'Ellie.

Il se concentra sur l'opération. Il espérait que ce serait la dernière pour la petite Darcy et qu'elle serait débarrassée de l'horrible sac silo qui était attaché à elle depuis sa naissance.

— Comment allait Rachel ? demanda soudain Ellie.

Il se figea. Comment diable était-elle au courant pour Rachel ? Pas une seule fois il ne lui avait parlé d'elle. L'avait-elle aperçu avec sa fille à l'heure du déjeuner ? Ou avait-elle prêté l'oreille aux ragots qui circulaient dans le service ? Cette dernière hypothèse, agaçante, était la plus probable, il aurait voulu lui révéler lui-même l'existence de sa fille.

Mais ce n'était certainement pas l'endroit pour soulever une question aussi personnelle.

— Je ne suis pas sûr que ce soit ce qui nous intéresse en ce moment, mademoiselle Jones !

Il sentit immédiatement un changement dans l'atmosphère de la salle d'opération. Tous les visages masqués se tournèrent vers lui et il eut conscience de l'étonnement général. Parce qu'il était d'habitude heureux de parler de sa fille et des progrès qu'elle faisait. Il était tellement fier de Rachel.

— Désolé, dit-il en s'adressant à Ellie. Rachel va très bien, merci.

La tension parut baisser d'un cran et il se concentra de nouveau sur l'opération. Néanmoins, il se sentait mal à l'aise. Il avait appelé Ellie « mademoiselle Jones ». Même si elle avait eu besoin d'être recadrée, il n'aurait pas dû aller jusque-là. Maintenant, elle allait lui donner du Dr Riley jusqu'à la fin de la journée. Il fallait qu'il arrange ça, et vite.

— Vois-tu ce que je fais ici, Ellie ? Plus de lumière, s'il vous plaît, demanda-t-il au technicien qui se tenait en retrait.

Elle s'avança pour mieux voir.

— Quelles sont les complications possibles avec le sac silo ? demanda-t-il.

— Euh… Une infection et une aponévrose.

— Bravo.

Il nota que ses yeux bleus se plissaient au-dessus du masque, indiquant qu'elle souriait. Il en fut heureux et soulagé.

— Nous retirons le sac maintenant. Que cherchons-nous ?
— Nous devons vérifier que les organes sont en parfait état.
— Exactement.

Avec précaution, il les palpa avant d'enfermer la dernière portion de l'intestin à l'intérieur de l'abdomen.

— Ellie, veux-tu irriguer la zone ?

Elle acquiesça d'un bref hochement de tête, elle était reconnaissante de contribuer à l'opération, il le savait.

Il arrangea les tissus, cautérisa les petits saignements, tout en expliquant chacun de ses gestes.

— Je vais réaliser une suture en bourse. Irrigue encore la plaie.

Ellie était une assistante efficace. Ses mains ne tremblaient pas, constata-t-il avec satisfaction.

— Je vais former un nouvel ombilic.

Bientôt, la suture fut terminée. Ellie n'en revenait pas.

— Tout s'est passé si vite, dit-elle en jetant un coup d'œil à la pendule. En vingt-cinq minutes à peine.

— Oui, et dans les meilleures conditions. Le bébé est resté stable pendant toute l'opération, dit-il en s'écartant de la table d'opération. Quelles sont tes impressions ?

Ils gagnèrent le sas et retirèrent gants et masques.

— Incroyable ! dit-elle, manifestement admirative. En voyant faire, on a l'impression que c'est facile.

— Tu y arriveras toi aussi un jour.

Elle hocha la tête.

— Oui, j'espère.

— As-tu déjà choisi ta spécialisation ?

— J'hésite encore. Mais j'aimerais réaliser des transplantations.

C'était un bon choix, même s'il était un peu déçu qu'elle n'opte pas pour la néonatalogie.

— La chirurgie générale ? Excellent. À cause de ton père ?

Elle détourna les yeux et entreprit de se laver les mains.

— Je suppose...

Il la sentait distante, tout à coup. Inaccessible même. Pourquoi ? Était-ce à cause de la façon dont il lui avait parlé au bloc ? Il était urgent de mettre les choses au clair. Il ne supportait pas d'être en désaccord avec elle.

— Désolé, si j'ai été dur envers toi juste avant l'opération.

Elle reporta son attention sur lui et ébaucha un sourire bref.

— Ce n'est rien. Je me suis montrée trop curieuse et ce n'était pas professionnel.

— Non, je voulais juste être le premier à te parler de Rachel.

— Il n'y a pas de bruits de couloir à ton sujet.

— Tant mieux. Tu comprends, je suis très protecteur envers ma fille.

Elle se tourna vers lui.

— Ta fille ?

— Oui. Pourquoi ?

Elle eut un rire nerveux.

— Je croyais que c'était...

Elle s'interrompit, les joues empourprées, et prit une serviette en papier pour se sécher les mains.

— Quel âge a-t-elle ?

— Six ans.

Ellie sourit et, ôtant son calot, mit de l'ordre dans ses cheveux.

— J'aimerais la rencontrer un jour.

— Elle est autiste Asperger, dit-il tout de go.

Pourquoi avait-il fait cette révélation ? Ce n'était qu'une facette de la personnalité de Rachel, il n'aurait pas dû la réduire à sa maladie.

— Elle est adorable, pleine de gentillesse. Elle a un tas de qualités merveilleuses en plus de ça.

— J'en suis sûre, répondit Ellie en souriant. Et tu es fou d'elle.

Le reste de la journée se passa comme dans un brouillard. Surveillance du bébé opéré toutes les demi-heures, inspection de toutes les couveuses, consultation au service des urgences. Ellie avait guetté l'occasion de parler à Logan après sa bévue à propos de Rachel, mais elle dut rentrer chez elle sans l'avoir revu.

Sa fille ! Et non son épouse ou sa compagne... Ce qui impliquait tout de même que son enfant avait une mère. Où était-elle ?

Bizarre qu'il ne retrouve que sa fille pour le déjeuner. Sa femme était-elle comme lui une chirurgienne renommée ?

Logan aimait les gens qui réussissaient. Les membres de sa famille faisaient de brillantes carrières. Médecins, avocats, informaticiens...

Je suis heureuse pour lui.

Elle s'efforça de sourire, se répétant qu'elle était sincère. Mais une petite part d'elle-même restait malheureuse et déprimée. Parce qu'elle n'avait pas eu le même parcours, que sa vie avait été brisée et qu'elle repartait de zéro. Elle se sentait si loin derrière les autres, à essayer de rattraper son retard, de rebondir coûte que coûte. Elle avait raté tout ce qu'elle avait entrepris jusque-là. Sa relation amoureuse avec Logan, sa vie de mère, son mariage, même ses affaires...

Mais elle se reprit. Elle essayait de devenir médecin et elle ne raterait pas ça !

Sans même se rendre compte qu'elle avait monté l'escalier, elle se trouva devant la chambre de Samuel. Elle entra. Tout était tel qu'elle l'avait laissé. En suspens. Inachevé. Deux des murs avaient toujours besoin d'être repeints. Le berceau était dans le carton, dans l'attente d'être monté. Sur l'appui de la fenêtre, un petit ours en peluche pitoyable et solitaire attendait d'être câliné.

Tout était... horriblement triste.

Elle referma la porte et descendit à la cuisine se préparer à dîner. Elle avait à peine eu le temps de manger à midi ou de grignoter un en-cas plus tard. Aux urgences, une patiente avait présenté des complications. Heureusement, ils avaient pu faire cesser les contractions, et Ellie lui avait injecté des stéroïdes pour aider les poumons du bébé à se développer.

Aujourd'hui, elle s'était sentie utile et c'était bon pour le moral. Elle avait l'impression d'avancer vraiment, d'accomplir quelque chose d'important. Et Logan était un excellent professeur. Patient, mais exigeant.

Après la consultation, quand ils avaient pris l'ascenseur, il l'avait bombardée de questions.

« Pourquoi avons-nous injecté des corticostéroïdes ? Que se

serait-il passé si nous ne l'avions pas fait ? Les effets secondaires de ce traitement ? Quel est l'intervalle entre les injections ? »

Elle avait répondu au mieux et il lui avait donné des précisions et des exemples. Oui, c'était un excellent directeur de stage.

Dans l'espace confiné de la cabine, elle avait eu conscience de leur proximité et des réactions qu'il suscitait en elle. C'était comme si son corps se souvenait. Comme s'il désirait le contact du corps de Logan encore une fois. Une sensation à la fois terrifiante et délicieuse.

Et elle aimait qu'il l'interroge encore et encore, même sur les actes les plus simples qu'elle avait à effectuer. Il était pédagogue et attentif, s'assurait qu'elle comprenait bien les bases et les raisonnements. Et ses questions la détournaient du passé et des sentiments qu'ils avaient eus l'un pour l'autre auparavant. Parce qu'elle aurait été tentée de se glisser contre lui, de le serrer dans ses bras, de l'embrasser jusqu'à ce qu'il l'embrasse en retour...

Au lieu de quoi elle s'efforçait de lui répondre au mieux, savourant l'expression de satisfaction sur ses traits séduisants quand elle répondait correctement. Oui, ces exercices lui faisaient le plus grand bien.

Et finalement, elle était heureuse qu'il ait un enfant. Elle aurait tant aimé pouvoir tenir quelqu'un contre elle, l'aimer et se savoir aimée en retour. Cela lui manquait terriblement.

Pendant que son plat de lasagne réchauffait au micro-ondes, elle se plongea dans son livre de médecine néonatale.

3

— Ne me touche pas ! hurla Rachel.

Logan s'écarta immédiatement, les mains levées. Comment avait-il pu oublier ? Rachel avait horreur du contact corporel. Comme un idiot, sans même y penser, il s'était penché pour poser un baiser sur ses cheveux au moment de la déposer chez Verity.

La petite fille le regardait comme un animal traqué, roulant des yeux dans tous les sens. La voir si bouleversée lui serra le cœur.

— Je suis désolé, ma chérie. C'est ma faute. J'ai oublié...

Puis s'adressant à Verity :

— Je rentrerai tard. Vous êtes sûre que ça ne vous dérange pas ?

— Aucun problème. Ne vous en faites pas, Rachel va se calmer.

Il la remercia en souriant. Il n'aurait pas pu trouver meilleure nourrice que Verity. Elle s'occupait d'enfants autistes ou réclamant des soins particuliers et habitait sur la route de l'hôpital. Elle savait s'y prendre avec eux et observait une routine stricte et rassurante. Logan pouvait venir chercher Rachel de temps en temps le midi pour une heure.

C'était la fin des vacances d'été et Rachel retournerait bientôt en classe. Leur emploi du temps changerait, mais pour l'instant il profitait de ces moments privilégiés avec elle. Il espérait que, lorsqu'il viendrait la prendre à midi, elle aurait oublié sa maladresse et qu'ils parleraient de nouveau du corps humain.

Il agita la main pour lui dire au revoir, mais Rachel ne vit pas son geste. Ses crises mettaient souvent du temps à se dissiper.

Logan s'en voulait terriblement. Que ressentirait-il s'il pouvait donner un vrai câlin à sa fille, comme n'importe quel parent ?

Il soupira. *Je ne le saurai sans doute jamais.*

En chemin vers l'hôpital, il repensa à l'époque où Rachel était bébé. Elle pleurait beaucoup quand il la tenait dans les bras, et lui pensait que c'était sa façon de réclamer la mère qu'elle n'avait pas, ou bien qu'il s'y prenait mal. Il se voyait comme un mauvais père incapable de calmer son enfant.

Il avait constaté du retard dans son développement – Rachel n'avait pas parlé avant l'âge de deux ans et demi. Pour le médecin qu'il était, la situation était terriblement frustrante. Jusqu'à ce qu'un pédiatre suggère que Rachel pouvait être autiste. Alors, Logan avait eu l'impression qu'un voile se soulevait et il avait enfin compris le comportement de sa fille.

En entrant dans l'unité du « Nid », la première personne qu'il vit fut Ellie qui riait à la réception avec une infirmière. Il envia sa vie simple, insouciante, qui lui permettait de reprendre des études pour s'offrir un autre avenir professionnel.

Une vague de nostalgie le submergea et il se prit à regretter leur complicité d'autrefois, quand il la tenait dans ses bras et se délectait de son contact, de son sourire rayonnant et de son rire si contagieux. Mais surtout il regrettait l'amie qu'elle avait été pour lui, elle savait si bien l'écouter, à l'époque. Il aurait aimé se confier à elle comme avant. Lui parler de Rachel, de l'incident chez Verity, de Jo.

— Ellie ?

Elle leva la tête et lui sourit. Exactement comme autrefois. Il alla vers elle, elle paraissait attendre ses instructions. Ellie était motivée, déterminée à apprendre, toujours volontaire.

Et ses yeux bleus sont magnifiques et si confiants...

Pouvait-il lui parler ? Brusquement, il se ravisa. Il ne voulait pas faire peser sur elle le poids de ses soucis. Il devait les surmonter, comme il l'avait toujours fait. Seul.

— J'aimerais que tu te penches sur le cas de la petite Darcy, aujourd'hui. Tu feras des relevés de ses constantes toutes les heures et tu viendras m'en rendre compte. Sa mère doit arriver un peu plus tard, tu pourrais lui proposer de donner un bain de lit à son bébé. Fais-la participer le plus possible.

Ellie parut contente, enthousiaste même, de se voir confier cette responsabilité.

— Merci beaucoup ! Tout va bien ?

Il hocha la tête.

— Début de journée difficile, répondit-il, laconique.

— Avec Rachel ?

Comment répondre ? Il ne voulait pas blâmer sa fille, alors qu'il avait commis une erreur.

— Non, c'est moi. J'ai été nul, dit-il en grimaçant.

Ellie sourit.

— Je suis sûr que ta femme te pardonnera, dit-elle avant de se détourner pour rejoindre la salle des couveuses.

Il se figea.

Elle ne sait pas, pour Jo...

Bon sang ! Il devait parler à Ellie. Mais comment ne pas sembler chercher sa compassion ? Car ce n'était pas ce qu'il attendait d'elle. Il cherchait seulement de la compréhension. Et Ellie en avait à revendre, autrefois.

Comme lorsqu'il avait perdu sa grand-mère qu'il adorait... Elle était même venue aux obsèques. Gentille et attentionnée, elle l'avait accompagné devant la tombe, la tête sur son épaule, jusqu'à ce qu'il eût fini de se recueillir. Puis elle lui avait serré le bras, juste pour lui faire savoir qu'elle était là pour le soutenir.

Et qu'avait-il fait pour elle ? Il l'avait abandonnée pour poursuivre ses études. Il avait disparu pendant des années sans jamais prendre de ses nouvelles. Et à présent, il espérait retrouver l'amie qu'elle avait été ? C'était de l'égoïsme pur !

Une fois dans son bureau, il posa son attaché-case, sa veste, et contempla la seule photo qui trônait sur sa table de travail. Celle de Jo, prise sur la promenade de la plage alors qu'elle retenait d'une main ses cheveux que le vent faisait tourbillonner. Il avait capté son sourire et le regard plein d'amour qu'elle avait posé sur lui à cet instant. La photo était parfaite.

J'ai fauté aussi envers toi. Je ne t'ai pas aimée comme j'aurais dû...

Ellie, Jo, Rachel... Avec chacune d'elles, il avait tout gâché. Quand saurait-il enfin s'y prendre ?

Il prit une profonde inspiration et se munit de son stéthoscope. S'il n'arrivait à rien dans sa vie personnelle, professionnellement au moins il s'efforçait d'être à la hauteur. Pour toutes ces petites vies qui dépendaient de lui.

— Elle ne devrait pas être ici.

Ellie releva la tête avec surprise. La mère de Darcy venait d'arriver. Ellie était sur le point de changer le bébé, mais puisque sa mère était là, peut-être voulait-elle le faire elle-même ?

Doucement, elle referma la couveuse et recula.

— Personne ne souhaite que son bébé soit hospitalisé.

— Ce n'est pas ce que je voulais dire. Darcy n'est pas un enfant légitime. Son père est marié. Je ne le savais pas quand je l'ai rencontré. Je pensais qu'il était libre et amoureux, que l'avenir nous appartenait. Quand je lui ai annoncé la nouvelle, que j'étais enceinte, il m'a dit qu'il était marié et très heureux avec sa femme.

La jeune mère regardait Ellie d'un air désolé.

— Si Patrick n'avait pas trompé sa femme, Darcy ne serait pas venue au monde et je n'aurais pas à m'asseoir ici chaque jour en me demandant si mon bébé va vivre. Vous savez, quand j'ai appris pour sa malformation, j'ai pensé que j'étais punie. Pour avoir eu une relation avec un homme marié.

Sur les traits de la jeune femme, Ellie lisait le chagrin, la souffrance, le désespoir de n'avoir pas pu réaliser son rêve. Celui d'avoir un bébé en parfaite santé avec l'homme dont elle croyait être aimée. Au lieu de quoi, elle était seule à faire face aux angoisses qui submergeaient tout parent dont le bébé se trouvait dans cette unité.

En tant qu'étudiante, Ellie n'était pas encore outillée pour répondre de façon professionnelle au désarroi des proches d'un patient. Elle aurait peut-être un cours là-dessus plus tard. Mais elle avait porté un enfant et savait ce que cette mère ressentait. Le chagrin, la peur, la solitude... Oui, elle avait fait l'expérience de ces émotions douloureuses. Sans plus réfléchir, elle contourna la couveuse et entoura les épaules de la jeune femme.

— Tout va bien. Je ne sais pas ce que l'avenir réserve à Darcy, mais pour le moment elle va le mieux possible. L'opération s'est bien passée, Darcy dort et respire bien. Son poids est bon. Et maintenant, elle a besoin d'être changée. Voulez-vous le faire vous-même ?

La jeune femme hocha la tête et une larme roula sur sa joue.

— Oui, merci. Et désolée d'avoir déballé mes problèmes comme ça. Ça m'arrive parfois...

— Vous êtes angoissée. C'est tout à fait compréhensible de vouloir parler à quelqu'un. Je m'appelle Ellie. Enchantée de vous connaître.

— Gemma. Encore merci. Vous êtes très gentille.

— Je vous comprends, c'est tout, répondit Ellie en lui présentant une boîte de Kleenex.

Gemma se tamponna les yeux.

— Ce n'est pas du tout comme ça qu'on imagine ses premiers jours en tant que mère.

— Non. Avez-vous compris tout ce qui concerne l'état de Darcy ? Si vous avez des doutes ou des questions, je peux aller chercher le Dr Riley, qui a réalisé l'opération. Il viendra vous parler.

— Oh ! je ne voudrais pas le déranger. Je suis sûre qu'il est très occupé.

— Mais jamais trop quand il s'agit de rassurer un parent. Changeons la couche de Darcy ensemble. Ensuite, j'irai le prévenir.

Ellie souleva doucement la petite fille pendant que Gemma glissait la couche propre, puis elle effectua les premières observations de sa patiente. Heureuse de constater que l'état de l'enfant était stable, elle se mit en quête de Logan, en espérant qu'il pourrait rassurer la jeune mère. Ellie sentait qu'il était important que Gemma soit associée aux décisions du médecin et aux progrès de Darcy. Cela l'aiderait à se ressaisir.

Logan était au téléphone, Ellie décida d'attendre qu'il termine sa conversation. Au bout d'un moment, il releva les yeux et s'aperçut sa présence. Leurs regards se croisèrent et elle sentit une sensation familière fuser au creux de son ventre. Cet homme appartenait à son passé, c'était étrange de se dire qu'il allait jouer un si grand rôle dans son avenir immédiat et que sa réussite dépendait de lui. Elle s'était juré de ne plus jamais laisser un homme prendre le contrôle de sa vie. Et pourtant, voilà où elle en était.

Ce n'est que pour six semaines. Ce ne sera vraiment pas long.

Elle lui renvoya un sourire poli et patienta.

— Tout va bien, Ellie ? demanda-t-il dès qu'il eut raccroché.

— Oui, j'ai consigné les premières observations de Darcy. Je me demandais si tu pouvais venir parler à sa mère. Elle est bouleversée, et je pense qu'elle a besoin d'être rassurée sur l'état de sa fille.

— Bien sûr. D'ailleurs, tu pourrais venir avec moi, tu verrais comment on procède dans ce genre de situation.

Elle se retint de répondre qu'elle le savait déjà, qu'elle avait elle aussi été une mère en larmes, perdue et terriblement seule. Elle ne pouvait pas lui dire non plus que, même si ses paroles apportaient un peu de réconfort à la mère de Darcy, elles ne seraient jamais suffisantes. Parce que Gemma n'attendait qu'une chose : que sa fille sorte de l'unité néonatale de soins intensifs en bonne santé et qu'elles puissent rentrer chez elles commencer une vie normale.

Elle le suivit jusqu'à la salle des couveuses. Là, elle l'écouta attentivement tandis qu'il faisait asseoir Gemma et lui expliquait clairement où Darcy en était de son traitement.

Il était doué pour cet exercice, Ellie lui reconnaissait ça. Il expliqua pourquoi le bébé se trouvait dans cette situation et précisa que ce n'était en aucun cas la faute de sa mère. Ensuite, il montra à Gemma chaque équipement, chaque sonde, en spécifiant leur rôle, et insista sur le fait que Darcy était forte et qu'elle réagissait aussi favorablement qu'on pouvait l'espérer si peu de temps après l'intervention.

— S'il y a quelque chose que vous ne comprenez pas, n'hésitez pas à interroger le personnel. Nous vous tiendrons informée. Notre mission est de faire en sorte que Darcy puisse rentrer chez vous en pleine forme et nous nous y employons du mieux possible.

Il offrit un sourire rassurant à Gemma et sortit de la salle.

Ellie le rejoignit dans le sas où ils se désinfectèrent les mains au gel antiseptique.

— Tu as été très bon avec elle, dit-elle, admirative. Je pense qu'elle se sent un peu mieux maintenant.

— La communication tient un rôle clé dans ce service. On ne peut laisser planer le moindre malentendu. Les parents ne savent souvent plus à quel saint se vouer. Peux-tu imaginer un instant la détresse dans laquelle ils se trouvent ?

Elle opina, l'air grave. C'était peut-être le moment de lui parler de Samuel. Non… Elle était là pour apprendre, pas pour lui confier son histoire personnelle. D'ailleurs, ils n'étaient plus dans ce genre de relation.

Au lieu de répondre : « Je sais ce qu'il en est. Je suis passée par là », elle se contenta donc de lui remettre le dossier de Darcy.

— Voici mes dernières observations. Ses reins fonctionnent parfaitement.

Logan parcourut ses notes.

— Conclusion ?

— Elle est en bonne voie.

Il acquiesça, mais le regard qu'il posa sur elle semblait vouloir dire autre chose.

— Dis-moi ce que tu sais des problèmes rencontrés par les bébés nés prématurément.

Elle réfléchit un instant.

— Des difficultés respiratoires, une température instable.

— Bien. Quoi d'autre ?

Logan était décidé à interroger Ellie sur le travail. Ainsi, il ne serait pas tenté de lui parler de choses personnelles qui, du reste, ne la concernaient pas.

— Des retards du développement, des problèmes intestinaux, des infections, une perte auditive…

Il hocha la tête avec satisfaction. Elle en savait plus que certains stagiaires qu'il avait suivis. En fait, elle se débrouillait vraiment bien. Elle s'investissait pleinement, tant auprès de Darcy que dans les autres tâches qu'on lui demandait.

— Comment fais-tu pour gérer la charge de travail ? demanda-t-il. Les cours, les stages, les astreintes…

— C'est beaucoup, c'est vrai. Mais je m'en sors. Et heureusement, je n'ai pas de distraction à la maison.

Il la dévisagea avec attention, intrigué par l'information qu'elle venait de lui fournir.

— Tu vis toujours chez tes parents ?
— Non. J'ai déménagé il y a des années. Je vis seule depuis quelque temps déjà.

Il avait conscience que la question qu'il aurait logiquement dû poser ensuite était : « Tu n'as jamais rencontré quelqu'un ? » Il espérait qu'elle avait eu cette chance, parce qu'il ne voulait pas s'imaginer qu'elle était restée seule depuis qu'il l'avait quittée. C'était impossible. Ellie était séduisante, tendre, attentionnée, aimante.

Brusquement, il se sentit mal à l'aise et presque redevable pour la façon dont il avait mis fin à leur relation. Devait-il s'expliquer là-dessus ? Lui présenter des excuses ? C'était délicat, étant donné qu'il était tenu de garder une attitude professionnelle envers elle, désormais. La gêne entre eux devenait pesante et il regrettait leur complicité révolue.

— Tu te voues entièrement à tes études, j'imagine ?
— C'est ce qui est le plus important pour moi en ce moment.
— Même pas de temps pour... ?

Une relation sentimentale ?

— Non.

À cet instant, Clare se matérialisa auprès d'eux.

— J'allais insérer la sonde gastrique au premier bébé Sealy, mais j'ai pensé qu'un peu de pratique avec ce procédé serait une bonne chose pour Ellie. Qu'en pensez-vous ?

Il accueillit l'interruption avec soulagement. Leur conversation avait mené ses pensées dans une direction déplacée. Nourrissait-il toujours des sentiments pour Ellie ? Oui, bien sûr. En sa présence, il se sentait troublé et en conflit avec lui-même. Seulement, après Jo, il s'était juré de ne jamais s'engager avec quelqu'un d'autre.

Mais avec Ellie, c'est différent, non ? Tu n'as jamais cessé de l'aimer.

— C'est une excellente idée, dit-il très vite à Ellie. Vois d'abord

171

si l'état de Darcy a évolué. Et si tout va bien, donne un coup de main à Clare. D'accord ?

Ellie acquiesça en souriant.

— Ce sera fait.

— Aanchal Sealy n'a pas encore le réflexe de succion. Elle a aussi un problème de déglutition. La sonde permettra de la nourrir et de réguler sa prise de poids, expliqua Clare. Voici comment on procède. La longueur du tube à insérer doit être égale à la distance entre l'arête du nez, le lobe de l'oreille et la pointe du sternum. Ensuite, on lubrifie l'embout et on l'insère par une narine.

— Très bien, répondit Ellie d'un air concentré.

— N'oublie pas de maintenir le bébé en place, car elle peut se débattre un peu quand on fait descendre le tube dans le pharynx. C'est le moment le plus inconfortable pour l'enfant, il faut donc faire vite.

Ellie saisit la sonde et s'efforça de respirer lentement en l'introduisant dans la narine de la petite Aanchal. Le bébé s'agita, essaya de se vriller sur elle-même, mais Clare la tenait bien. Ellie réussit la manœuvre du premier coup.

— Excellent ! Beau travail. Maintenant, il te reste à fixer le début de la sonde sur la joue avec un sparadrap, dit Clare. Voilà, tout est terminé.

Ellie rayonnait de fierté. Sa première sonde naso-gastrique sur un nouveau-né ! Elle venait de valider une nouvelle compétence clinique qui figurait à son dossier de stage. Petit à petit, elle franchissait les étapes et progressait dans sa carrière. C'était là-dessus qu'elle devait se concentrer, et pas seulement sur Logan.

— Merci, Clare.

— Hé, mais de rien.

— Depuis combien de temps es-tu infirmière en néonatalogie ?

— Quelques années déjà, répondit celle-ci.

— Tu as tout vu, alors ?

— Certains jours, on se dit qu'on ne peut plus se laisser surprendre. Eh bien, si !

— Quel a été le cas le plus difficile pour toi ?

Clare réfléchit un instant.

— La fille du Dr Riley.

Ellie se figea, interloquée.

— Rachel ?

Clare hocha la tête, comme si elle avait encore du mal à y croire.

— Cette petite a eu un début si tragique dans la vie. Il y avait énormément d'émotion autour d'elle. Mais c'est la vie, n'est-ce pas ? Le malheur arrive à tout le monde.

Ellie aurait voulu en savoir davantage, mais des parents arrivèrent à cet instant, et Clare se leva pour les accueillir.

Ellie se frictionna consciencieusement les mains. Qu'était-il arrivé lors de la naissance de Rachel ? À quel genre de « début tragique » Clare faisait-elle allusion ? Pour en avoir le cœur net, il lui faudrait poser la question à Logan. Mais c'était trop personnel, jamais elle n'oserait. Peut-être Logan lui en parlerait-il lui-même.

En fin de journée, comme elle se préparait à quitter l'hôpital, Logan sortit au même moment. Ils prirent l'ascenseur ensemble. Une fois dans le hall au rez-de-chaussée, ils se regardèrent en hésitant.

— Bon, on se voit demain ?

— Oui, absolument, répondit-elle aussitôt.

— Dans ce cas... Bonne soirée.

— À toi aussi.

Il s'éloigna en remontant le col de sa veste pour se protéger de la pluie fine qui s'était mise à tomber. Qu'est-ce qui l'attendait chez lui ? Sa femme savait peut-être écouter et il lui confierait ses soucis de la journée. Ils devaient bien s'entendre pour s'occuper de Rachel. Était-ce difficile ? L'autisme regroupait tout un éventail de situations, mais le fait qu'il ait mentionné Asperger laissait entendre que Rachel était très performante.

À qui ressemblait-elle ? Tenait-elle de Logan, physiquement ? Reconnaître ses propres traits sur le petit visage de Samuel avait été un émerveillement. Cette ressemblance l'avait lié à elle d'une façon si forte qu'elle en avait eu le souffle coupé. Alors, le perdre si vite avait été...

Arrête !

Elle ouvrit son parapluie. Puis, après un dernier regard à la silhouette de Logan qui disparaissait au loin, elle s'engagea dans la direction opposée.

Le bébé pesait à peine une livre. Ellie regardait l'équipe et en particulier Logan s'affairer autour de leur nouveau patient. Elle était impressionnée par son calme et sa maîtrise, tandis qu'il chaussait son stéthoscope et auscultait le bébé, avant de donner une série d'instructions.

C'était effrayant de rester en retrait, de savoir qu'elle ne pouvait être d'aucune utilité dans cette urgence. Elle avait tant envie d'aider au lieu de rester là, adossée au mur, les mains dans les poches de sa blouse blanche !

La scène paraissait si chaotique qu'elle avait l'impression que tout le monde s'affolait. Mais plus elle les observait, plus elle comprenait que chacun savait exactement ce qu'il avait à faire, à quel moment, et respectait le travail des autres. Bientôt, le bébé fut jugé dans un état stable et placé dans une couveuse.

Logan vint vers elle.

— Désolé, je n'ai pas eu la possibilité de t'expliquer ce qui se passait. La priorité était de stabiliser le patient, et le moment était critique.

— Je comprends très bien. Que va-t-il se passer maintenant ? demanda-t-elle en regardant le bébé, qui était très rouge.

Cet enfant qui venait de naître affrontait déjà un avenir rempli d'incertitudes.

— Nous allons faire des examens, pour commencer. Puis, quand les parents seront là, nous leur expliquerons la situation. Le bébé aura sans doute besoin d'un scanner.

Il se dirigea vers le lavabo et se lava les mains.

— Un scanner du cerveau ? demanda-t-elle.

— Oui, pour s'assurer qu'il n'y a aucun saignement dans cette zone. Son état est grave.

Ellie ne savait que penser. Jusque-là, aucune situation dramatique ne s'était présentée aux urgences. Comment réagirait-elle si le bébé mourait ? Réussirait-elle à tenir le coup ? D'une façon ou d'une autre, il le fallait.

Pense à la famille du bébé plutôt qu'à toi-même.

De nouveau, elle regarda le bébé minuscule, priant silencieusement pour qu'il s'en sorte.

— Ce sont des moments pénibles, dit Logan d'un ton compatissant. Si tu as peur de ne pas pouvoir tenir, je préférerais que tu ne sois pas là quand ses parents viendront.

— Je peux faire face, répondit-elle d'un ton assuré. Comment y arrives-tu ?

— L'habitude.

Elle eut soudain l'envie folle de passer les bras autour de lui et de le serrer contre elle. Le besoin de le toucher était si puissant qu'elle vacilla.

— Ellie ? Tout va bien ? dit-il en la retenant par le bras.

Au contact de sa main ferme, une chaleur fulgurante la traversa, comme un courant électrique ou une brûlure. Vivement, elle se dégagea.

— Ça va, répondit-elle.

Mais un tremblement imprégnait sa voix et Logan se méprit.

— Prends cinq minutes pour te ressaisir. Je vais recevoir les parents.

— Je vais très bien, protesta-t-elle.

Il sourit, et son visage, si séduisant, exprima empathie et gentillesse.

— Je sais. Mais fais une pause quand même.

Vingt minutes plus tard, Logan rejoignit Ellie dans la salle de repos. Elle tenait un mug de thé de ses deux mains, et une expression préoccupée se lisait sur ses jolis traits.

Il résolut de lui remonter le moral.

— C'est normal d'être bouleversé, dit-il en s'asseyant en face d'elle. Du moins en privé.

— Logan, comment fais-tu ? Comment soignes-tu ces bébés qui ont à peine un souffle de vie ? Surtout après ce qui est arrivé à ta fille.

Il écarquilla les yeux.

— Tu es au courant de ce qui s'est passé pour Rachel ?

— Non. Quelqu'un m'a dit qu'elle avait été admise ici, mais sans me donner de détails.

175

Devait-il lui raconter ? Il en ressentait le besoin et c'était le moment idéal pour tout lui expliquer. Déjà la veille, il avait hésité.

— J'ai rencontré Jo quand je suis rentré d'Édimbourg. Nous étions tous deux internes et nous travaillions aux urgences. Nous passions donc beaucoup de temps ensemble.

— C'est ta femme ?

Il serra les dents en entendant Ellie parler au présent.

— Jo est tombée enceinte et nous nous sommes mariés à la va-vite.

Il lui jeta un bref coup d'œil pour savoir comment elle prenait la nouvelle. Il ne voulait pas la blesser. Mais elle semblait attentive et prête à l'écouter jusqu'au bout. Il reprit son récit.

— Un jour, nous rentrions après une garde épuisante et un automobiliste alcoolisé nous a emboutis par le côté. Notre voiture est sortie de la route, a fait plusieurs tonneaux et s'est immobilisée sur le toit.

— Oh ! mon Dieu !

— Ma ceinture de sécurité s'est coincée, j'étais la tête en bas. Jo aussi, mais elle...

Il s'interrompit. L'image horrible qui surfit devant ses yeux lui vrilla le cœur.

— Jo saignait abondamment.

Ellie ferma les yeux.

— Logan...

— Les pompiers m'ont sorti en premier. Il leur a fallu beaucoup de temps pour désincarcérer Jo. Et quand ils ont réussi à la libérer, elle était...

Il se passa une main devant les yeux.

Se levant d'un bond, Ellie vint s'asseoir auprès de lui et lui entoura les épaules de son bras. Il savoura la chaleur et le réconfort qu'elle lui apportait.

— Il n'y avait plus rien à faire pour Jo, dit-il d'une voix rauque. Mais elle était enceinte de vingt-quatre semaines et j'ai pensé qu'il y avait peut-être une chance de sauver notre enfant. Quelques semaines plus tôt, j'avais vu l'échographie, son cœur qui battait... J'ai demandé aux médecins de tenter le tout pour le tout et de pratiquer une césarienne.

Un silence s'installa, chargé d'émotion. Puis Ellie glissa sa main dans la sienne.

— Tu as eu un courage admirable.

Il regarda fixement leurs doigts entrelacés, surpris par ce geste intime.

— Non, j'étais désespéré.

— Tu as fait ce qu'il fallait. Tu t'es battu pour ton enfant. Ce que n'importe quel parent choisirait de faire. C'est ce que nous voyons tous les jours ici.

Il la regarda au fond de ses yeux si bleus et, un instant, il eut envie de s'y noyer.

4

Ellie, le regard rivé à celui de Logan, avait le sentiment qu'ils n'avaient jamais été séparés. C'était comme s'ils avaient toujours été ainsi, étroitement unis.

Pourtant, ils s'étaient perdus de vue pendant des années et leurs vies avaient pris des chemins différents. Celle de Logan n'avait pas été un long fleuve tranquille, contrairement à ce qu'elle s'était plu à imaginer. Comme elle, il avait été confronté à la tragédie.

Elle lui tenait la main. Comme ce serait facile de se pencher vers lui et de l'embrasser...

Cette pensée la fit sursauter. Elle n'avait pas le droit de s'engager sur ce terrain-là !

— Je vais te faire une tasse de thé, dit-elle en se levant.

Il ne répondit pas et elle s'en voulut de s'être écartée si brutalement. Mais il n'était plus à elle. Ils ne sortaient pas ensemble. Elle n'était qu'une amie, et les amis offraient leur soutien et préparaient du thé censé soulager tous les maux.

Si seulement ! On l'injecterait en intraveineuse et tout le monde irait mieux.

Le moment de complicité qu'ils avaient partagé avait pris fin et elle devait s'éloigner de Logan. Parce qu'il restait avant tout son directeur de stage. Il lui avait raconté son histoire, c'était tout. Et s'il fallait en tirer une leçon, c'était que la vie réservait des coups durs et qu'elle pouvait tout anéantir en un instant.

Tout en remplissant la théière, Ellie songea à Samuel. Daniel et elle avaient été tellement heureux quand elle s'était trouvée enceinte... Tout était pour le mieux. Sa petite affaire était florissante. Leur maison avançait, les rénovations étaient presque terminées. Une échographie avait fracassé leur vie heureuse et bien ordonnée...

— Tiens, c'est prêt.

Elle plaça le mug dans les mains de Logan et reprit place face à lui en s'efforçant de s'ancrer dans le présent.

— Merci. Je suis désolé, Ellie. Je n'aurais pas dû te parler de tout ça. Mais une part de moi-même m'incitait à te le dire. Parce que... Eh bien, parce que nous sommes toujours amis, n'est-ce pas ?

Elle acquiesça.

— Et les amis n'ont pas de secrets l'un pour l'autre.

— Exactement.

De nouveau, elle pensa à son fils. Elle se revoyait dans la salle d'accouchement, tandis que la sage-femme s'éloignait, portant son petit Samuel dans les bras. Elle savait pertinemment qu'elle ne le reverrait pas et ce qu'ils allaient faire de lui.

Le fardeau de son secret lui pesait terriblement. Elle voulait parler à son tour. Mais ce moment était celui de Logan, il était réservé à son histoire tragique. Elle n'allait pas raconter la sienne, comme pour dire : « Tu crois que c'est triste ? Attends d'entendre mon histoire ! »

Bien sûr, Logan ne penserait pas une telle chose, c'était seulement une impression qu'elle avait, mais cela la dissuada de révéler ce qu'elle avait sur le cœur.

— J'aimerais que tu la rencontres, dit-il soudain.

Elle écarquilla les yeux.

— Rachel ?

— Oui, je pense que tu l'aimerais, dit-il en souriant cette fois.

Connaître sa fille ? Waouh ! C'était... Elle ne trouvait même pas les mots pour exprimer ce qu'elle ressentait. Elle serait impliquée personnellement dans la vie de Logan. C'était un grand pas à franchir.

— Je ne sais pas...

Mais la seule raison qui la faisait hésiter, c'était la crainte de souffrir et de l'envier. Parce qu'en dépit de l'épreuve qu'il avait subie, il avait quand même un enfant à aimer... et pas elle. C'était un sentiment absurde, elle en convenait, d'autant qu'elle était heureuse pour lui. Vraiment.

— Tu penses que ce serait dépasser les limites que nous nous sommes promis de respecter ?

— Non, je... Enfin, oui. Mais...

Comment formuler ce qui la préoccupait ? Qu'est-ce que cela donnerait, de rencontrer son enfant ? De constater les choix qu'il avait faits après l'avoir quittée, elle ? Ce serait étrange, mais cela les rapprocherait aussi. Et son avenir professionnel dans tout ça ? Elle avait un but, un rêve qu'elle poursuivait. Si elle était de nouveau prise dans l'orbite de Logan, serait-elle capable d'en sortir ?

— Vous vous entendriez parfaitement, toutes les deux, dit Logan. Rachel est drôle, intelligente et tellement futée ! En plus, elle adore parler médecine et biologie, tu pourrais évoquer tes études avec elle.

Oh ! mon Dieu, refuser était si difficile !

Il s'efforçait de l'inviter dans sa vie, il voulait lui montrer que le passé qu'ils avaient partagé comptait encore pour lui. Cette visite créerait un lien entre eux. Du moins, c'était ainsi qu'elle l'interprétait. Une petite part d'elle avait terriblement envie de connaître sa fille, de la même façon qu'elle aurait aimé lui présenter Samuel...

— D'accord.

Un grand sourire illumina le visage de Logan.

— Parfait. Alors, ma prochaine question est : quand es-tu libre ?

Elle haussa les épaules.

— Le soir, j'étudie. Mais je peux me permettre de sortir une soirée. Je suis sûre que mon directeur de stage ne m'en voudra pas.

— Que dirais-tu de ce soir ? C'est soirée pizza chez les Riley. Dîner ordinaire et décontracté. Tu aimes les pizzas à l'ananas ?

— Chez toi ? Oh ! très bien. Pour la garniture, je n'ai aucune objection, du moment qu'il y a aussi du jambon.

— Aucun problème. Disons, vers 18 heures ? Le temps de te présenter ma fille.

— Ça me va.

Il sortit de sa poche un bloc sur lequel il griffonna quelques mots.

— C'est notre adresse, dit-il en détachant la feuille et en la lui tendant. Numéro 7, Cherry Blossom Avenue.

« Avenue des Cerisiers-en-fleurs » ? Cela évoquait un endroit merveilleux et un foyer qui respirait la joie de vivre.

— Je serai là, promit Ellie.

La maison était charmante, toute simple, avec des fenêtres de style géorgien et des arbres en pots de chaque côté de l'entrée. De hautes haies la préservaient des regards indiscrets.

Ellie contempla un moment la façade, essayant d'imaginer la vie qui se déroulait derrière les fenêtres. Un père et sa fille vivaient là et formaient une famille.

Elle avait acheté un bouquet de fleurs en chemin et le tenait contre elle, un peu comme un bouclier. Pourquoi était-elle si nerveuse ? Pourquoi redoutait-elle de franchir le seuil de cette maison ?

Parce que cela changera tout...

Elle examina son reflet dans les vitres d'une voiture garée le long du trottoir. Bien entendu, il s'était mis à pleuvoir pendant le trajet et, même si la pluie avait cessé, elle était mouillée et ses cheveux étaient raplapla. Elle y glissa les doigts dans l'espoir de leur redonner un peu de volume. Peine perdue, ils retombaient comme les franges d'un vieux balai !

Après un soupir de frustration, elle se décida à gagner le perron. Sa main hésita sur le heurtoir. Elle était ridicule ! C'était seulement deux amis qui se retrouvaient en souvenir d'autrefois. Rien d'autre.

Elle frappa, s'attendant à ce que Rachel ouvre la porte. Tous les enfants se précipitent à la porte avant leurs parents, parce que c'est drôle d'être les premiers et qu'ils adorent prendre cette responsabilité.

Mais ce fut Logan qui répondit.

Il lui sourit et s'effaça pour l'inviter à entrer. Elle sentit son cœur manquer un battement.

— Tu as trouvé facilement ?

Puis il rit.

— Qu'est-ce que je raconte ? La nervosité, sans doute. Entre, Ellie.

— Pour toi, dit-elle en lui tendant le bouquet.

— Merci, elles sont magnifiques. Laisse-moi te débarrasser de ton imperméable.

Elle enleva son vêtement et le lui tendit. Il le suspendit dans l'entrée à côté d'un anorak d'enfant d'un rouge éclatant.

— C'est sa couleur préférée, fit-il en remarquant son regard. Parce que c'est celle du sang.

— Oh ! ça tombe bien. Parce que j'ai aussi quelque chose pour Rachel.

Elle sortit de son sac le cadeau enveloppé de papier coloré.

— C'est que... Rachel s'intéresse peu aux jouets, dit Logan avec embarras.

— Attends de voir, répondit Ellie en souriant. Où est-elle ? Je suis impatiente de faire sa connaissance.

— Elle est au salon. Par ici.

La maison semblait confortable et d'une propreté irréprochable, avec des murs gris ou blancs, de grands miroirs et seulement un minimum de mobilier.

On entendait la télévision. Un dessin animé, sans doute. Mais quand ils pénétrèrent dans le salon, c'était un documentaire médical que la petite fille regardait.

Logan haussa les épaules.

— C'est ce qu'elle aime, dit-il à voix basse devant l'étonnement d'Ellie.

Il s'empara de la télécommande et mit l'enregistrement sur « pause ».

— Rachel, notre invitée est là. Je t'ai parlé d'Ellie, tu te souviens ?

L'enfant, assise sur le canapé, se retourna, et Ellie fut frappée par sa ressemblance avec son père. Bien qu'elle fût blonde aux yeux bleus, Rachel avait le front haut de Logan et la même fossette au coin des lèvres.

— Tu es médecin ?

— Pas encore, répondit Ellie en souriant. Mais je le serai un jour. Ton père m'aide pour cela.
— Je veux être médecin plus tard.
— C'est formidable que tu aies déjà choisi ton métier. Quand j'avais six ans, je ne savais pas encore.
— Tu es autiste ? demanda Rachel.
— Non.
— C'est pour ça que tu ne le savais pas. Tu n'as pas un super pouvoir comme moi.

Ellie rit.

— Non, aucun. Mais je t'ai apporté un cadeau, dit-elle en tendant le paquet à Rachel.

Une fraction de seconde, elle crut que la petite fille ne le prendrait pas. Puis, après un regard à son père, Rachel accepta le paquet, le posa sur les genoux et entreprit de décoller soigneusement le ruban adhésif. Une expression émerveillée se peignit sur ses traits quand elle découvrit un puzzle du corps humain.

— Papa, regarde ! On voit les nerfs, les muscles, les os ! Avec leurs noms !
— Oui, je vois, ma chérie.

Il regarda Ellie.

— Tu as choisi le cadeau parfait. Rien ne pouvait lui faire plus plaisir. Rachel, qu'est-ce qu'on dit ?
— Merci, Ellie !

Descendant du canapé, elle dispersa les pièces du jeu sur la table basse et s'agenouilla devant.

— Cela devrait l'occuper jusqu'à l'heure du dîner, dit Logan. Je te sers quelque chose à boire ?

Ellie acquiesça.

— Avec plaisir. La même chose que toi, ça m'ira très bien.
— Je viens de faire du café. Une habitude chez moi. Sucré avec du lait ?
— Tu t'en souviens ? dit-elle avec surprise.
— Je me souviens de beaucoup d'autres choses.

Troublée, elle déglutit avec difficulté. Quels autres souvenirs gardait-il ? Leurs baisers passionnés ? Leurs rires insouciants ?

Il la conduisit dans la cuisine. Prenant deux mugs, il servit le café et l'invita à s'asseoir.

— Elle te ressemble, Logan, dit-elle en serrant la tasse entre ses doigts. Tu dois être très fier d'elle.

— Je le suis. J'aimerais seulement que ce soit moins compliqué pour elle.

— Comment ça ?

— Le fait qu'elle n'ait pas sa mère, répondit-il d'un air sombre. Je me fais du souci parce que je ne suffis pas à combler ce vide dans sa vie et je me demande si je lui donne les bons conseils. Elle a peu d'amis à l'école.

— Elle est en intégration ?

— Oui. J'essaie d'abord son syndrome d'Asperger de façon positive. Je lui parle des gens célèbres qui en sont ou en étaient atteints et ce qu'ils ont réussi à accomplir. Je voudrais qu'elle voie que ce monde est aussi le sien, mais... Si ce n'est pas le cas ? Je tiens avant tout à ce qu'elle soit heureuse.

— Elle semble très bien dans sa peau.

— Ellie, tu ne l'as vue que cinq minutes.

C'était la vérité. Que savait-elle des difficultés de Rachel ? Mortifiée, elle garda le silence. Peut-être n'aurait-elle pas dû accepter l'invitation, après tout. Elle avait toujours des sentiments profonds pour Logan, mais un fossé immense les séparait, elle s'en rendait compte.

— J'ai fini !

Ils se tournèrent en même temps vers Rachel qui se tenait sur le seuil de la cuisine, un large sourire aux lèvres.

— Déjà ? s'exclama Ellie avec surprise. Il y a cent pièces.

— C'était facile. Venez voir.

Ils la suivirent et découvrirent le puzzle complété sur la table basse.

— Waouh ! Rachel, tu es fantastique, dit Ellie.

La petite fille parut heureuse du compliment.

— Je te l'avais dit. J'ai un super pouvoir.

Père et fille confectionnèrent eux-mêmes la pizza, à partir d'un fond de tarte que Logan avait acheté auquel ils ajoutaient la garniture : *passata* de tomates, jambon, ananas, poivrons, maïs, champignons.

— Vous ne mettez pas de fromage ? demanda Ellie.
— Jamais, répondirent-ils en chœur.

Logan et sa fille formaient une équipe qui fonctionnait bien. Il taillait les ingrédients et elle les répartissait en spirales très régulières, plaçant chaque morceau selon un ordre précis.

— Quel genre de médecin veux-tu être ? demanda Rachel à Ellie. Mon père sauve les bébés.

— C'est ce que je fais aussi en ce moment, mais j'espère travailler avec des spécialistes de la transplantation, répondit Ellie.

Doutant que Rachel comprenne vraiment ce terme, Ellie s'apprêtait à lui donner l'explication quand la fillette hocha la tête d'un air assuré.

— Don d'organes, donc. Tu es donneuse potentielle ?
— Oui, bien sûr.
— Alors, c'est très bien.

Avoir ce genre de conversation avec une petite fille de six ans était surréaliste, mais c'était tout le mystère de l'autisme. Ces enfants étaient surprenants.

Logan les écoutait en souriant et en préparant la salade qui accompagnerait la pizza. Ellie capta son regard et une douce chaleur l'envahit. Il semblait heureux de cet échange.

— Et toi, Rachel ? demanda-t-elle son tour. Quel médecin seras-tu ?

— J'hésite encore.

— Tu as tout le temps pour réfléchir à la question. Avez-vous besoin d'un coup de main ?

— Veux-tu mettre la table ? dit Logan. Rachel va t'aider à trouver ce qu'il faut.

Tout en disposant les couverts, Ellie se sentit finalement heureuse de prendre part à leur routine familiale. C'était donc ça, vivre en famille ? Ellie n'avait pas eu la chance d'en faire l'expérience avec Daniel. Ils n'avaient vécu qu'à deux ; après le terrible diagnostic, le chagrin et la douleur avaient mis un coup d'arrêt à leur relation. Ils avaient continué à exister l'un près de l'autre, mais sans vivre vraiment ensemble.

Ce moment qu'elle partageait ce soir avec Logan et Rachel l'emplissait de sentiments positifs et réconfortants. C'était si agréable de les voir s'investir ensemble dans une tâche où chacun avait un rôle et faisait confiance à l'autre. Il régnait une atmosphère chaleureuse dans la cuisine, et la pizza qui cuisait répandait des arômes appétissants.

— Ça sent drôlement bon, dit Ellie en souriant.

Logan jeta un coup d'œil par la vitre du four.

— Encore cinq minutes, je dirais.

— Tu aimes faire la cuisine ? demanda-t-elle tant il semblait à l'aise dans cet environnement.

— Ça n'a jamais été mon truc, dit-il en haussant les épaules. Mais Rachel n'aime pas tous les aliments, alors je fais en fonction de ses goûts et nos menus sont programmés à l'avance.

L'ordre et la régularité rassuraient souvent les personnes autistes, c'était un sentiment qu'Ellie comprenait. La vie était faite d'incertitudes ; si on pouvait exercer un contrôle sur les choses, pourquoi s'en priver ?

— Que voulez-vous boire en mangeant ?

Un jus d'orange pour Rachel. De l'eau pour Logan et Ellie. Elle remplit les verres, et Logan disposa la pizza odorante au centre de la table.

— Ellie, tu vas m'en dire des nouvelles, dit-il en servant les parts, puis en lui tendant le saladier.

C'était effectivement délicieux. Qui aurait pensé qu'une pizza sans fromage pût être aussi bonne ?

— Alors, que sont devenues ces ambitions que tu avais de monter ton entreprise à toi ? demanda Logan.

Elle s'essuya la bouche.

— Je les ai concrétisées. J'ai eu mon café librairie.

— Ici, à Londres ? dit-il, visiblement intéressé.

— Oui. Mais c'est fini, je ne l'ai plus, dit-elle avec un sourire forcé.

— Tu as abandonné ton affaire pour te lancer dans des études de médecine ?

Rachel était avec eux, ce n'était pas le bon moment pour lui parler de Samuel. Alors autant donner une autre réponse.

— Oui, c'est ça.

— Comment s'appelait le café ? Je suis peut-être passé devant sans savoir.

— Les Histoires d'à côté. À Finsbury Park.

Il la regarda avec un mélange de surprise et d'admiration.

— Quel dommage que tu ne l'aies pas gardé. En employant quelqu'un pour faire tourner le commerce, tu aurais eu un revenu non négligeable pour financer tes études.

Il dut remarquer sa gêne, car il ajouta aussitôt :

— Désolé, je suis trop curieux. Ça ne me regarde pas.

Elle sourit. Non, cela ne le regardait pas. Plus maintenant.

— Ce n'est pas grave. La boutique était petite, mais le temps qu'elle a duré, les affaires marchaient bien.

Du moins au début. Puis Samuel était mort et tout avait périclité. Le commerce, son couple, sa vie…

— Et tes parents ? Comment vont-ils ? Ton père va toujours bien ?

Elle acquiesça, soulagée qu'il changeât de sujet.

— Oui, il se porte merveilleusement bien depuis la greffe.

— Ton père a eu une greffe ? demanda Rachel, intéressée. Quel genre ?

— Le cœur.

— C'est ce qu'il y a de mieux, dit-elle pensivement. Tu crois qu'avec un cœur tout neuf on peut aimer de nouvelles choses qu'on ne faisait pas avant ?

— Ça, je l'ignore, répondit Ellie. Mais certaines personnes le disent. Par exemple, elles se mettent à aimer la musique classique, alors qu'elles détestaient ça avant. Bizarre, non ?

— Le cœur est constitué de quatre chambres…

— Et voilà, c'est parti ! dit Logan en riant. Ellie, prépare-toi.

Rachel entama un monologue sur le fonctionnement du cœur, et Ellie comprit qu'il fallait l'écouter jusqu'au bout en se gardant de l'interrompre. Les connaissances de la petite fille la stupéfièrent.

Quand Rachel acheva l'interminable description, le repas

était terminé. Ils débarrassèrent la table, puis Rachel disparut dans sa chambre avec son nouveau puzzle, les laissant seuls.

— Merci pour ce dîner fabuleux, dit Ellie, sincère. Et pour m'avoir accueillie chez toi. Je croyais que ce serait embarrassant, mais non.

— C'est étrange, non ? Avec certaines personnes, peu importe le temps qui s'est écoulé depuis qu'on les a vues, on peut faire comme si on les avait quittées cinq minutes auparavant. Je te sers un café ? Du thé ? Quelque chose de plus fort ?

— Je prendrais volontiers une tasse de thé.

— J'en ai pour une minute, dit-il. Va t'asseoir dans le salon.

Comme elle prenait le temps de découvrir la pièce confortable, Ellie remarqua la photo sur le manteau de la cheminée. Celle d'une femme qui devait être la mère de Rachel. C'était une photo de mariée et Ellie ressentit un pincement au cœur. Elle avait rêvé d'être la femme de Logan, autrefois.

La robe de Jo était élégante, tout en tulle blanc. Ses cheveux blonds étaient remontés en chignon. Elle souriait presque timidement, mais semblait infiniment heureuse. Combien de temps Logan et elle étaient-ils restés ensemble ? Quelques années sans doute, avant l'abominable tragédie. Ellie espérait que Jo avait eu un peu de ce bonheur qu'elle semblait tant espérer sur cette photo. Logan avait certainement été un bon mari.

— Le thé.

Il entra dans le salon, un plateau à la main, et parut hésiter en la voyant devant la cheminée.

Ellie se sentit prise en faute.

— Elle était très belle, dit-elle gravement. Je suis désolée que tu aies perdu ta femme.

Il posa le plateau sur la table basse.

— Moi aussi, répondit-il d'un air sombre.

— Avez-vous été heureux avant... ?

Elle se mordit la lèvre. Elle n'avait pas pu s'empêcher de poser la question.

— Oui, très, répondit-il. Et toi, Ellie ? La vie t'a-t-elle rendue heureuse ?

C'est le moment de lui parler de Samuel. De tout ce qui est arrivé...

Mais il avait besoin d'entendre qu'elle avait eu une vie agréable sans lui, elle le lisait sur ses traits. Et ils venaient de passer une si belle soirée... Elle avait l'impression de retrouver l'ami de sa jeunesse, celui avec qui elle avait partagé tant de moments de complicité. Rien ne devait changer.

Alors pourquoi tout gâcher ? D'autant qu'en lui racontant sa triste histoire elle risquait d'éclater en sanglots. Cela ne ferait que l'attrister. Il la plaindrait aussi, bien sûr, et elle ne voulait pas de sa pitié. Lui confier son chagrin allait mettre leur fragile entente en danger. Était-il si nécessaire qu'il soit au courant ?

Elle plaqua un large sourire sur ses lèvres et vint s'asseoir auprès de lui sur le canapé.

— Oui.

Il la regarda au fond des yeux, comme pour sonder sa sincérité. Il dut arriver à une conclusion positive, car il lui sourit en retour.

— Je suis content de l'apprendre.

La conversation prit un tour plus détendu et, bientôt, ce fut l'heure de prendre congé.

— Merci d'être venue, Ellie, dit Logan avant de l'embrasser sur la joue.

— Tout le plaisir était pour moi, répondit-elle en s'empourprant.

— Que se passe-t-il ?

La petite pièce était en pleine effervescence, et Ellie s'inquiéta aussitôt.

Comprenant qu'elle se demandait qui étaient tous ces gens qui débranchaient les machines et rassemblaient du matériel médical, Logan expliqua :

— C'est le petit Bailey Newport, l'un des triplés. À St Richard's, ils ont une place pour lui dans l'unité néonatale de soins intensifs. Nous allons donc le transporter là-bas pour qu'il soit avec ses frères. Je les accompagne. Tu veux me suivre pour voir comment on effectue un transfert ? Si tu préfères attendre ici et t'occuper des tâches courantes, il n'y a aucun problème.

Ellie semblait en plein dilemme.

— Je viens avec toi, dit-elle enfin.

— Parfait. Nous utilisons un transport spécialement équipé, pas besoin d'emporter tout le matériel d'ici.
— Sam nous accompagne ?
— Oui, elle sera à l'avant. Peux-tu surveiller les moniteurs de contrôle pendant le trajet ? S'il y a le moindre changement dans les paramètres, signale-le. Voici son dossier pour te familiariser avec ses données, dit Logan en lui tendant les documents.
— Tu redoutes un problème ? demanda Ellie.
— Bailey est dans un état stable depuis sa naissance, mais on ne sait jamais. Je considère que tout transfert est risqué tant que le bébé n'est pas pris en charge par le nouvel établissement. Sois prête à partir dans cinq minutes.
— Compris.

Il alla prévenir le chef de clinique qu'ils seraient de retour le plus vite possible. Puis, accompagné de Sam, il suivit l'équipe jusqu'à l'extérieur de l'hôpital où Bailey fut installé à l'arrière d'un véhicule spécial et connecté aux machines.

Ellie monta à son tour et fit les relevés des appareils. D'un geste du pouce, elle signala que tout allait bien.

— Tout est stable. Nous pouvons partir, dit Logan au chauffeur.

Le véhicule s'ébranla.

— Dans combien de temps serons-nous à St Richard's ? demanda Ellie.

— Quarante minutes environ. Cela dépend de la circulation.

L'ambulance passa doucement au-dessus des ralentisseurs, puis descendit la côte jusqu'au carrefour qui menait à la rocade.

— Rachel adore ton cadeau, tu sais. Elle a refait le puzzle cinq ou six fois avant que j'aie pu la mettre au lit.

— Tant mieux. J'ai failli m'en offrir un avec beaucoup plus de pièces. Mais je crois que ça m'aurait rendu folle. Je préfère réviser à partir de mes livres.

Elle consulta les écrans et nota les constantes de Bailey.

— Tout va bien ? demanda Logan.

Il le constatait par lui-même, mais souhaitait connaître l'avis d'Ellie.

— Oui, le patient idéal jusqu'à présent.

— C'est comme ça que nous les aimons, fit-il en souriant.

C'était différent de travailler avec elle aujourd'hui, après la soirée qu'ils avaient passée ensemble. Certaines barrières étaient tombées, parce que Ellie savait pour Jo et que Rachel et elle s'étaient très bien entendues.

Les écouter parler toutes les deux avait été vraiment agréable. Il était seul depuis si longtemps avec Rachel le soir. Il n'invitait pas souvent de collègues chez lui, parce qu'il aimait préserver sa vie privée. Mais avec Ellie, c'était différent. Il réalisait à quel point elle lui avait manqué et il était impatient de passer plus de temps avec elle, de la faire rire comme avant. En toute amitié, car il y avait peu de chance pour que cette nouvelle relation prenne un tour romantique.

Par la vitre de séparation, il s'aperçut qu'ils arrivaient sur l'autoroute. Il vérifia la perfusion de Bailey, puis enfila une paire de gants et mit son stéthoscope pour écouter son rythme cardiaque.

Sam, assise près du chauffeur, se tourna vers eux.

— Tout va bien ?
— Absolument. Le thorax résonne normalement.

La mère esquissa un sourire tendu.

— J'ai hâte que nous arrivions. La circulation est dense.

Le chauffeur confirma.

— Il y a un embouteillage devant nous.

Logan échangea un regard contrit avec Ellie. Comme l'ambulance s'arrêtait, il fit quelques mouvements de la tête pour soulager la tension de sa nuque.

— Profitons-en pour faire un examen approfondi de notre patient.

Ils détachèrent leur ceinture de sécurité et se levèrent pour examiner le bébé.

Mais avant qu'ils n'aient pu procéder à quoi que ce soit, ils furent violemment projetés en avant. L'arrière du véhicule venait d'être embouti dans un abominable fracas de tôle froissée.

5

Ellie fut brutalement projetée contre Logan et l'avant du véhicule, puis le contre-choc les ramena violemment vers l'arrière.

Il y eut des cris et un effroyable fracas métallique, puis elle perçut des hurlements venant de l'extérieur. En même temps, un son aigu lui transperçait les tympans.

Bonté divine ! Que s'est-il passé ?

Elle resta un moment hébétée, le corps secoué de tremblements, le visage plaqué contre le plancher de l'ambulance. Il lui fallut un certain temps pour être en mesure de faire un bilan d'elle-même. Elle pouvait remuer les orteils et les mains et elle respirait. Son épaule gauche lui faisait mal et du liquide coulait sur son front. Elle porta lentement une main à sa tête, elle saignait.

Du calme !

Avec précaution, elle se tourna à demi pour voir la couveuse. Bien calée au moment du départ, celle-ci n'avait pas bougé. Mais le bébé n'était pas harnaché dedans.

Oh ! mon Dieu !

Tant bien que mal, elle se releva. La douleur la faisait grimacer. Bailey, ramassé sur lui-même dans un coin de la couveuse, pleurait. Elle souleva le couvercle pour l'étendre sur le dos et palper ses membres. Ses mains tremblaient terriblement tandis qu'elle vérifiait le crâne et la nuque du bébé. Elle trouva un stéthoscope et ausculta le petit patient. Tout semblait normal, à part le rythme cardiaque qui était un peu rapide.

— Logan ? Logan, ça va ?

— Comment va-t-il ? gémit-il en se redressant.

Ce fut sa première question, puis il tendit le bras vers elle.

— Ellie, tu es blessée.

Elle se dégagea. Ils n'avaient pas le temps de s'occuper de ça.

— Ça va. Va voir les autres.

— Attends, dit-il en remarquant qu'elle tremblait comme une feuille. Laisse-moi surveiller Bailey. Va voir comment vont Sam et le chauffeur. Ensuite, essaie de savoir ce qui s'est passé et si quelqu'un a besoin d'aide.

Il avait l'air aussi secoué qu'elle. Elle lui passa le stéthoscope et cria vers l'avant de l'ambulance.

— Sam ? Sam, ça va ? Répondez-moi.

Mais la jeune mère était inconsciente. Quant au chauffeur, il se tenait la poitrine à deux mains. *Une crise cardiaque ?*

— Dites-moi ce que vous ressentez, dit-elle d'une voix urgente.

— Ça va... J'ai heurté le volant. Probablement une côte cassée. Occupez-vous de la mère.

— Je dois passer devant. Les portes de l'arrière sont bloquées. Dites-moi si elle respire !

Le chauffeur se pencha vers Sam dont la tête était renversée sur la poitrine.

— Oui !

Ellie réfléchit très vite aux notions de secourisme qu'elle possédait.

— Alors, comptez ses inspirations pour moi. Si vous pouvez l'atteindre, dégagez ses voies respiratoires. Avez-vous un téléphone ? La radio fonctionne encore ? Prévenez les secours.

Le conducteur hocha la tête.

— Je m'en charge.

D'une main, il soutint la tête de Sam et essaya d'utiliser la radio de l'autre.

Ellie comprit qu'elle ne pourrait pas se glisser à travers le passage étroit avec sa veste molletonnée. Elle l'ôta, grimaçant à cause de son épaule douloureuse. Puis sans trop savoir comment, elle réussit à se faufiler dans l'espace et échoua sur le poste émetteur-récepteur.

Elle se redressa et tint la tête de Sam.

— Logan, comment va le bébé ?

— Il va bien. Mais nous devons le faire sortir d'ici au plus vite. Avec tout cet oxygène à bord, il y a un risque d'explosion.

Elle se figea. Elle n'avait pas pensé à ça ! La situation était extrêmement dangereuse, mais elle ne pouvait pas parer à tout. Elle devait absolument faire en sorte que Sam respire.

Des cris lui parvenaient toujours du dehors, quelqu'un pleurait quelque part. Son esprit réfléchissait à toute vitesse.

— Avons-nous des colliers cervicaux à l'arrière ?

— Non. Ce n'est pas une ambulance traditionnelle.

— Oh ! flûte !

Au prix de maints efforts, elle se tourna vers les vitres pour voir si quelqu'un pouvait les aider. Il y avait des gens sur le bord de la route. La main pressée sur la bouche, ils semblaient sidérés. Une ou deux personnes avaient un téléphone collé à l'oreille. Appelaient-ils les secours ? Il fallait l'espérer. Au moins, personne ne prenait de photos.

Elle frappa à la vitre pour attirer leur attention.

— Nous avons besoin d'aide !

Logan, Bailey dans les bras, regarda l'ouverture par où Ellie était passée. S'il voulait sortir de l'ambulance, il lui faudrait se faufiler par là avec la bonbonne d'oxygène qui alimentait son patient. Il n'y avait pas d'autre issue.

Pour l'instant, le risque d'explosion était limité, car le choc avait eu lieu à l'arrière, et donc loin du moteur. Mais il préférait prendre toutes les précautions.

Il passa la tête dans l'ouverture.

— Mick, j'ai besoin que vous fassiez quelque chose pour moi, dit-il au chauffeur. Prenez le bébé et soutenez sa tête. Prenez-le avec son oxygène et sortez d'ici. J'arrive derrière vous.

— Très bien, docteur.

Mick reçut l'enfant dans les bras, puis se saisit de la bonbonne que Logan lui tendait.

— Maintenant, sortez d'ici et éloignez-vous le plus possible, dit Logan. Je serai derrière vous en cas de problème. Ne vous inquiétez pas.

— Bien reçu, docteur. J'y vais.

Mick réussit à actionner la poignée et la portière s'ouvrit. Il s'extirpa de l'habitacle avec précaution.

Logan reporta son attention sur Ellie.

— Comment va-t-elle ?

— Je pense que sa tête a violemment heurté le pare-brise. Du sang coule de son oreille, répondit Ellie d'une voix saccadée.

— Elle respire toujours ?

— Oui, mais elle est livide et son pouls est faible.

Bon sang ! La situation était alarmante.

— Je te rejoins.

Jetant sa veste vers le fond du véhicule, il ploya sa haute silhouette pour s'introduire entre les deux cloisons vitrées. L'espace n'était certainement pas prévu à cet effet. Un instant, il crut rester coincé, mais, à force de contorsions, il parvint à passer à l'avant.

— Il faut sortir d'ici !

Ellie lui lança un coup d'œil par-dessus l'épaule.

— Vas-y et prends soin de Bailey. Je m'occupe de sa mère.

— La voiture peut exploser, Ellie.

— Je ne peux pas la quitter ! Elle risque de mourir.

Logan refusait de partir sans elle. Surtout, il n'arrivait pas à croire qu'elle était prête à risquer sa vie.

— C'est *toi* qui risques de mourir si tu ne quittes pas cette voiture.

— Pas question !

— Alors, je prends ta place.

Mais Ellie secoua la tête avec obstination.

— Non, tu as un enfant. Rachel a déjà perdu sa mère. Elle ne va pas te perdre aussi ! Et Bailey a besoin de toi. S'il a un problème avant que les secours n'arrivent, il aura besoin de ton expertise de médecin. Je ne saurai pas le sauver. Ça ira pour Sam et moi. Les pompiers seront bientôt là.

Son argument fit mouche. Sur ce point, elle n'avait pas changé, elle avait toujours le don d'aller à l'essentiel. Et tout ce qu'elle disait était vrai.

Il eut soudain une terrible impression de déjà-vu. Jo, morte dans leur voiture... Il s'était débattu comme un beau diable quand on l'avait arraché à elle, mais il avait dû la laisser dans l'amas de tôle fumante. Et maintenant, il était obligé de faire la même chose avec Ellie !

— Espérons que ça n'explosera pas avant leur arrivée, fit-elle avec un sourire crispé.

Il la dévisagea. Ce qu'elle faisait était incroyablement courageux, ou au contraire totalement stupide. L'idée qu'il puisse se tenir au bord de la route et voir l'ambulance s'enflammer lui était insupportable. Non, il ne voulait pas perdre Ellie...

À cet instant, il remarqua un petit extincteur.

— Je vais asperger le système électrique et le moteur par précaution. Que rien ne t'arrive, Ellie.

Leurs regards se rivèrent l'un à l'autre.

— À toi non plus, Logan.

Il laissa échapper un juron avant de s'extraire à regret du véhicule.

Une fois dehors, il jeta un bref regard autour de lui. Derrière le poids lourd qui avait embouti leur ambulance, il y avait un embouteillage monstre. Il ne vit pas le chauffeur et supposa qu'il s'en était sorti. Une foule était assemblée là et les témoins, visiblement sous le choc, ne savaient que faire.

— Quelqu'un parmi vous aurait-il une minerve ? demanda-t-il.

Sa requête était probablement vaine, mais s'il était possible de sortir Sam de la voiture, et par voie de conséquence Ellie, la situation serait moins désespérée.

Les gens le regardèrent seulement d'un air hébété. Logan décida alors de grimper sur le capot pour voir où Mick s'était réfugié avec le bébé. Il le repéra au loin, assis sur une étendue d'herbe, son précieux fardeau dans les bras.

Rassuré sur ce point au moins, Logan descendit, souleva le capot de l'ambulance et actionna l'extincteur pour couvrir le moteur de neige carbonique. Il n'y avait pas de traces d'essence ou d'huile sur la route, c'était plutôt bon signe.

Il lança un regard douloureux aux deux femmes restées à bord, puis se détourna résolument et se fraya un passage à travers les badauds et les voitures pour rejoindre Mick.

— Comment va-t-il ?

— Bien, je pense, répondit le chauffeur. Il a pleuré un peu, mais il s'est endormi.

— Je vais l'examiner, dit Logan.

À cet instant, il prit conscience qu'il n'avait pas son stéthoscope, ni quoi que ce soit d'utile d'ailleurs. La colère le saisit. Bon sang ! Pourquoi avait-il fallu qu'ils aient cet accident ? Et il avait dû abandonner Ellie !

Mais céder à la colère ne servait à rien. Il perdait du temps. Bailey... Il devait tout faire pour protéger son patient.

Logan colla son oreille sur la poitrine du bébé. Puis, sa montre sous les yeux, il compta les pulsations pendant dix secondes. Et ébaucha un bref sourire.

Enfin, une bonne nouvelle. Bailey allait bien.

— Mick, je vais le prendre sur moi.

Le chauffeur lui remit l'enfant avec soulagement.

— Je vais essayer d'évacuer les gens. Les secours ne vont pas tarder.

Logan tourna la tête vers leur ambulance défoncée et les deux silhouettes penchées l'une vers l'autre à l'avant.

— Espérons-le, répondit-il d'un air sombre.

Pourquoi Ellie était-elle à ce point tête brûlée ? Elle semblait ne pas tenir à sa propre vie. L'espace d'un moment, il oscilla entre la fureur et l'admiration. Ce fut l'admiration qui l'emporta.

À la seconde où Logan quitta l'ambulance, Ellie sentit tout le poids de la responsabilité qui lui incombait désormais. Elle maintenait Sam de façon à ce que celle-ci puisse respirer, et ses bras tremblaient sous l'effort.

Mon Dieu ! Combien de temps vais-je tenir ?

Elle avait renvoyé Logan et avait encore du mal à le croire. Mais qu'aurait-elle pu faire d'autre ? Le laisser prendre sa place auprès de Sam ? Rachel aurait été dévastée si les choses avaient mal tourné.

Pourvu que la catastrophe redoutée ne se produise pas ! Elle se mit à prier avec ferveur.

— Mon Dieu, faites que cette voiture n'explose pas... Je vous en supplie, pour cette pauvre femme qui est avec moi. La mère de trois bébés ! Seigneur, ne nous mettez pas à l'épreuve...

Ces paroles durent tirer Sam de l'inconscience, car ses paupières papillonnèrent et elle murmura quelque chose qu'Ellie ne comprit pas.

— Sam ? Sam ! C'est moi... Ellie. Vous vous souvenez ? Nous sommes toujours dans l'ambulance. Il y a eu un accident, mais ça va. Vous devez juste rester tranquille.

— Mon bébé... Bailey...

— Il va très bien. Et nous aussi, nous allons nous en sortir. Je suis là, ne paniquez pas. D'accord ?

Mais la jeune mère la repoussait et agitait les bras en tous sens. Était-ce le traumatisme crânien qui la mettait dans cet état ?

Ellie devait lutter pour la tenir, tout en évitant de recevoir des coups.

Soudain, la sirène des pompiers retentit au loin.

Oh ! Dieu merci !

— On vient nous aider, Sam. Ils arrivent !

La nouvelle donna un surcroît d'énergie à Ellie et la certitude que tout allait s'arranger l'envahit. Logan avait pris toutes les précautions possibles, n'est-ce pas ? Et il n'avait pas parlé de fuite d'essence. Dans le cas contraire, il se serait battu pour les sortir de là, elle en était persuadée. Le risque d'explosion était donc minime. Elle se raccrochait à ça.

Qu'est-ce qui les avait heurtés ? Le choc avait été énorme, tout l'arrière de l'ambulance était déchiqueté.

Le hurlement des sirènes déchirait à présent l'air, Ellie réussit à jeter un rapide coup d'œil aux rétroviseurs extérieurs. Des ambulanciers approchaient. *Ouf !*

— Ils sont là, Sam. Nous sommes sauvées !

Les secouristes avaient installé Sam sur une civière et l'avaient chargée dans l'ambulance. Puis celle-ci avait pris la direction de St Richard's Hospital.

Ellie avait bien essayé d'aider mais, se rendant compte qu'elle gênait, elle était restée en retrait à observer la scène d'un air hébété. Son abattement s'était accru quand elle avait découvert l'ampleur de l'accident : un poids lourd était encastré à l'arrière de leur véhicule. Ils auraient pu mourir écrasés ! Le chauffeur avait eu une crise cardiaque et avait été transporté d'urgence au bloc, à ce qu'on lui avait dit.

À présent, elle errait dans un état second dans un couloir de l'hôpital. Le contrecoup de l'accident, sans doute.

— Ellie !

Un immense soulagement l'envahit en reconnaissant la voix, et elle repéra la silhouette de Logan à la porte des urgences. Ses cheveux étaient ébouriffés, comme s'il y avait passé les doigts à maintes reprises. Son visage tendu s'éclaira et il courut vers elle.

— Logan ! dit-elle, les larmes aux yeux.
— Laisse-moi te tenir dans mes bras, petite sotte !

C'était justement ce dont elle avait le plus besoin en cet instant. Bientôt, les larmes ruisselèrent sur ses joues.

Il l'attira contre lui et l'étreignit à l'étouffer.

— Ellie Jones, je ne sais pas ce que j'aurais fait si je t'avais perdue, dit-il tout bas contre ses cheveux.

Ellie lui encercla la taille, se pressant avec une joie sans mélange contre ce corps ferme et si familier. Elle respira son odeur, s'imprégnant de tout son être de l'essence même de cet homme.

— J'ai eu si peur, Logan.
— Moi aussi. Je n'ai jamais...

Il s'interrompit et leva une main pour lui caresser la joue. Mais il suspendit son geste et abaissa le regard vers ses lèvres.

— Logan..., dit Ellie, le cœur battant, dans un murmure.

Avant qu'elle comprît ce qui lui arrivait, il captura sa bouche et l'embrassa avec fougue. Un baiser passionné tel qu'elle n'en avait plus connu depuis longtemps. Enivrée, elle noua les mains autour de son cou et pressa les lèvres sur les siennes avec ferveur.

Était-ce le soulagement d'être encore en vie ? Pourquoi approfondir la question ? Ce dont elle était sûre, en revanche, c'était qu'elle désirait follement cette étreinte. Et vivre enfin ! Depuis trop longtemps, elle se traînait en marge de l'existence. Après ses drames personnels et la faillite de son commerce, elle s'était évertuée à ne plus rien ressentir, à subsister dans une sorte de néant.

L'accident avait agi comme un révélateur. La mort de son bébé l'avait brisée et changée à jamais, mais dans les bras de Logan elle découvrait qu'elle avait toujours un immense appétit de vivre.

Ils s'étaient aimés autrefois. Qu'il restât ou non quelque chose de cet amour, ils avaient besoin l'un de l'autre en cet instant. Et peu importait qu'il soit devenu son professeur dans l'intervalle. Il était seulement Logan, son ami de toujours et l'homme qu'elle avait aimé.

C'était comme si elle avait marqué une pause dans l'attente de son retour. D'une certaine façon, elle savait qu'il reviendrait, que ce n'était qu'une question de temps. Certes, en le revoyant ce matin-là, au premier jour de son stage, elle avait été sous le choc mais elle comprenait maintenant que le destin en avait décidé ainsi.

Sans se lâcher, ils reculèrent vers la porte d'une salle de repos. La pièce était déserte et disposait d'un lit fraîchement refait. Logan renversa Ellie sur le matelas et fit courir ses mains sur son corps, fébrile, impatient de la toucher, de la faire sienne.

C'était si bon de se retrouver dans ses bras, de revivre toutes ces sensations oubliées. Avec urgence, ils se déshabillèrent réciproquement, affamés d'être nus l'un contre l'autre, de goûter le contact de leurs peaux, de se délecter de la chaleur de l'autre.

— Logan... Arrête.

Il se redressa, le souffle court.

— Qu'y a-t-il ?

— Ferme la porte.

— Bonne idée, dit-il en riant avant d'aller tourner la clé dans la serrure.

Cela fait, il se débarrassa de son pantalon et du reste de ses vêtements et revint vers le lit.

Il était splendide ! Son corps musclé était tout en vigueur et, à l'évidence, il la désirait autant qu'elle avait envie de lui.

Envie ? Non, c'était plus un besoin insatiable.

Les lèvres de Logan glissèrent le long de sa gorge. La tendresse sensuelle de ses minuscules baisers et la chaleur qui déferlait en elle étaient une combinaison exquise qui enivrait ses sens.

Logan... Comme ses caresses lui avaient manqué !

Quand il la pénétra d'un puissant coup de reins, elle ravala son souffle et l'invita jusqu'au plus profond d'elle-même. Leur entente sexuelle était exquise à l'époque, mais cette fois elle était... incomparable ! Était-ce dû à l'accident ? À ce besoin de célébrer la vie après être passés si près de la mort ? Elle n'en savait rien et, franchement, en cet instant elle s'en moquait. Incapable de penser, elle s'abandonnait aux caresses, aux baisers qu'il lui prodiguait. Tout en elle s'éveillait, vibrait comme avant. Son corps resté longtemps en sommeil frémissait de nouveau, tandis que Logan butinait sa peau, la mordillait, et que le désir montait de plus en plus haut en elle.

Un rythme toujours plus sauvage les emporta, accélérant leurs souffles, déchaînant leurs élans. Bientôt, Ellie poussa un cri rauque et sombra dans l'extase. Dès lors, Logan n'eut plus qu'une hâte : joindre son plaisir au sien. Un instant plus tard, l'orgasme le saisit et il chavira à son tour dans le plaisir.

Au même instant, une forte envie de rire s'empara d'Ellie. Elle riait de joie et de soulagement en le cramponnant, tandis qu'il s'échouait sur elle, épuisé, le visage contre son cou.

Après un long moment, il se dressa sur un coude et la regarda au fond des yeux.

— Vous m'avez toujours rendu fou, Ellie Jones !

Ellie était couchée dans les bras de Logan sur le lit de l'hôpital et il tourna légèrement la tête pour embrasser ses cheveux. La tenir contre lui, saine et sauve, loin de cette ambulance maudite et du danger... Elle ne pouvait imaginer l'effet que cela produisait sur lui. Ellie était revenue dans ses bras, là où était sa place...

Il avait vu les ambulanciers sortir Sam sur un brancard et avait cherché Ellie dans la confusion ambiante. Mais elle n'était nulle part et il avait commencé à redouter le pire. Était-elle restée coincée à l'intérieur de l'ambulance accidentée ? Était-elle... ?

Il avait escorté le petit Bailey jusqu'à l'unité néonatale et informé le mari de Sam de ce qui s'était passé. Puis il était resté examiner les deux autres triplés. Enfin, l'équipe de St Richard's avait pris le relais, et il avait foncé aux urgences pour localiser Ellie. Il avait fini par la découvrir au milieu du couloir, un peu hagarde, le front marqué par quelques points de suture mais en vie, debout et presque indemne.

Un soulagement immense l'avait submergé. Des sentiments avaient surgi au fond de lui-même et il s'était rué pour la prendre dans ses bras, la serrer contre lui pour s'assurer qu'elle était bien vivante.

Et ils venaient de faire l'amour... Il n'avait pas ressenti un tel bien-être depuis très, très longtemps. C'était comme si le monde s'était remis à marcher à l'endroit.

— C'est bizarre, tu ne trouves pas ? demanda-t-il rêveusement.

— Oui, un peu, répondit-elle en souriant.

— Ce matin, je pensais que ce serait une autre journée ordinaire à l'hôpital.

— C'est la vie. On ne sait jamais ce qu'elle vous réserve de bon ou de mauvais.

— Je croyais qu'elle m'en avait fait assez voir comme ça, fit-il, l'air sombre.

Elle se redressa en se soutenant sur un coude et Logan sentit ses longs cheveux bruns lui effleurer l'épaule. Il aimait voir son visage si près du sien. Ses lèvres pulpeuses étaient légèrement meurtries par ses baisers. Elle était si belle qu'il en eut le cœur serré.

— Je m'excuse de t'avoir ordonné de partir, dit-elle. Mais il fallait que je reste.

Doucement, il lui ramena une mèche derrière l'oreille.

— Je comprends. Même si cela n'a pas été facile.

— Et Sam ? Comment va-t-elle ?

— Commotion cérébrale, mais ça ira.

— Et Bailey ?

Il sourit.

— En forme. Il est de retour avec ses frères comme il se doit. Toute la famille est réunie.

— Tant mieux. Et nous... Où est notre place ?

— Probablement pas dans ce lit, dit-il malicieusement. Ils vont nous attendre au Queen's.

Elle reposa la tête contre son épaule.

— Pas déjà. Restons encore un peu. C'est tellement bon de se retrouver. C'est... comme une évidence. Tu ne trouves pas ?

Ainsi, elle le sentait aussi ? À ce constat, il se raidit avec l'impression de recevoir un électrochoc. Il était couché au lit avec Ellie, son ex-petite amie, mais aussi son élève ! Il avait franchi une limite et mis en danger leur relation professionnelle, c'était inacceptable. Peu importait qu'il eût attendu ce moment depuis longtemps. Il avait laissé libre cours à son amour pour elle et à toutes les émotions qu'il avait retenues pendant des années. Mais il y avait tant de choses en jeu désormais. Il avait un enfant, une carrière, et Ellie prenait un nouveau départ dans sa propre vie. Était-il en train de risquer son avenir et le sien ? Il avait gâché sa vie une fois déjà, et la situation était tellement plus compliquée à présent.

La culpabilité le fit sortir du lit.

— Il faut qu'on y aille.

Il enfila son pantalon avant de ramasser les vêtements d'Ellie et de les lui passer.

— Merci. Logan, tout va bien ?

Il opina tout en boutonnant sa chemise.

Elle s'assit au bord du lit, l'air vaguement confus, plaquant son chemisier sur ses seins nus. Puis ses yeux s'arrondirent comme si elle venait de comprendre.

— Tu es inquiet, parce que nous n'avons pas utilisé de protection ? Ne t'en fais pas, je prends la pilule.

Il contempla ses grands yeux d'un bleu limpide, mais le charme était rompu. Ils retombaient sur terre et les conséquences de leurs actes leur apparaissaient clairement. Il eut soudain besoin de retourner à l'hôpital, de voir sa fille, de reprendre sa vie ordonnée où rien ne changeait jamais, où il était sûr de tout contrôler.

Et il avait tout embrouillé en couchant avec Ellie. Bon sang !

À quoi avait-il pensé ? Il s'était montré égoïste, avait dépassé les bornes. Comment continuer à jouer son rôle de directeur de stage, désormais ? D'un autre côté, s'il demandait qu'elle soit transférée vers quelqu'un d'autre, cela la déstabiliserait et pourrait remettre en question sa formation. Sans compter qu'on ne manquerait pas de lui poser des questions ! C'était injuste, car elle n'avait commis aucune faute. C'était lui qui n'avait pas su la protéger.

Maintenant qu'ils avaient couché ensemble, attendrait-elle quelque chose de lui ? Il n'était pas sûr de ce qu'il pouvait lui offrir. Rachel lui prenait beaucoup de son temps, son travail également. Dès la première fois où il s'était assis auprès de l'incubateur de sa fille, il s'était juré qu'elle serait toujours sa priorité. Ce qui reléguait Ellie au second plan, voire au troisième. Or, elle méritait d'occuper la première place dans le cœur et dans la vie de quelqu'un.

Je dois rétablir les règles et une attitude professionnelle entre nous. Et vite !

Revenir à ce qui existait jusque-là. Il devait faire preuve d'une plus grande volonté en ce qui la concernait. Et ne rien faire qui les jetterait de nouveau dans les bras l'un de l'autre.

Il trouverait bien le moyen de mettre de la distance entre eux sans la blesser, n'est-ce pas ?

6

Ellie et Logan prirent un taxi pour rentrer au Queen's Hospital, le trajet s'effectua dans un silence tendu.

Comment comprendre le changement d'humeur de Logan, parler de ce qui venait de se passer débloquerait-il la situation ? Elle n'osait entamer une conversation aussi personnelle, à cause du chauffeur. Elle se résigna à garder le silence et se tourna vers la vitre.

— Tu devrais prendre le reste de la journée, dit Logan quand le taxi s'arrêta devant l'hôpital. Le choc, tes points de suture... Il vaut mieux que tu te reposes.

Elle ne protesta pas. Elle sentait poindre un mal de tête, et sa douleur à l'épaule persistait.

— D'accord. Merci.

— La journée a été particulièrement éprouvante, dit-il. Ce serait incorrect de ma part d'exiger que tu reprennes le travail.

Incorrect à cause de l'accident ? Ou parce qu'ils avaient couché ensemble et qu'il le regrettait ? Le ton qu'il employait semblait indiquer que leur moment d'intimité n'avait été qu'une toquade et que l'expérience ne se renouvellerait pas.

— Seras-tu encore mon directeur de stage, Logan ?

Elle lut l'incertitude dans son regard, tandis qu'il réglait le taxi. Se penchant vers lui, elle murmura :

— Moi, j'y tiens. Ce qu'il y a eu entre nous ne doit pas peser sur notre relation professionnelle. Ce n'était qu'un moment, et c'est fait maintenant.

— Si c'est ce que tu veux...

Elle lui sourit pour l'assurer que c'était le cas, mais une part d'elle-même était profondément déçue car il était clair qu'il regrettait de lui avoir fait l'amour. Elle essaya de se persuader que ça n'avait pas d'importance et qu'elle n'avait pas non plus besoin de ce genre de complications. Elle devait penser à son avenir, à sa carrière en médecine. Voulait-elle tout laisser tomber pour une étreinte torride ?

Elle décida de profiter de ses quelques heures de liberté pour aller au cimetière fleurir la tombe de Samuel. Elle posa les fleurs fraîches sur le marbre blanc. Celles qu'elle avait déposées la fois précédente étaient toujours là, fanées. Apparemment, personne n'était venu récemment. Elle les retira et les jeta dans une poubelle. Daniel semblait avoir oublié son fils. Certes, ils étaient séparés et il avait refait sa vie. Était-ce une raison pour oublier que leur enfant avait existé ?

Daniel avait repris le cours de sa vie. Et elle ?

Au lieu d'avancer, j'ai l'impression d'avoir fait un grand pas en arrière...

Logan ressentit sa présence avant même de la voir. Il se raidit imperceptiblement en entendant la porte se refermer doucement derrière lui et sut que c'était Ellie.

Il ne se détourna pas et continua de fixer la sonde naso-gastrique sur le visage de son petit patient. Puis il referma la couveuse et alla se laver les mains. Une fois devant le lavabo, il jeta un coup d'œil de côté et la vit devant la couveuse, une main sur la vitre.

— Un nouveau prématuré ? demanda-t-elle.

— Né à vingt-neuf semaines.

Il grimaça. Il n'avait pas eu l'intention d'être si sec. Ce n'était pas à cause d'Ellie. L'état du bébé le préoccupait.

— Tu sais ce qu'est une anencéphalie ? dit-il d'un ton radouci.

Elle leva vers lui un visage affreusement triste.

— À le voir, je crois que j'ai compris.

Il hocha la tête, le cœur lourd.

— En gros, le tube neural, qui une fois fermé aurait dû former le cerveau et la colonne vertébrale, est resté ouvert. Il manque au bébé une partie du crâne et du cerveau, voire la totalité.

— Tu as placé une sonde pour l'alimenter. Quel est son pronostic vital ?

— La plupart des bébés atteints de cette malformation naissent mort-nés. Certains vivent quelques heures et jusqu'à quelques semaines. Cette petite fille est encore en vie et il n'y a aucune raison de la laisser affamée.

Ellie eut un mouvement de recul, comme si le fait d'être près d'un bébé qui allait mourir l'affectait profondément. Il ne pouvait lui en vouloir de ne pas être préparée à une issue fatale.

— Nous allons la tenir au chaud, l'hydrater et faire tout ce que nous pouvons pour elle, dit-il. Si tu trouves que c'est trop difficile à supporter, tu peux te retirer, Ellie.

Il avait presque envie qu'elle accepte. Ainsi, il pourrait travailler sans ressentir de culpabilité chaque fois qu'il croisait son regard. La nuit précédente, il n'avait pas pu trouver le sommeil.

— A-t-elle un nom ? demanda-t-elle.

— Ses parents l'ont prénommée Ava.

Elle hocha la tête, comme si le nom lui convenait.

— Je reste.

Il réprima de justesse un soupir.

— Comme tu voudras.

— Que peut-on faire d'autre pour elle ? Elle nous entend ?

— Non, sans doute pas. Mais si tu veux lui parler, pourquoi pas ? dit-il.

Elle releva les yeux vers lui.

— J'aimerais aussi te parler, Logan.

Il se raidit, le visage crispé.

— C'est que... J'ai à faire en ce moment.

Mais elle ne voulut rien entendre. Elle vint se poster près de lui.

— Je ne veux pas que les choses changent entre nous.

— Moi non plus, répondit-il, sincère.

— Pourtant, je sens bien que tu t'éloignes de moi.

Il secoua la tête, tenta de se justifier.

— Je ne veux pas mettre en danger ta formation, et donc ton avenir.

— Logan, j'ai besoin que nous soyons amis. Pouvons-nous être au moins ça ?

— Toujours, dit-il avec un sourire bref.

Cette réponse dut la rassurer, car elle revint sur ses pas et, ouvrant la couveuse d'Ava, caressa ses petits doigts.

— Ses parents vont passer ? demanda-t-elle.

Occupé à se sécher les mains, Logan suspendit son geste. Ce qu'il s'apprêtait à dire était difficile.

— Ils ne veulent pas la voir, répondit-il enfin.

Ellie se tourna vers lui, horrifiée.

— *Quoi ?*

— Ils pensent que ce serait trop bouleversant pour eux.

— Mais ils n'ont pas le droit de faire ça ! Ils ne peuvent pas l'abandonner parce qu'ils ont peur !

— Parle plus bas, Ellie. Ces bébés n'ont pas besoin de sentir de l'angoisse autour d'eux. Et ce n'est pas à nous de dire aux parents comment ils doivent réagir. Ils le font à leur manière et nous sommes là pour eux quand ils sont prêts.

Elle prit un air excédé, mais se mit heureusement à parler moins fort.

— Mais… C'est leur petite fille ! Ils ne peuvent pas la délaisser. Ils commettent une terrible erreur !

— Nous ne pouvons pas nous mettre à leur place. Nous ne savons pas ce qu'ils endurent, répondit-il d'un ton raisonnable.

Elle s'apprêtait à lui répondre vertement. Déjà, elle ouvrait la bouche. Il leva une main pour l'arrêter.

— Il arrive que des parents fassent des choix que nous désapprouvons. Mais les décisions leur appartiennent. Notre rôle est de prendre soin des patients aussi longtemps que nécessaire, notre mission s'arrête là. Nous ne sommes pas des juges ou des assistantes sociales. Les bébés sont nos patients, pas leurs parents.

Des larmes brillaient dans ses yeux bleus si lumineux. Larmes de colère ? De détresse ?

— Mais elle va être toute seule jusqu'à…

— Veux-tu rester avec elle ? Je m'occuperai de tout le reste. Cela m'aiderait de savoir que tu la surveilles.

Qu'une personne de confiance soit au chevet de la petite Ava le rassurerait. Et il avait besoin d'espace, car il avait toutes les peines du monde à se concentrer si Ellie était à proximité. Dès qu'ils se trouvaient dans la même pièce, ses sens étaient en alerte et tout son corps vibrait du désir de la toucher, alors que la raison lui ordonnait de garder ses distances. C'était insupportable !

Il viendrait de temps en temps vérifier les appareils, lui donner des instructions pour les doses des perfusions, puis repartirait.

Elle accepta sa proposition et approcha un tabouret de la couveuse pour s'y installer en tenant la main d'Ava.

Logan l'observa, admirant sa détermination face à ce qui était une cause perdue. Ce serait douloureux pour elle. Le premier décès l'était toujours. Mais peut-être Ellie avait-elle besoin de s'y confronter pour comprendre réellement ce service et ce que signifiait sauver une vie ici.

Au moment de sortir, il se détourna. Il voulait la prévenir qu'elle souffrirait. Mais avait-il besoin de le faire ? Elle connaissait l'issue et tenait quand même à être là. De nouveau, un élan d'admiration le saisit et il se sentit coupable de l'avoir rejetée un peu plus tôt.

— Ellie... Ce que tu fais est formidable.

— Oh ! il faut bien que quelqu'un soit là, dit-elle simplement.

— Une surveillance toutes les demi-heures. Préviens-moi immédiatement quand son taux d'oxygène commencera à baisser. Je ne veux pas que tu vives ça toute seule.

Les yeux noyés de larmes, elle ne répondit pas.

Ava vécut dix heures et dix-sept minutes. Ellie resta à son chevet tout ce temps. Logan et une infirmière la rejoignirent quand la fin fut proche et, ensemble, ils attendirent.

La mort d'Ava survint, silencieuse comme sa courte vie. Son souffle léger s'arrêta.

Ellie attendit qu'il reprenne, espérant voir la minuscule poitrine se soulever encore. Mais rien ne vint et, quand les machines émirent leur son continu, elle regarda Logan, dans l'espoir qu'il pourrait encore tenter quelque chose.

Il se leva, ausculta un moment Ava, puis abaissa son stéthoscope et referma doucement la couveuse.

— Nous devons prévenir les parents, dit-il simplement.

La colère s'empara d'Ellie.

— Pourquoi ? dit-elle, les joues ruisselantes de larmes. Ils ne s'intéressaient pas suffisamment à elle pour être là !

— Ellie...

— Elle a vécu, Logan. Et pendant des heures. Ils auraient pu passer ce temps avec elle. Au lieu de ça, elle a vécu sa vie avec des inconnus. Des voix qu'elle ne reconnaissait pas.

Elle était incapable de s'arrêter de pleurer. Elle ressentait une rage envers ces parents qui n'avaient pas eu le courage d'assister leur enfant mourant. Elle aurait donné n'importe quoi pour passer ce moment avec Samuel.

— Elle ne souffrait pas et elle a senti le réconfort du contact humain, dit Logan. Le tien, Ellie. Tu lui as donné ça.

Comment pouvait-il comprendre ? Il avait une fille. Il n'avait pas connu l'épreuve qui avait été la sienne.

— Mais était-ce suffisant ? répondit-elle, bouleversée. Elle aurait dû avoir le peau à peau... Mais elle ne l'a pas eu !

— Elle n'aurait rien ressenti.

— Comment savoir ?

— Ellie, elle n'avait pas de cerveau ! Voilà pourquoi. Elle n'avait pas de voies sensorielles comme tout un chacun.

— Mais tu l'as alimentée pour qu'elle ne soit pas affamée, s'obstina-t-elle. La faim, c'est quand même une sensation.

— En tant qu'être humain, c'était son droit le plus strict d'être nourrie. Je suis désolé tu aies été confrontée à cela. La mort d'un premier patient est toujours difficile...

Mais perdre un enfant, il n'avait aucune idée de ce que c'était. Elle était désespérée.

— Je veux les prévenir moi-même, dit-elle soudain.

— Non, je ne peux pas te laisser faire ça.

— Pourquoi ? Tu me trouves trop sentimentale ? Tu penses que je vais les accuser ?

Il secoua la tête.

— Non, rien de tout ça. Il se trouve que ce n'est pas réglementaire.

210

Les étudiants en médecine ne transmettent pas d'informations aux proches.

— Est-ce que je peux être là quand même ?

Mais il refusa de nouveau.

— On ne doit pas assister à ça, à moins d'y être obligée.

Elle lui jeta un regard furieux. Il lui interdisait tout ce qu'elle réclamait !

— Je m'efforce de te protéger, Ellie. Je t'en prie, essaie de comprendre.

Comprendre quoi ? Elle passa devant lui en le bousculant presque et se rendit dans la salle de repos du personnel. Elle avait besoin de s'isoler et de laisser libre cours à son chagrin pour une petite fille qu'elle avait à peine eu le temps de connaître. Combien de jeunes vies se terminaient ainsi ? Il n'y avait pas de mots face à la réalité insoutenable à laquelle les parents étaient confrontés quand ils perdaient un enfant. Ce chagrin, ils le supportaient toute leur vie.

Elle eut envie de lancer son poing dans le mur ou de jeter un mug à travers la pièce, de tomber à genoux et de hurler ! Parce qu'elle ne comprendrait jamais un monde qui permettait une telle cruauté.

Aveuglée par les larmes, elle s'adossa contre un mur et se laissa glisser à terre. Jamais elle n'oublierait la petite fille dont elle avait tenu la main pendant si peu de temps.

Repose en paix, Ava.

Travailler avec Ellie devenait compliqué, constata Logan. C'était comme si la mort du bébé avait fait d'elle une sorte de robot. Ou était-ce le fait qu'ils aient fait l'amour qui modifiait leur dynamique ?

Elle obéissait à ses instructions, mais il n'y avait plus de conversations, ni de regards expressifs entre eux. La mort de la petite Ava l'avait-elle affectée plus profondément qu'il ne le pensait.

— Ellie, je peux te parler ?

Elle acquiesça et le suivit dans son bureau. Il lui indiqua une chaise et elle prit place, évitant de le regarder en face.

— Comment ça va ?
— Très bien, merci.
Logan n'en croyait pas un mot.
— Ce n'est pas l'impression que tu donnes pourtant. Tu sembles... ailleurs.
— Est-ce que je ne travaille pas selon tes critères ? Je fais tout ce que tu me demandes.
— Le problème n'est pas là, dit-il. Tu es froide, abrupte. Et tu ne souris plus...
— Tu veux que je sourie davantage ? s'exclama-t-elle, stupéfaite. C'est de l'abus de pouvoir.
Il soupira.
— Tu interprètes mal mes paroles. Je veux dire que, depuis le décès d'Ava, et depuis ce qu'il y a eu entre nous, tu es différente. Tu fais ton travail et tu es compétente, mais ça s'arrête là. Je te sens moins impliquée, tu ne cherches plus à approfondir tes connaissances. Tu fais le minimum et ensuite tu rentres chez toi.
— Tu ne veux plus diriger mon stage, c'est ça ?
— Pas du tout. Je te pousse à réagir. Tu dois retrouver ton allant. Ne te laisse pas abattre par un décès.
Il se pencha et ajouta sur le ton de la confidence :
— Ellie, je te dis ça en tant qu'ami. Alors, parle-moi, je t'en prie.
Elle secoua la tête.
— Il ne s'agit pas d'un décès.
Il la regarda avec surprise.
— Alors, qu'y a-t-il ?
Ses yeux étaient trop brillants. Bon sang ! Qu'est-ce qui la faisait souffrir ainsi ? Quelque chose lui avait échappé, c'était évident. Mais si elle continuait à se taire, comment l'aider ? Était-ce à cause de lui ? Il n'avait pas l'intention de lui faire de la peine. Une fois avait suffi.
— Tu ne comprendrais pas, répondit-elle tristement.
— Comment le sais-tu ?
— D'après toi, personne ne peut comprendre s'il n'est pas passé par là.
Sur ce, elle se leva et quitta le bureau en s'essuyant les yeux.
Il fixa la porte qu'elle avait laissée ouverte, ses paroles

résonnaient en lui. Qu'avait-elle voulu dire ? Et quand avait-il dit cela ? Faisait-elle allusion à quelque chose qu'elle avait subi et pas lui ? Mais quoi ? Il avait été là quand Ava était morte. Parlait-elle de la mort de quelqu'un d'autre ? Qui ? Qu'est-ce qu'il ignorait ?

La sonnerie tira Ellie du sommeil. En gémissant, elle tâtonna à la recherche de son téléphone et coupa l'alarme, puis se renversa contre l'oreiller. D'habitude, elle se réveillait avant cette maudite sonnerie, mais elle n'était pas en forme, ces derniers temps. En fait, cela remontait à l'accident.

Elle soupira et regarda fixement le plafond, se préparant mentalement à sortir du lit et récapitulant ce qu'elle avait à faire avant de partir pour l'hôpital. *Une douche... Un déjeuner à emporter... Nettoyer la cuisine... Avaler un petit déjeuner...*

Elle se préparait habituellement des toasts et de la confiture ou des céréales. Mais ce matin, cela ne lui disait absolument rien. De quoi avait-elle dîné la veille ? Ah oui, elle avait acheté un plat chinois à emporter : du poulet *chow nein* aux algues et du bœuf fricassé. Elle avait eu une faim de loup et n'avait presque rien laissé.

Pas étonnant que tu sois si mal en point. Quelle idée de faire un repas si copieux le soir.

Elle se leva et gagna la salle de bains. Tout en se lavant, elle examina son reflet dans le miroir et se trouva pâle. Normal pour une étudiante en médecine. Le stage, les études, les soirées passées à bachoter... Et elle n'avait pas une nourriture équilibrée.

Elle descendit se préparer un café, mais se ravisa et but un verre de jus d'orange. Ouf ! Ça lui redonnait un coup de fouet. Comme elle remontait s'habiller, elle se sentit soudain nauséeuse et courut vers la salle de bains.

Que lui arrivait-il ? Une intoxication alimentaire ? Le poulet chinois avait-il été bien préparé ? En tout cas, il n'était pas question de manquer une journée de stage. Fouillant dans l'armoire à pharmacie, elle trouva des comprimés contre l'indigestion qu'elle mit dans son sac.

Elle prit le bus pour se rendre à l'hôpital. En descendant à l'arrêt, l'air frais la rasséréna, de sorte qu'elle se mit à marcher presque joyeusement sur le trottoir. Elle était déterminée à prendre un nouveau départ et commencerait aujourd'hui. Sa conversation de la veille avec Logan l'avait un peu réconfortée. Elle avait conscience qu'avec un autre directeur de stage elle aurait reçu un blâme. L'amitié de Logan lui avait évité cela. Il méritait qu'elle le traite à son tour en amie. Devait-elle lui offrir des excuses ? Une explication ?

Dès son arrivée à l'hôpital, elle alla frapper à la porte de son bureau. N'obtenant pas de réponse, elle entrouvrit le battant. Le bureau était vide. Elle décida de partir à sa recherche dans les couloirs et les salles de soins.

Elle le trouva dans la salle de repos, occupé à faire du café dans la kitchenette. En le voyant, elle sentit son cœur battre plus vite.

— Bonjour, Logan. Je peux te dire un mot ?

Il se retourna et lui sourit.

— Bien sûr... Hé ! Que t'arrive-t-il ? Tu es toute pâle, dit-il en fronçant les sourcils.

— Ce n'est rien. Juste un plat douteux chez le traiteur chinois, mais je tiens le coup.

Quand il montrait cette inquiétude pour elle, elle devait lutter contre les sentiments qu'il lui inspirait. Un désir de retomber dans ses bras et de se laisser choyer...

— Bon, si tu le dis. Que puis-je faire pour toi ?

Elle prit une profonde inspiration.

— Je voulais m'excuser pour mon attitude de ces derniers jours. Tu as eu entièrement raison de me rappeler à l'ordre et je te promets qu'à partir de maintenant tu vas remarquer une nette amélioration.

— Content de ces bonnes résolutions, répondit-il en souriant. Un café ?

Il présenta son mug de café devant elle. Elle grimaça. L'odeur du café lui soulevait le cœur.

— Oooh... Non, merci. Tu aurais un jus de fruits ?

Elle alla jusqu'au réfrigérateur, se choisit un jus de raisin et s'en servit un verre.

— Il y a une intervention chirurgicale ce matin. Tu pourrais y assister, dit-il. Si tu te sens en forme, bien entendu.
— Tout à fait. De quoi s'agit-il ?
— Une césarienne programmée à trente-quatre semaines de grossesse. La mère est atteinte de diabète gestationnel et le bébé est très fort. Il y a des risques pour elle si la grossesse se prolonge ou si elle accouche par voie basse.

Elle se souvenait d'avoir vu ce chapitre dans ses cours. Elle hocha la tête pensivement.
— On lui a donné des stéroïdes pour les poumons du bébé ? demanda-t-elle.
— Oui. L'intervention a lieu dans trente minutes.
— Parfait. Je suis impatiente d'y assister.

Il la dévisagea avec curiosité.
— Tu es sûre que ça va ?

Elle s'adjura de ne pas le regarder dans les yeux.
— Mais oui, tout va très bien, docteur !

Logan se lava les mains en même temps qu'Ellie. Avec ses cheveux rassemblés sous le calot et le masque qui lui couvrait en partie le visage, ses yeux bleus paraissaient encore plus grands. Autrefois, il passait des heures le regard plongé dans ses prunelles si expressives, et il aurait aimé recommencer. C'était bien le moment !

Ils entrèrent dans la salle d'opération et Max, l'obstétricien qui dirigeait l'intervention, s'assura que toute l'équipe était au complet et la patiente, confortablement installée. Auprès d'elle, le futur père, vêtu d'une longue blouse verte, semblait terrifié.
— Sommes-nous prêts ? Charlotte, je vais commencer.

La future mère acquiesça nerveusement.
— Sentez-vous quelque chose ici ? Ou ici ? demanda Max en pinçant la peau avec les forceps.
— Non.
— Alors, allons-y.
— Max, ça ne te dérange pas si mon étudiante s'approche pour mieux voir ? demanda Logan. C'est sa première césarienne.

— Pas du tout. Approchez, je vous en prie, dit l'obstétricien à l'adresse d'Ellie. Comment vous appelez-vous ?

— Ellie Jones.

— Ah... *Me and Mrs Jones* ! J'ai toujours rêvé de chanter ça.

Logan devina qu'Ellie souriait sous son masque. C'était bon qu'elle se rende compte que l'ambiance pouvait être détendue en chirurgie.

— N'hésite pas à poser des questions à Max. Questionne-le sans arrêt, lui conseilla-t-il.

Max travaillait avec concentration sous les lampes chirurgicales.

— Comme vous le voyez, mademoiselle Jones, je traverse la graisse sous-cutanée.

Ellie se pencha pour observer l'action qu'il décrivait.

— Et maintenant, je découpe la gaine du muscle grand droit. Savez-vous de quoi il s'agit ?

— Euh... Non, désolée.

— C'est un muscle pair situé dans la paroi antérieure de l'abdomen.

— Ah, très bien.

Logan l'entendit s'éclaircir la voix, puis nota chez elle un mouvement qui l'intrigua. N'avait-elle pas chancelé légèrement ? Mais elle restait campée près de Max et semblait solide. C'était peut-être lui qui s'inquiétait inutilement.

Max continuait de commenter l'opération.

— Ici le péritoine et là la cavité abdominale. Observez attentivement.

Ellie se pencha.

— Oui... Je vois très bien, répondit-elle d'une voix étranglée.

Logan attendait auprès du pédiatre le moment de recevoir le bébé. Ensemble, ils procéderaient au premier examen et, avec un peu de chance, l'enfant irait assez bien pour rester avec sa mère. Il faudrait simplement contrôler son taux de glucose toutes les demi-heures.

Ellie sentait la sueur perler à son front. La tête lui tournait un peu et elle regrettait de ne pas avoir pris de petit déjeuner solide. Mais elle n'avait pas prévu de commencer la journée par une séance chirurgicale.

Elle observa Max qui opérait d'un air concentré et s'efforça d'ignorer ce qui agressait ses sens. L'odeur cuivrée du sang, celle de la chair brûlée à la lame cautérisante, la vue de la graisse et...

Ellie cilla furieusement, en proie à un haut-le-cœur. Paniquée, elle jeta un coup d'œil vers le vestiaire. Pouvait-elle partir ? Non, elle ne voulait pas donner l'impression d'être fragile et émotive.

Reste ! Combien de temps dure une césarienne ? Trente ou quarante minutes ? Tu peux supporter ça, non ? Concentre-toi sur autre chose...

— Je vais maintenant inciser l'utérus.

Avec effroi, Logan vit Ellie chanceler violemment avant de s'effondrer sur le sol, entraînant un plateau d'instruments dans sa chute.

— *Ellie !*

Il voulut la secourir, mais Max sortait le bébé à cet instant et Logan sut quelle était sa priorité.

Il lança à une infirmière :

— Occupez-vous d'Ellie ! Allongez-la sur un chariot et tenez-moi au courant.

Le bébé pleurait. Il avait le corps tonique, bien rose, et criait à pleins poumons. Logan eut vaguement conscience qu'on soulevait Ellie pour la poser sur un chariot et qu'on poussait celui-ci hors de la salle d'opération.

Il n'avait pas le temps de s'inquiéter à son sujet. Il devait examiner le bébé. Le pédiatre semblait déjà très satisfait de son taux d'oxygène et de son score d'Apgar.

— Je pense qu'il peut rester avec sa mère.

— Avez-vous besoin de moi ? demanda Logan.

— Non, il n'y a rien que nous ne puissions assurer. Va prendre des nouvelles de ton étudiante.

— La prochaine fois, amenez une étudiante qui ait le cœur mieux accroché, docteur Riley ! fit Max.

Ignorant ce commentaire, Logan sortit précipitamment, ôtant gants, masque et blouse qu'il jeta au passage dans le placard. Une fois dans le couloir, il la repéra aussitôt. Assise sur le chariot, elle était affreusement pâle et abattue.

— Ellie ! Que t'est-il arrivé ?
— Ce fichu poulet chinois m'en fait voir de toutes les couleurs. Oh... Je vais être malade...

Logan prit un récipient qu'il maintint devant elle. Son visage avait une teinte verdâtre.

— Tu devrais rentrer chez toi si tu es malade à ce point.
— Non, je vais bien... C'était juste...

Elle repoussa le récipient et il sourit, rassuré. Rien de grave apparemment. Elle semblait simplement barbouillée.

— Tu devrais changer de traiteur.

Elle réussit à ébaucher un sourire crispé.

— Oui, tu as raison.
— Besoin d'une perfusion pour te redonner un peu de liquide ?
— Peut-être... Je n'ai rien pu manger ce matin.
— Voilà d'où vient le problème. Il vaut mieux ne pas aller en chirurgie le ventre vide.
— Je suis désolée de t'avoir embarrassé devant tes collègues.
— Mais non, penses-tu.
— Je suis sûre que si. J'irai m'excuser plus tard.

Il posa une main sur son bras et le caressa doucement.

— Pour l'instant, l'important est que tu te remettes.

Elle posa sur lui ce regard bleu qui le fascinait.

— Je vais essayer.

Ellie était mortifiée. Elle ne s'était jamais évanouie en salle d'opération, n'avait même pas eu la moindre faiblesse. La chirurgie la fascinait. Découvrir l'intérieur du corps humain, c'était comme avoir un aperçu sur un monde caché et fantastique.

Alors, s'évanouir comme ça, quelle honte ! Elle voulait être chirurgienne, bon sang !

Logan avait raison. Elle aurait dû essayer de manger quelque chose avant. Quand elle avait regardé Max couper à travers les couches graisseuses, les nausées l'avaient submergée...

Ce souvenir lui arracha un gémissement et elle se rallongea

sur le chariot, sa peau devenait de nouveau moite. Devait-elle accepter une perfusion ? Parce que là, maintenant, elle se sentait incapable d'avaler quoi que ce soit.

Bizarre... La dernière fois qu'elle avait été aussi malade, c'était lorsqu'elle était enceinte de Samuel. Mais elle ne pouvait pas être enceinte... Sortant son téléphone, elle fit une recherche pour vérifier le taux d'efficacité de la pilule contraceptive. Il était élevé, elle le savait, mais ça ne faisait pas de mal de se rassurer, n'est-ce pas ?

Plus de quatre-vingt-dix-neuf pour cent si prise régulièrement.

Certes, parfois, en rentrant du travail, elle tombait de fatigue et se couchait directement. Mais elle pensait généralement à la prendre avant d'aller dormir. Ce n'était pas non plus une priorité absolue, vu qu'elle n'avait pas de partenaire et qu'elle prenait la pilule simplement pour avoir des règles moins abondantes. Peut-être en avait-elle manqué une... deux... ?

Mais l'hypothèse la taraudait et les nausées qui l'assaillaient par vagues exacerbaient son inquiétude.

Je ne peux pas être enceinte. Ce serait tout simplement ridicule ! Tomber enceinte en une seule rencontre...

Théoriquement, elle était en retard de quelques jours. Mais elle n'avait jamais eu un cycle régulier. Un retard de quelques jours ne voulait rien dire.

Je panique, parce que je pense à Samuel. Mais tout va bien !

Malgré tout, la voix intérieure qui la tourmentait refusait de se taire. Bah, il y avait un moyen facile d'en avoir le cœur net. Ce serait fini dans une minute et elle verrait de ses propres yeux à quel point elle était stupide.

Elle se redressa et laissa tomber ses jambes sur le côté du chariot. Elle se sentait un peu étourdie, ce qu'elle mit sur le compte de la syncope.

Il devait y avoir des tests de grossesse à l'hôpital. Tout ce qu'elle avait à faire, c'était de s'en procurer un.

Facile comme tout, non ?

7

— Tu ne devais pas te reposer ? demanda Logan en rattrapant Ellie qui prenait la direction du « Nid ». Tu as l'air complètement lessivée.

Ellie se figea, mais réussit à esquisser un faible sourire.

— Je pensais sortir quelques minutes. L'air frais me fera du bien.

— Veux-tu que je t'accompagne ? Je n'ai pas envie que tu t'évanouisses de nouveau.

Il semblait sincèrement inquiet et elle ne savait comment le rassurer, surtout quand elle n'avait qu'une chose en tête : se munir d'un test pour enfin avoir l'esprit tranquille. Elle n'avait certainement pas besoin que le père de son hypothétique bébé soit aux petits soins pour elle.

Découvrir qu'elle était enceinte ne serait pas une bonne nouvelle. Elle s'était juré de ne plus essayer de devenir mère après ce qui était arrivé à Samuel. Le risque que cela se termine de la même façon était trop grand pour envisager une nouvelle grossesse.

— Non, reste ici, répondit-elle en s'efforçant de prendre un ton naturel. Les bébés ont besoin de toi. Je vais juste de ce côté.

Elle fit un geste vers la sortie, en ébauchant un sourire qu'elle espérait convaincant.

— Comme tu voudras. Essaie de manger quelque chose pour reprendre des forces.

— Oui… C'est ce que je vais faire. Ne t'en fais pas.

Oh ! pourquoi la regardait-il de cette façon, comme s'il tenait à elle ? Elle n'avait pas besoin de ça. En quoi se sentait-il concerné ? Bien sûr, si elle était enceinte, ce serait différent...

Non ! N'envisage même pas l'éventualité.

Elle prit sa veste dans le casier. Il commençait à faire froid, sortir sans vêtement aurait paru bizarre. Elle utilisa son badge pour se rendre dans le service d'obstétrique, salua une sage-femme qu'elle reconnaissait et lui demanda où se trouvait l'armoire des fournitures.

— Que vous faut-il ?

Ellie s'empourpra.

— C'est... pour une mère en néonat. Elle pense être de nouveau enceinte et...

La sage-femme rit.

— N'est-ce pas un peu tôt pour songer à une nouvelle grossesse quand on a un enfant en néonat ?

Ellie se sentit devenir écarlate. Elle avait lancé ce mensonge sans réfléchir. Effectivement, il ne tenait pas debout.

— Eh bien... Oui, on pourrait le penser. Mais son bébé est ici depuis deux mois et...

— Ah, je comprends mieux, répondit la sage-femme. Mais nous n'avons pas de test dans ce service. Les femmes sont normalement déjà enceintes quand elles arrivent ici ! Adressez-vous à la clinique de la fertilité. Au bout du couloir, passez les doubles portes, c'est la première porte à gauche.

— Merci. Je veux juste qu'elle soit rassurée. Le stress interfère dans le cycle féminin, c'est bien connu. Elle n'est sûrement pas enceinte, mais je lui ai dit que je l'aiderais.

— Espérons que le résultat lui conviendra.

Pourvu qu'il soit négatif..., pensa Ellie. Mais plus elle y réfléchissait, plus les symptômes concordaient et tendaient à prouver qu'elle était enceinte. Un retard des règles, la syncope, les nausées, l'odeur du café qu'elle ne supportait pas, la fatigue...

C'est psychosomatique. Je m'imagine de ces choses !

Ressassant ces pensées, elle prit le chemin de la clinique de la fertilité. Son cœur battait à tout rompre et les vertiges n'arrangeaient rien.

C'est le poulet chinois, évidemment. J'ai une intoxication alimentaire. Rien d'autre !

Arrivée sur place, elle eut l'impression d'être une imposture. Les femmes venaient ici parce qu'elles voulaient tomber enceintes. Et elle priait pour ne pas l'être !

Elle trouva les tests dans la pièce indiquée, en glissa un dans sa poche, puis s'esquiva vers les toilettes les plus proches.

Toute cette situation était étrange, complètement folle même. Jamais elle n'aurait pensé utiliser à nouveau un test de grossesse. Elle se souvenait du jour où elle avait découvert qu'elle attendait Samuel. Elle était seule à la maison. Daniel était déjà parti au travail et elle s'apprêtait à commencer sa journée au café librairie, qui remportait un vif succès. L'*Evening Standard* avait même consacré un article à son établissement, le décrivant comme l'un des endroits tendance de la capitale.

Tout lui souriait à l'époque et elle désirait un enfant. Alors, quand les deux lignes bleues s'étaient clairement affichées dans la fenêtre du test, elle avait été aux anges ! Effrayée, certes, mais tellement heureuse !

Elle soupira et, chassant ses pensées, entra dans les toilettes. Elle sortit le kit de sa poche. De ce petit objet dépendaient tant de choses. Soit son monde reprenait sa place, soit il basculait.

— Pas positif... Pas positif..., répéta-t-elle en se rhabillant après avoir posé le test sur le bloc sanitaire.

D'un geste nerveux, elle le reprit, le cœur battant à tout rompre.

— Oh !

Logan était au téléphone avec le médecin de garde aux urgences quand Ellie revint dans le service de néonatalogie. Elle était toujours aussi pâle et ne semblait guère plus vaillante. Elle avait une démarche d'automate. Comme si elle était sonnée ou venait d'apprendre une mauvaise nouvelle.

Il sentit son cœur se serrer. Que se passait-il ? Il aurait dû lui donner son congé. Elle était malade, c'était évident, mais elle n'était plus elle-même depuis quelque temps. Que lui cachait-elle ? Il n'aimait pas ça du tout.

Il reporta son attention sur l'appel téléphonique.

— Bien sûr. Quelles sont les complications pour le bébé ? Je descends la voir dès que possible.

Il raccrocha et se leva. Comment allait Ellie ? Il avait vraiment besoin de savoir ce qu'elle avait exactement. Il était partagé entre son rôle de médecin et de professeur qu'il voulait mener à bien, et son désir d'être près d'elle. Il fallait qu'elle lui parle.

Car il se passait quelque chose et il ne supportait pas de savoir qu'elle affrontait un problème seule, alors qu'il était là pour l'aider. Mais à quel titre l'aiderait-il ? En tant que directeur de stage ? Il ne pouvait s'empêcher de repenser à leur moment d'intimité à St Richard's après l'accident. Il avait été si heureux de la tenir dans ses bras.

Il décida qu'elle l'accompagnerait aux urgences et qu'ils parleraient en chemin. Puis elle assisterait à la conversation qu'il aurait avec la future mère qui ressentait des contractions à vingt-trois semaines.

D'après le médecin de garde elles étaient irrégulières et il avait bon espoir de les faire cesser. Mais cela ne lui coûtait rien de descendre rassurer la femme en l'informant qu'ils étaient prêts à recevoir son bébé au cas où il naîtrait maintenant. Pourvu que non. Vingt-trois semaines, c'était terriblement tôt...

Il entra dans la salle de repos et vit Ellie dans la kitchenette.

— Ça t'a fait du bien ? demanda-t-il.

Elle releva la tête.

— Euh... Pardon ?

— L'air frais t'a fait du bien ?

Elle le regardait comme si sa question n'avait aucun sens. Ou alors, elle ne l'avait pas écouté.

— En quelque sorte, oui, répondit-elle enfin.

— Bien. Nous avons une consultation aux urgences. Si tu te sens mieux, j'aimerais que tu y assistes.

— Bien sûr.

— Tu es sûre que ça va ? demanda-t-il avec inquiétude. Tu m'as l'air un peu... dans les vapes.

Elle cilla et lui adressa un sourire qui semblait forcé.

— Je vais très bien, merci.

— Bon. Sois prête dans dix minutes. Je dois voir le petit Williams avant.

Logan décida de lui faire confiance. Quelque chose clochait, mais elle lui aurait parlé, si elle en avait eu besoin, n'est-ce pas ? S'agissait-il de son problème de santé ? De quelque chose de plus grave ? Elle ne lui avait toujours pas expliqué son commentaire énigmatique : « Il ne s'agit pas d'une mort. »

En plus de tout le reste, il lui semblait qu'elle avait pleuré. Ses yeux rougis... Mais peut-être était-ce de la fatigue, puisqu'elle avait été malade toute la nuit. Une chose dont il était sûr cependant, c'était qu'Ellie ne mettrait pas sa formation en péril, et encore moins les patients. Il lui faisait confiance sur ce point.

Il était persuadé qu'elle se ressaisirait en vue de la consultation et que, face à la patiente, elle redeviendrait la jeune femme compétente, intéressée et pleine de curiosité qu'il connaissait et admirait.

Ce serait si bon de retrouver cette Ellie-là... Il aimait la savoir près de lui. C'était son plaisir coupable.

Ils arrivèrent en même temps devant l'ascenseur et il pressa le bouton d'appel. Comme ils étaient seuls, il ne put s'empêcher de demander :

— Tu as l'air ailleurs. Toujours malade ?
— Non. Ça va mieux. Qui allons-nous voir ?
— Une femme enceinte qui souffre de contractions prématurées. Apparemment, il y a déjà des complications avec le bébé, mais le médecin n'a pas pu en savoir plus. Veux-tu parler avec elle ? Elle arrivera peut-être mieux à s'expliquer face à une femme.

Ellie acquiesça.

— À combien de semaines de grossesse en est-elle ?
— Vingt-trois.
— Si tôt ? Pas étonnant qu'elle soit effrayée.
— Écoute, je vais faire les présentations, puis tu prendras le relais pour découvrir ses autres problèmes. Ça te convient ?

La responsabilité d'une consultation l'aiderait à redevenir l'étudiante attentive et appliquée qu'elle était.

— Oui, parfaitement.

Il posa une main sur son bras.

— Tu vas y arriver. Je crois en toi, Ellie.
— Merci, murmura-t-elle en lui offrant un faible sourire.

Rowena Cook était assise sur un lit, le visage très pâle et inondé de larmes. On l'avait placée sous perfusion dans l'espoir que cela arrêterait ses contractions.

Logan pénétra dans le box avec Ellie et ferma le rideau derrière eux.

— Madame Cook, je suis le docteur Riley, néonatalogiste, et voici Ellie Jones, étudiante en médecine. On m'a dit que vous aviez des contractions ?

Rowena se tamponna les yeux avec un Kleenex.

— Oui, répondit-elle faiblement.

Logan se tourna vers Ellie et lui fit signe de questionner la patiente.

— Depuis combien de temps ? demanda-t-elle.
— Environ trois heures.
— À quelle fréquence ?
— Toutes les vingt minutes.
— Combien de temps dure chaque contraction ?

Logan approuva d'un signe de tête. Ellie faisait exactement ce qu'il fallait.

— Trente secondes environ. Elles sont terriblement douloureuses.
— Hum... D'après le premier médecin que vous avez vu, vous avez parlé de complications. Pouvez-vous m'expliquer de quoi il s'agit ?

Les larmes de Rowena redoublèrent.

— Elle a... une *ectopia cordis*.

Ellie se tourna vers Logan, l'interrogeant du regard. Il était clair qu'elle ne savait pas ce que c'était, mais il n'avait pas le temps de lui donner une explication. Le cas était grave.

Il s'adressa à la patiente.

— Quand a eu lieu votre dernière échographie ?
— Il y a deux semaines, docteur.
— Madame Cook, nous avons tout ce qu'il faut pour accueillir

un bébé qui présente ce genre de problème. Mais je veux m'assurer d'avoir à ma disposition les meilleurs collaborateurs en cas de naissance prématurée. Nous espérons que vous n'aurez pas besoin de nous tout de suite. Si vous voulez bien m'excuser, je vais appeler un spécialiste de mes amis et en parler avec lui.

Rowena le remercia, et Logan fit signe à Ellie de le suivre. Ensemble, ils rejoignirent le médecin de garde.

— *Ectopia cordis*, dit-il à son collègue d'un air sombre.

— Qu'est-ce que c'est ? demanda Ellie.

— Une malformation cardiaque. Le cœur du bébé est en partie, voire entièrement, hors du corps.

— Oh ! mon Dieu ! Il est possible d'y remédier ?

— Oui, mais... C'est risqué.

— Tu veux dire que la vie du bébé est en danger ? demanda-t-elle d'une voix urgente.

Il laissa échapper un soupir.

— Malheureusement, oui.

Là-dessus, il se mit à discuter avec l'autre médecin du cas de Rowena.

— Les contractions s'espacent ? demanda-t-il.

— Oui. Depuis la mise sous perfusion, elles surviennent toutes les trente minutes.

— Espérons qu'elles s'arrêteront. Ce serait terrible pour le bébé de naître à ce stade, étant donné la malformation.

— Logan...

Il se tourna vers Ellie. À son visage crispé, il sut qu'elle voulait lui parler, tout de suite et en privé. Il attendit que son collègue se soit éloigné.

— Qu'y a-t-il ? Je t'écoute.

Il lisait une expression d'angoisse et de gêne sur ses traits et se mit en devoir de la mettre à l'aise.

— Nous sommes seuls. Dis-moi ce qui te tracasse. Quel que soit le problème...

— Je suis enceinte, murmura-t-elle au bord des larmes.

— *Quoi ?*

— Je suis enceinte, Logan.

Il la dévisagea, abasourdi, l'esprit en déroute. Elle voulait dire...

qu'elle attendait un enfant de lui ? Mais comment... ? Elle avait dit qu'elle prenait la pilule ! Sous le choc, il s'appuya au mur. Très vite, il songea à Rachel et au risque d'autisme...

— Comment ? Un oubli de pilule ? dit-il d'une voix désincarnée.

— J'étais fatiguée... ou bouleversée. J'ai dû oublier une ou deux fois. J'ai eu aussi terriblement mal à la tête après l'accident et on m'a donné des antalgiques qui ont rendu le contraceptif inefficace. Je ne sais plus...

Doucement, il l'entraîna dans une petite pièce. Il prit une profonde inspiration.

— Quand l'as-tu appris ?
— Il y a dix minutes.

Il se passa une main dans les cheveux. À une certaine époque, la nouvelle l'aurait rendu fou de joie. Mais maintenant... Il était incapable de réfléchir de façon cohérente. Et il y avait Rowena Cook et la possibilité qu'elle mette au monde un bébé extrêmement fragile. Il devait penser en priorité à cela. Pour le reste, ils discuteraient plus tard.

— Ellie, le travail nous attend, dit-il doucement. Nous parlerons plus tard...

— Quand ?

Il leva une main pour essuyer une larme qui roulait sur sa joue.

— Ce soir ? Veux-tu venir à la maison quand Rachel sera couchée ? Vers 20 heures.

Elle acquiesça d'un signe de tête.

— Tout ira bien, dit-il encore. Nous ferons face ensemble. Ne t'en fais pas, d'accord ?

Sur quoi, il repartit en direction des urgences, conscient qu'Ellie le suivait sans dire un mot.

Ellie frappa doucement à la porte des Riley, de peur de réveiller Rachel. Le comble serait que la petite fille surprenne leur conversation.

La journée lui avait paru interminable. Elle avait fonctionné dans une sorte de brouillard, consciente que Logan et elle traînaient un énorme poids invisible, tandis que le reste du monde continuait d'avancer.

Elle allait tout lui dire cette fois, elle y était déterminée. Elle ne pouvait plus reculer, c'était évident. Non seulement elle était terrifiée par cette grossesse, mais elle avait aussi besoin de savoir si Logan la soutiendrait et quelle relation ils instaureraient entre eux.

Logan ouvrit la porte et l'accueillit en souriant.

— Entre, Ellie.
— Rachel s'est endormie ? demanda-t-elle anxieusement.
— Normalement, oui. Veux-tu boire quelque chose ?
— Juste un verre d'eau, merci.
— Alors, installe-toi au salon. J'en ai pour une minute.

Elle prit place sur le canapé et ne put retenir un frisson. Mon Dieu ! Ce qu'elle s'apprêtait à dire allait lui causer un choc. Il pensait que sa grossesse serait le sujet de leur conversation, ce qui n'était pas le cas. Comment réagirait-il ?

Il revint, apportant deux verres d'eau, et s'installa sur le sofa en face d'elle.

— Il y a quelque chose que je ne t'ai pas dit, dit-elle d'un ton grave.

Il l'observa d'un regard perçant.

— Qu'y a-t-il d'autre ? Je t'écoute.
— Je... Je n'ai pas été tout à fait honnête envers toi. C'est au sujet de mon passé. Je veux te mettre au courant, car tu dois connaître toute la situation.
— Ellie, quelle situation ? Que se passe-t-il ?

Elle perçut l'angoisse dans sa voix. *Oh non, pas ça...* Elle avait besoin de sa force. Il l'avait laissée tomber autrefois, comme Daniel quand l'émotion avait été trop forte. Logan allait-il l'abandonner une nouvelle fois ?

Elle prit une profonde inspiration.

— J'ai été mariée il y a quelques années. À un homme, qui s'appelait Daniel...
— *Mariée ?* Que s'est-il passé ?
— Tout allait pour le mieux... jusqu'à ce que je tombe enceinte.

Il se figea. Il semblait frappé de stupeur.

— Au début, ma grossesse semblait tout à fait normale, dit-elle d'une voix mal assurée. Je ne prenais pas beaucoup de poids, mais je me disais que c'était mon premier enfant, et comme je suis plutôt mince...

Elle prit son verre d'eau d'une main tremblante et but une gorgée pour se donner du courage. Le plus terrible restait à dire.

— J'ai passé une échographie et on a découvert que le bébé, un garçon, avait... une agénésie rénale bilatérale.

Logan ferma les yeux, accablé.

— Oh ! Ellie...

— On nous a dit que c'était fatal, qu'il ne vivrait pas après sa naissance et que je devais avorter.

Logan se pencha et lui prit la main. Elle regarda leurs doigts entrelacés, reconnaissante de son geste.

— Qu'as-tu décidé ? demanda-t-il doucement.

— Daniel et moi étions bouleversés. Notre monde parfait s'écroulait. Notre bébé n'avait pas de reins, ce qui expliquait que je ne prenne pas de poids. Il n'y avait presque pas de liquide amniotique... Daniel voulait que j'interrompe la grossesse immédiatement. Notre fils mourrait en naissant et il ne voulait pas que nous subissions une telle épreuve.

— C'est ce que tu as fait ?

Elle sentit ses yeux se remplir de larmes.

— Non. Je ne pouvais pas le laisser partir comme ça. Comme s'il n'avait jamais existé. Sans funérailles, sans rien ! J'avais besoin de savoir que Samuel avait compté.

— Samuel ? Tu avais déjà choisi son prénom ?

Elle hocha la tête, sentant les larmes ruisseler sur ses joues. Elle prit le cliché de l'échographie qu'elle avait glissé dans sa poche et le lui tendit.

Elle vit son regard s'attendrir, tandis qu'il observait l'image.

— Daniel et moi, nous nous sommes beaucoup disputés, dit-elle en se ressaisissant. Il ne comprenait pas ma décision de le garder, mais j'espérais qu'il changerait d'avis quand je lui aurais donné mes raisons. Je voulais porter Samuel jusqu'à terme pour qu'il soit reconnu légalement en tant que personne, puis autoriser les médecins à l'utiliser comme donneur. Ils m'ont dit que, s'il atteignait un bon poids, ils prélèveraient ses cornées et ses valves cardiaques. J'ai su alors que j'irais jusqu'au bout, que mon enfant ne serait pas inutile et qu'il sauverait une vie.

— Mon Dieu ! Ellie...

— J'ai eu le droit de le tenir quelques minutes après sa naissance. Il était si beau ! Il semblait dormir, c'est tout. Ensuite... on me l'a pris, dit-elle dans un sanglot.

Sentant que Logan raffermissait la pression sur ses doigts, elle ajouta vaillamment :

— Je ne voulais pas avoir d'autre enfant de peur qu'il soit atteint de la même malformation.

— Daniel et toi, vous avez passé un test génétique ?

Elle secoua la tête.

— Pour Daniel, tout était terminé entre nous. Il ne m'a pas accompagnée à l'hôpital et je suis rentrée seule à la maison. Il m'a reproché d'être égoïste et je lui ai répondu en criant qu'il m'avait abandonnée. Après ça, notre mariage n'a pas duré longtemps.

— Je suis sincèrement désolé, Ellie... C'est cette douloureuse expérience qui t'a incitée à entreprendre des études de médecine, n'est-ce pas ?

— En partie. Je voudrais me spécialiser dans la transplantation. J'ai besoin de savoir que j'ai fait le bon choix, de le prouver, ne serait-ce qu'à moi-même.

— Mais maintenant tu es enceinte. Cela risque d'être compliqué.

— Oui, je sais. Je peux assumer seule, Logan. Je l'ai déjà fait. Mais j'ose croire que tu me soutiendras. C'est aussi ton bébé après tout.

Il gardait les yeux rivés au sol, visiblement secoué par ce qu'elle venait de raconter.

— J'ai besoin de temps pour assimiler, répondit-il. Mais bien sûr, je serai là pour toi. Quoi qu'il arrive, tu ne seras pas seule.

— Vraiment ? Je porterai ce bébé et nous verrons si tout se déroule normalement. Si ce n'est pas le cas, eh bien... Il fallait que tu connaisses mon histoire de toute façon.

— Très bien, dit-il gravement. Nous sommes d'accord.

Elle se leva.

— Je vais y aller maintenant. J'ai déjà assez gâché ta soirée.

Il posa une main sur son bras pour la retenir et la regarda au fond des yeux.

— Jamais tu ne pourrais gâcher quoi que ce soit. C'est un choc, oui, mais nous pouvons nous en sortir. Toi et moi.

Elle refoula les larmes qui la submergeaient de nouveau et hocha la tête.

Après le départ d'Ellie, Logan se sentit incapable de réfléchir ou d'arrêter une décision. Des pensées contradictoires tournaient en boucle dans son esprit. L'agénésie rénale bilatérale était fatale. Un bébé ne pouvait pas survivre sans reins hors de l'utérus. Seule l'efficacité du cordon ombilical et du placenta avait maintenu Samuel dans le ventre de sa mère.

Et Ellie était de nouveau enceinte !

Il n'avait pas eu la force de lui dire que ce n'était pas seulement l'agénésie rénale qu'il redoutait. Rachel était autiste. Certes, elle avait un haut potentiel et s'en sortait très bien, mais selon les spécialistes l'accident de sa mère n'y était pour rien. Cela voulait-il dire qu'il avait des gènes défectueux ? Ellie avait assez de problèmes à affronter comme cela, il n'avait pas voulu l'inquiéter davantage en lui rappelant le handicap de sa fille.

Il avait toujours imaginé que sa vie tournerait autour de Rachel, qu'il n'y aurait qu'eux deux et personne d'autre, parce qu'il refusait de s'impliquer dans une relation sentimentale. Mais il ne voulait pas perdre Ellie. Pas une deuxième fois, alors qu'elle était de retour dans sa vie.

Même si ce bébé était en bonne santé, que feraient-ils ? L'élèveraient-ils séparément ? Deviendrait-il un de ces pères à temps partiel qui ne voyaient leur enfant qu'un week-end sur deux ? Comment ce schéma fonctionnerait-il avec Rachel, elle qui était habituée à une routine bien réglée ? Elle serait une demi-sœur pour le bébé. Était-elle capable de comprendre ce que cela voulait dire ? Il pouvait parler avec Rachel des complexités du corps humain, mais elle n'assimilait pas la notion de sentiments ni les idées abstraites.

Le cœur serré, il pensa à la confusion que cette situation

causerait dans la vie de sa fille. Il entrevoyait déjà ses questions interminables et les conversations qui tourneraient en rond, parce qu'elle essaierait de tout analyser pour tenter de trouver sa place dans le nouvel ordre des choses.

Il repensa à Ellie et à tout ce qu'elle avait enduré. Dire qu'elle avait gardé ce terrible secret au fond d'elle-même ! Il lui avait souvent demandé si elle se plaisait au « Nid », si elle aimait le travail avec les bébés, et elle avait invariablement répondu que tout allait bien.

C'était impossible. Elle avait perdu son fils ! Pas étonnant qu'elle se soit tant attachée à la petite Ava et qu'elle ait été si en colère contre ses parents qui avaient refusé de voir leur bébé. Il comprenait sa réaction maintenant, elle qui aurait aimé passer la moindre minute supplémentaire avec le sien.

Et son mari l'avait abandonnée, incapable d'accepter que leur fils soit utilisé pour le don d'organes. Daniel n'avait-il pas compris le courage dont sa femme avait fait preuve en prenant une telle décision ? Quel homme s'éloignait de son épouse dans une telle épreuve ?

En proie à une colère sans nom, Logan serra les poings.

Il avait dit à Ellie qu'il serait là pour elle. Mais ne venait-il pas encore une fois de gâcher l'avenir qu'elle entrevoyait pour elle-même ? Il ne savait plus ce qu'ils étaient l'un pour l'autre. Il voulait la soutenir. Mais si, au bout du compte, il la perdait ? Et s'ils perdaient le bébé ?

Saurait-il faire face à un nouveau chagrin comme celui qu'il avait éprouvé après la disparition de Jo ?

8

Ellie rentra chez elle et monta directement dans la chambre de Samuel. Combien de temps resta-t-elle là, sur le seuil ? Quand elle se décida enfin à bouger, elle avait les joues trempées de larmes.

Samuel, son mariage raté, sa brève aventure avec Logan... Et maintenant sa nouvelle grossesse !

L'angoisse l'envahit. Face à Logan, elle avait déclaré être suffisamment forte pour faire face à la situation. Mais l'était-elle vraiment ? Quitter la maternité les bras vides l'avait complètement dévastée, elle avait failli ne jamais se remettre. Les jours suivants, alors qu'elle pensait avoir touché le fond du désespoir, elle avait eu sa première montée de lait... pour un bébé qu'elle n'allaiterait jamais.

Jour après jour, elle avait supporté la douleur dans une maison vide, se demandant comment affronter l'avenir. La seule chose qui l'avait soutenue moralement, outre le réconfort de ses parents, c'était de savoir que les valves de son petit Samuel avaient sauvé une vie, que ses yeux avaient permis à un autre bébé de voir. Elle s'était cramponnée à cet espoir comme à une planche de salut.

À présent, un autre bébé grandissait en elle. Minuscule encore, il s'accrochait à la vie et elle l'aiderait de son mieux. Se battre pour son enfant, c'était ce qu'une mère faisait, aussi terrifiée fût-elle.

Logan l'avait quelque peu rassurée. Il s'était montré tendre et compatissant et avait affirmé qu'ils mèneraient ce combat ensemble. Il n'avait pas pris la fuite comme Daniel. Dans un coin de son cœur, elle gardait l'espoir qu'il ne l'abandonnerait pas, cette fois.

— J'y arriverai, déclara-t-elle dans le silence de la chambre.

Son regard s'attarda sur le berceau resté dans son emballage, sur les murs qu'elle n'avait pas fini de peindre. Terminerait-elle ces travaux, son bébé porterait-il la layette qu'elle avait achetée des années plus tôt ? Était-ce convenable, de mettre les vêtements de Samuel au nouveau bébé ? De nombreux enfants portaient les tenues de leurs aînés. Ce serait presque la même chose, non ?

— Je me projette trop loin. Je ne sais toujours pas si tu iras bien, mon bébé, dit-elle en posant une main protectrice sur son ventre.

Elle laissa échapper un soupir. Sa taille s'arrondirait-elle ? *Ce serait bon signe, n'est-ce pas ?*

Elle se rendit dans sa chambre et se tint devant la glace du dressing, se tournant de côté et lissant son chemisier d'une main. Son ventre était-il plus large d'ordinaire ?

Oui, on dirait... Mais était-ce fiable ? Les femmes qui avaient déjà porté un bébé grossissaient souvent plus vite, alors...

En tout cas, elle avait faim, son estomac gargouillait. Voilà au moins un signe qui ne trompait pas.

Elle descendit à la cuisine. Il restait des pommes de terre cuites dans le réfrigérateur. Comme elle préparait une salade, son téléphone sonna. Elle décrocha aussitôt, le couteau encore en main.

— Ellie ?
— Logan !

Cela faisait tant de bien, d'entendre sa voix. Elle sourit inconsciemment avant qu'une sombre pensée ne traverse son esprit. L'appelait-il pour lui dire qu'il avait changé d'avis ?

Elle retint son souffle, le ventre noué.

— Je voulais simplement m'assurer que tu étais bien rentrée, dit-il.

— Mais oui, sans problème.
— Tant mieux.

Il y eut un silence embarrassé et elle s'éclaircit la voix.

— On peut dire que j'ai lancé un pavé dans la mare aujourd'hui, n'est-ce pas ?

Il eut un rire bref, sans joie.

— Je n'ai pas arrêté d'y penser.

— Je comprends que tu sois inquiet, Logan.

— Je m'inquiète aussi pour Rachel dans tout ça.

Oui, c'était normal. Il réagissait en père.

— Nous pourrions lui parler, lui expliquer ce qui se passe, répondit-elle. Elle aime la biologie n'est-ce pas ? Elle devrait bien réagir.

— Je l'espère.

Elle savait que ce serait compliqué, mais ils avaient des mois devant eux pour remédier au problème. Et pour explorer leurs sentiments. Que ressentait-elle pour Logan ? C'était confus et compliqué. Elle l'avait aimé autrefois et cet amour n'avait jamais totalement disparu. Et aujourd'hui, ils travaillaient ensemble et avaient conçu un enfant. Il était toujours son patron et avait une emprise sur son cœur qu'elle ne pouvait combattre.

Elle voulait lui faire confiance sans réserve, croire qu'il serait là pour elle, comme il le lui avait assuré. En même temps, elle avait peur. Il l'avait déjà laissée tomber quand elle pensait que leur amour était plus fort que tout…

— Je ne suis pas Daniel, dit soudain Logan comme s'il lisait à distance dans ses pensées. Je ne m'éloignerai pas de toi.

C'était exactement la déclaration qu'elle attendait. Elle relâcha enfin le couteau qu'elle serrait entre ses doigts et le posa sur le plan de travail. Elle n'avait pas réalisé qu'elle était si tendue.

— Merci.

Sa voix ressemblait à un couinement tant l'émotion lui nouait la gorge, et les larmes lui montèrent aux yeux de soulagement. Pour le moment du moins, car ils auraient nombre d'obstacles à surmonter.

— Je veux garder le secret encore quelque temps, dit-il. Au cas où… Enfin, tu vois ce que je veux dire.

Il pensait à l'échéance des trois premiers mois, bien entendu, car ils risquaient de ne pas franchir cette première étape.

— Bien sûr.

— Nous allons organiser ton rendez-vous pour l'échographie à treize semaines. Cela nous donnera un premier aperçu et nous saurons mieux où nous en sommes.

Elle appréciait qu'il prenne les choses en main. Logan avait déjà choisi de quel côté il se plaçait.

Elle agrippa le téléphone. Comme elle aurait aimé qu'il soit là en cet instant ! Juste pour la tenir dans ses bras, lui offrir sa protection et lui donner le sentiment d'être aimée.

9

Ellie s'éveilla en proie à une vague de nausées et se précipita vers la salle de bains. Elle arriva juste à temps et se rinça la bouche, puis s'aspergea le visage d'eau fraîche avant de s'examiner dans le miroir.

J'ai l'air horrible. Où est cette plénitude dont tout le monde parle ?

Dans la cuisine, elle inspecta le contenu du réfrigérateur et des placards. Elle devait manger, mais quel genre de nourriture réussirait-elle à garder ? Elle prit deux biscuits qu'elle grignota avec précaution. Pas de haut-le-cœur. *Ouf !* Rassurée, elle avala un verre de jus de fruits et quitta l'appartement pour se rendre à l'hôpital.

Comment Logan l'accueillerait-il ? Entre eux, ce ne serait plus une relation professionnelle entre une étudiante et son directeur de stage, mais quelque chose entre deux adultes qui avaient conçu un bébé et étaient aux prises avec leurs sentiments – elle du moins.

Elle lui avait raconté des choses terribles, la veille, et il avait eu le temps de les assimiler. Avait-il changé d'avis ? Se rétracterait-il ? Douter de lui alors qu'il lui avait affirmé qu'elle pouvait compter sur lui était ridicule, mais c'était plus fort qu'elle. Aussi, en approchant de l'hôpital, elle se préparait mentalement au pire.

Logan n'était pas dans la salle de repos. Elle attendit l'arrivée de l'équipe de nuit pour la transmission des consignes. La relève s'effectua sans Logan.

Ellie se répéta que ça ne voulait rien dire, qu'il était peut-être bloqué dans les embouteillages. Mais comme par hasard, chaque fois qu'elle voulait voir quelqu'un, la personne était absente.

Surmontant sa contrariété, elle prit quelques notes sur les dossiers en cours. Ensuite, elle effectuerait sa tournée des patients et vérifierait leurs constantes. En attendant, son inquiétude prenait le dessus. L'enfant qu'elle portait était-il en bonne santé ? Ses nausées étaient beaucoup plus virulentes que lorsqu'elle attendait Samuel...

Bon sang ! Où était Logan ?

Une silhouette masculine passa dans le couloir et Ellie releva immédiatement les yeux. Mais non, ce n'était pas lui.

— Tu cherches quelqu'un ?

Ellie sursauta. Clare, l'une des infirmières de jour, avait remarqué sa nervosité. Ellie ne s'était même pas aperçue qu'elle se trouvait dans la pièce.

— Oui, le Dr Riley.
— J'ai entendu dire qu'il était au bloc. Une urgence...
— Oh ! très bien. Je le verrai quand il sortira. Merci.

Elle était ridicule. Qu'avait-elle espéré au juste ? Qu'il se précipiterait vers elle toutes affaires cessantes et lui demanderait comment elle se portait en plaçant une main sur son ventre ? Ce n'était pas comme s'ils étaient ensemble. Elle n'était pas en couple avec lui.

Elle soupira. Son esprit était si confus ! Qu'était-elle censée éprouver pour lui ? Elle n'était plus une jeune fille de dix-huit ans follement amoureuse. Elle avait avancé dans la vie depuis cette époque. Lui aussi.

Et pourtant... Ne cherchait-elle pas ce bonheur pour toujours dont elle rêvait pour eux deux avant ? Logan s'intéressait à elle, il se montrait si gentil. Il était clair qu'il avait toujours des sentiments pour elle. Cela lui laissait croire qu'ils avaient encore une chance d'être heureux ensemble.

Mais c'était peut-être les hormones de la grossesse qui lui mettaient ces drôles d'idées en tête. Logan et elle seraient dans une relation de coparentalité, c'est tout. Elle devait s'en tenir à cela au lieu de se perdre dans des rêves romantiques. Il ne fallait pas tout mélanger.

Sur cette sage décision, elle alla se laver scrupuleusement les mains avant d'entreprendre sa tournée des nourrissons.

Logan s'était réveillé en retard et avait trouvé Rachel déjà debout dans la cuisine, paniquée face à ce dérèglement de sa routine. Il avait dû calmer sa crise d'angoisse, puis l'avait conduite à l'école. Pour couronner le tout, sur le chemin de l'hôpital il avait été pris dans un embouteillage. Il était arrivé au travail d'une humeur massacrante.

Pour tout dire, la soirée avait été éprouvante. Pauvre Ellie ! Pas une seconde il n'avait imaginé qu'elle avait eu à affronter une telle tragédie. Et seule, en plus... Son courage forçait l'admiration. Après son départ, incapable de dormir, il s'était documenté sur l'agénésie rénale pour tâcher de découvrir s'il y avait un risque pour l'enfant qu'elle portait.

Il s'assit à son bureau et soupira. Il n'avait pas souhaité ce qui leur arrivait. Mais il avait désiré Ellie comme un fou et quand, après l'accident, il l'avait prise dans ses bras et lui avait fait l'amour, il avait eu l'impression que son rêve était devenu réalité. L'expérience avait été sauvage, éblouissante et ô combien unique !

Jusque-là, il fonctionnait en mode automatique, entre le travail et son rôle de père. En faisant irruption dans sa vie, Ellie l'avait révélé à lui-même. Et le vrai Logan Riley avait eu terriblement envie d'elle...

À présent, il ne savait plus où il en était de ses sentiments pour elle. Il n'avait jamais vraiment cessé de l'aimer, mais il avait également peur de s'engager et de la perdre en exigeant davantage.

Il se prit la tête entre les mains. Il avait toutes les peines du monde à analyser la situation et à y voir clair en lui-même. Bon sang ! Il voulait partir à la recherche d'Ellie sur-le-champ pour s'assurer qu'elle allait bien et la serrer contre lui. Et même... Oui, l'envie le prenait de poser une main sur son ventre !

Reprends-toi !

Certes, ils avaient tous deux perdu la tête dans un moment de passion incontrôlable, mais ils seraient raisonnables, à partir de maintenant, et feraient en sorte que cela ne se reproduise plus. Pas avant de savoir comment la grossesse se présentait !

— Tu as passé une bonne journée ? demanda Logan quand, à la fin de son service, il rejoignit Ellie devant l'ascenseur.

Elle nota qu'il jetait un coup d'œil furtif vers sa taille, avant de détourner les yeux et de presser à nouveau le bouton d'appel d'un geste nerveux.

— Oui, satisfaisante, répondit-elle. Tu te souviens de la jeune femme qui était aux urgences l'autre jour ? Ses contractions ont cessé, mais elle est venue visiter « le Nid » comme tu le lui avais proposé.

— Celle qui présentait une ectopia cordis ? Oh ! bonne nouvelle. Plus longtemps le bébé restera dans le ventre de sa mère, mieux ce sera.

Il sourit brièvement et elle devina ce qui le préoccupait. Tant de choses restaient à dire, pourtant ils se taisaient. Combien de temps cette gêne entre eux durerait-elle ? Serait-il toujours mal à l'aise avec elle ? Pourvu que non, car elle avait désespérément besoin qu'il se confie à elle.

— Logan, demanda-t-elle, décidée à en avoir le cœur net. Tu as changé d'avis, c'est ça ?

Il se tourna vers elle, l'air horrifié.

— Non !

— Oh ! tant mieux. Mais il y a quelque chose de contraint entre nous. Si nous ne communiquons pas, comment allons-nous nous en sortir ?

Au même instant, le signal indiquant l'arrêt de la cabine à leur étage retentit et les portes coulissèrent. Trois personnes se trouvaient déjà à l'intérieur, et Ellie sut qu'il ne lui répondrait pas tout de suite. Ils entrèrent et l'ascenseur commença sa descente vers le rez-de-chaussée.

La tension était si palpable qu'elle fut tout à coup au bord des larmes.

Oh non, pas maintenant !

Elle devait être forte. Levant la tête vers le plafond de la cabine, elle prit de longues inspirations pour essayer de calmer ses nerfs.

Les portes s'ouvrirent enfin. Comme ils débouchaient dans le hall, Logan lui prit le bras et l'entraîna à l'écart.

— Ellie, je ne demande pas mieux que de te parler.

— Mais tu m'as évitée toute la journée, répondit-elle sèchement.

— Les interventions se sont succédé au bloc et...

— Je n'aurais pas pu y être avec toi ? Tu es mon directeur de stage, je te rappelle. Sais-tu ce que j'ai fait aujourd'hui ? J'ai relevé des données de monitoring et changé des couches. Je tiens aussi à avoir une formation, figure-toi.

Il prit un air contrit.

— Je suis désolé. Je n'y ai pas pensé... même si je n'ai pas arrêté de m'inquiéter pour toi. Je ne sais pas comment m'y prendre. Qu'est-ce que je suis pour toi ? Seulement ton directeur de stage ? Quelqu'un qui fera office de coparent ? Je veux être plus que ça.

Elle perçut l'ardeur dans sa voix et s'empressa de répondre :

— Tu es tout ça et plus encore. Nous devons simplement nous organiser. On m'a trop souvent laissée tomber.

— Je sais.

Il leva une main comme pour lui caresser les cheveux, mais suspendit son geste.

— Je ne suis pas en sucre, rassure-toi, dit-elle, déçue.

— Non. Ce n'est pas ce qui me tracasse, dit-il en laissant échapper un soupir.

— Qu'est-ce qui t'inquiète alors ?

Il parut gêné. Au lieu de répondre, il regardait le va-et-vient autour de lui. Visiteurs, membres du personnel, parfois un malade traînant le support de sa perfusion...

Ellie ne savait que penser quand, brusquement, il reprit la parole.

— Si je commence à te toucher, je serai incapable de m'arrêter.

En colère contre lui-même, Logan se détourna, prêt à gagner la sortie. Qu'est-ce qui lui avait pris ? Ellie était bouleversée et il ne trouvait rien de mieux à faire que de parler de son désir pour elle. Sans compter qu'il venait de franchir la limite qu'il s'était lui-même fixée ! Comme si la situation n'était pas assez compliquée comme cela...

— Logan ! Attends...

Il se retourna.

— Viens dîner ce soir à la maison, dit Ellie d'une voix hachée. Juste toi et moi. Nous avons besoin de nous retrouver en dehors du travail. Au moins, on ne risquera pas d'être interrompus.

Il lut une supplique dans son regard intensément bleu. L'idée n'était pas mauvaise, mais il lui fallait trouver une baby-sitter pour Rachel. Verity ou Mme Bennet, leur voisine ? Il risquait de les prendre de court...

— Je préparerai ma spécialité, dit Ellie.

Il sourit, tandis qu'un souvenir s'insinuait dans sa mémoire.

— Des spaghettis à la « sauce Ellie » ? Alors je serai là.

Elle lui toucha le bras, comme pour lui assurer qu'elle comprenait les contraintes auxquelles il devait faire face au quotidien.

— Merci.

Elle lui indiqua l'adresse et il l'enregistra dans son téléphone.

— Vers 18 heures ?

Il acquiesça, puis, sur une impulsion, l'attira contre lui et la serra dans ses bras. Elle faisait le maximum pour arranger les choses. Il voulait lui faire savoir qu'il en était conscient.

Il la relâcha à regret et s'écarta. Pour ne pas être tenté de faire quelque chose de stupide, l'embrasser par exemple.

Ellie sursauta violemment en entendant le coup de sonnette. Elle était occupée à s'examiner dans le miroir, la tenue qu'elle avait choisie ne faisait-elle pas trop... « rendez-vous galant » ?

Cette soirée était importante pour Logan et elle et, sur un coup de tête, elle avait eu envie de se faire belle. Depuis quand ne s'était-elle pas habillée de façon élégante pour une soirée ? Depuis Samuel, il n'y avait pas eu d'occasion de ce genre.

Au fond de la penderie, elle avait retrouvé une robe fourreau bleu nuit, ravissante, suffisamment ample à la taille et avec un décolleté décent. Elle avait hésité vingt minutes entre ballerines ou escarpins, pour opter finalement pour les pieds nus, de sorte qu'elle avait passé encore dix minutes à vernir ses ongles d'orteils.

Elle avait pris soin de se lisser les cheveux et appliqué un maquillage censé lui donner bonne mine. Restait la question des boucles d'oreilles : longues ou pas ?

Tu es folle ! On va seulement bavarder. Il arrivera sans doute en jean.

Elle ouvrit la porte, un large sourire aux lèvres, et sentit son cœur manquer un battement.

— Logan... Merci d'être venu. Entre, je t'en prie.

Il avait un bouquet de fleurs à la main, qu'il lui offrit en déposant un petit baiser sur sa joue.

— Tu es ravissante.

Elle résista de justesse à l'envie de prendre son visage séduisant en coupe entre ses mains et de l'embrasser sur la bouche.

— Tes fleurs sont magnifiques. Merci, répondit-elle en se ressaisissant. Si nous allions directement dans la cuisine ? Je vais mettre les pâtes à cuire.

Elle le devança, un sourire heureux aux lèvres. Car Logan n'était pas venu en jean. Il s'était mis sur son trente et un lui aussi : pantalon noir et chemise blanche ouverte au col. Il était rasé de près, mais n'avait pas mis d'eau de toilette, estimant sans doute que le parfum la perturberait. Cette attention la toucha.

Ayant mis les fleurs à rafraîchir dans l'évier, elle versa les pâtes dans l'eau qui bouillonnait déjà. Le pain à l'ail qu'elle avait préparé finissait doucement de cuire au four et une odeur délicieuse embaumait la pièce.

— Je t'offre un verre en attendant ?

— Volontiers, répondit-il. La même chose que toi, ça m'ira très bien.

Elle prépara les verres de jus de fruit, puis baissa le gaz sous la casserole où mijotait la sauce.

— Il n'y en a pas pour longtemps, dit-elle. Nous mangerons dans le salon sur la table basse, si tu n'y vois pas d'inconvénient.

Il prit un air amusé.

— Rassure-moi, Ellie. Tu as élargi ton répertoire, n'est-ce pas ? Ne me dis pas que tu manges des pâtes tous les soirs.

— Je sais aussi faire cuire un œuf maintenant, répondit-elle sur le même ton. Tu veux une visite des lieux ?

— Je te suis.

Elle lui montra le salon, puis la salle de bains et la chambre d'amis. Arrivée à l'étage devant la chambre de Samuel, elle hésita et sentit sa bouche s'assécher. Elle n'avait jamais fait entrer quiconque dans cette pièce depuis la mort de son bébé.

— C'est la chambre que j'avais destinée à Samuel, dit-elle d'une voix tendue.

Elle ouvrit la porte et entra la première. Il regarda autour de lui, nota le berceau en kit dans son carton, les murs à moitié peints. Puis il alla jusqu'à l'appui de la fenêtre et prit doucement le nounours bleu.

Ellie ne ressentait aucune gêne d'avoir laissé la chambre dans cet état. Le temps s'était simplement arrêté, laissant son projet en suspens. Sa vie avait fait de même.

— C'était il y a combien de temps ? demanda-t-il avec douceur tout en jetant un regard appuyé vers son ventre.

— Quatre ans.

Il hocha la tête gravement.

— Ce sera la chambre du bébé à venir ?

— Oui. J'ai toujours voulu que ce soit une chambre d'enfant.

Il reposa la peluche sur l'appui de la fenêtre.

— Je pourrais t'aider à la préparer. Qu'en dis-tu ? J'adore faire de la peinture et j'ai toujours vu le montage d'un meuble en kit comme un joyeux défi. En plus, la pièce est lumineuse, ça rendra très bien.

Il lui sourit et elle sentit son cœur se gonfler d'espoir. Il ne s'apitoyait pas sur elle, ne la blâmait pas d'avoir fait de cette chambre une sorte de... mausolée.

— Merci, murmura-t-elle, émue. Oui, j'aimerais beaucoup.

Ils retournèrent dans la cuisine. Elle avait délibérément évité de lui montrer sa chambre. Cela lui semblait inapproprié après ce qu'il lui avait dit dans le hall de l'hôpital. Pourtant, il aurait été si facile de se jeter dans ses bras. Mais elle ne savait pas ce qu'ils étaient encore l'un pour l'autre et elle avait besoin d'être fixée sur ce point.

Elle remua les pâtes et vérifia le pain à l'ail, puis ils s'activèrent pour mettre la table dans le salon. Chaque fois que leurs regards se croisaient, il lui souriait et elle se sentait rougir.

Inconsciemment, elle porta une main à son ventre.

— Comment te sens-tu ? demanda-t-il en remarquant son geste.

— Nauséeuse, affamée. C'est pire que la dernière fois. Les effets empirent avec chaque grossesse ?

— Je pense que chacune est différente.

— Enfin, tant que je n'ai pas d'hyperémèse gravidique, je suppose que je dois être reconnaissante, fit-elle, sarcastique.

— Tu as contacté ton médecin ?

— Oui, je lui ai téléphoné. Il va me fixer un rendez-vous pour une échographie d'ici deux semaines.

— Parfait. Alors, essayons d'être positifs. Qu'en dis-tu ?

Elle hocha la tête. C'était ce qu'elle souhaitait aussi. La première échographie serait déterminante. Elle révélerait si le bébé grandissait normalement, si son cœur minuscule battait, si ses reins se développaient. Elle ne pouvait qu'espérer. Mais une part d'elle-même restait prudente. Elle ne serait pas heureuse tant qu'elle n'aurait pas un bébé en bonne santé dans les bras. Le rêve de toute mère...

Logan l'aida à servir et coupa le pain à l'ail en tranches. Elle appréciait cette domesticité partagée, comme lorsqu'ils dînaient ensemble autrefois. Elle imaginait ce qui aurait pu être entre eux. Il n'était peut-être pas trop tard.

En tout cas, c'était tellement bon de se retrouver ainsi qu'elle sentit de petites larmes perler au coin des yeux.

— Qu'y a-t-il ? demanda aussitôt Logan.

Elle rit. Rien ne lui échappait décidément !

— Ça va. Très bien même. Le bouleversement hormonal, je suppose, répondit-elle en tournant sa fourchette dans les pâtes.

— C'est excellent, dit-il. C'était l'un de mes plats préférés à l'époque. Mais tu as réussi à l'améliorer.

— C'est juste une sauce différente, tu sais.

Ils mangèrent en silence. Au bout d'un moment, n'y tenant plus, elle abaissa sa fourchette et leva les yeux vers lui.

— J'ai peur, Logan.

Il lui prit la main par-dessus la table.

— Je suis là. Je ne vais nulle part.

Elle lui adressa un sourire bref, mais les larmes la submergèrent.

— Tu m'aimais autrefois, puis tu m'as quittée, dit-elle, bouleversée. Je veux croire que tu seras là mais... j'ai du mal.

Il pressa sa main.

— Je ne peux pas revenir en arrière et corriger cela. Ce qui est fait est fait. Mais je vais essayer de bien faire cette fois.

— Essayer ?

— Je ne te laisserai pas tomber, si c'est ce que tu crains. Tu dois me faire confiance.

C'était justement ce qu'elle voulait. De toute son âme.

10

— Tu te souviens de cette balade sur le chemin de halage où tu as failli tomber dans le canal ? demanda Ellie.

Logan rit à cette évocation.

— Oh oui ! Quel idiot ! Je cherchais à t'impressionner et j'ai voulu traverser l'écluse comme un funambule. Nous sortions ensemble depuis peu de temps, je crois.

Elle acquiesça, mêlant son rire au sien.

— Tu aurais réussi haut la main, sans cette oie sauvage qui s'est mise à pousser des cris !

— On fait des trucs stupides quand on est jeune, dit-il.

— Je ne suis pas sûre qu'on fasse des choses plus intelligentes en vieillissant.

Il reprit son sérieux et but une gorgée de café.

— Peut-être, en effet. Nous sommes adultes, nous travaillons dans le monde médical, mais nous voilà face à une grossesse non désirée.

Elle baissa les yeux.

— Oh ! je ne voulais pas dire que c'était ta faute, dit-il à la hâte. Je... Oublie ça, je suis désolé. Les mots m'ont échappé.

— Excuses acceptées. Mais puisque tu en parles... Comment allons-nous faire ? Nous sommes amis, mais au-delà de ça... Je ne sais pas. L'histoire que nous avons eue ensemble brouille les pistes.

— Amis, c'est certain. Mais nous sommes plus que ça aussi.

Nous nous sommes aimés et ça n'a pas marché. Et nous voilà tous les deux célibataires maintenant.

Au fond de lui, il savait le genre de relation dont il voulait avec Ellie. Il était sûr de l'aimer. Totalement sûr ! Mais s'il n'était pas à la hauteur de ses attentes ? Une fois déjà, il lui avait brisé le cœur, il avait brisé leurs deux cœurs, en fait. Il ne voulait plus être cet homme-là.

Elle le regardait comme si elle attendait quelque chose, la promesse que ce serait différent cette fois.

— Ça n'était pas fini entre nous, dit-il prudemment. C'était une question de distance géographique et de timing.

— Et aujourd'hui, c'est le poids du passé. Comment avancer maintenant ? Au jour le jour et voir où cela nous mène ?

— Si je comprends bien, tu veux que notre histoire reprenne ? demanda-t-il, espérant que c'était exactement son intention.

En même temps, cette perspective l'effrayait. Il avait si peur de la décevoir, de tout gâcher encore une fois. L'expression chaleureuse qu'il lisait sur ses jolis traits le frappa. Elle tenait à lui, c'était évident. Assez pour... ?

— Je ne sais pas.

Bien sûr, elle se posait beaucoup de questions. À propos du bébé déjà. Serait-il atteint d'agénésie rénale ? Seule l'échographie leur fournirait la réponse, mais il fallait encore attendre des semaines pour le savoir. Pour l'heure, cet enfant restait un mystère qui les terrifiait.

Et en imaginant le pire, se sentait-il assez fort pour la soutenir si elle décidait de poursuivre la grossesse envers et contre tout, sachant le chagrin qui les attendait ? Il voulait croire que oui. Mais il avait besoin de certitude lui aussi, avant de lui avouer les sentiments qu'elle lui inspirait.

Il vit une expression de crainte traverser son regard bleu. Normal, elle espérait de toutes ses forces mettre au monde un bébé en parfaite santé qu'elle installerait dans cette chambre d'enfant restée inachevée. Mais si le pire se produisait ? Perdre un deuxième bébé la laisserait anéantie. Et quelles seraient les répercussions pour eux deux ? Le blâmerait-elle ? Il avait déjà Rachel, une famille. Comment réagirait-elle si elle ne pouvait pas avoir la sienne ? Ses sentiments pour elle ne suffiraient pas à la retenir. Pourrait-il supporter de la perdre une deuxième fois ? Aimer Ellie lui apporterait soit une joie indicible soit un chagrin dont il ne se remettrait pas.

Quoi qu'il en soit, ils ne résoudraient rien ce soir.

— J'ai passé une soirée délicieuse, Ellie. Merci infiniment. Tu avais raison, nous en avions besoin.

— Moi aussi, dit-elle en souriant.

— Tu devrais revenir à la maison. Nous irions faire un tour. Rachel adore aller au parc.

— Oui, j'aimerais beaucoup.

— Donc, on fait ce qu'on a dit ? Ne rien précipiter jusqu'à ce que nous puissions y voir clair ?

— Oui, répondit-elle, visiblement rassurée. Et bien sûr, je te tiens au courant dès que j'obtiens le rendez-vous pour l'échographie. Nous mettrons la date dans nos agendas respectifs. Tu m'accompagneras ?

Oh ! je t'en prie, dis-moi que tu viendras...

Ellie ne supportait pas l'idée d'y aller seule et d'entendre une mauvaise nouvelle sans le soutien de Logan.

— Bien sûr. Compte sur moi. Je ferais mieux d'y aller maintenant, dit-il en se levant.

Elle le regarda enfiler sa veste. Il lui manquait déjà. L'appartement lui paraîtrait terriblement vide et sans vie.

— Merci encore, Ellie. C'était une belle soirée.

— Je te raccompagne jusqu'à ta voiture.

Comme il ouvrait la porte d'entrée, elle essaya de surmonter sa tristesse. Mais ce n'était qu'un au revoir, n'est-ce pas ? Elle le reverrait à l'hôpital, de toute façon.

Sur le pas de la porte, il se retourna. Elle leva les yeux vers lui et sentit un désir brûlant déferler en elle, si puissant et si pur qu'elle suffoqua presque. Le regard de Logan s'assombrit et s'abaissa vers sa bouche. Alors, brusquement, il couvrit la courte distance qui les séparait et ses lèvres couvrirent les siennes.

Ce baiser était différent de celui qu'ils avaient échangé le jour de l'accident, quand le besoin vital de s'appartenir les avait submergés. Cette fois, leurs bouches se joignirent avec une douceur presque hésitante, tout en retenue. Bouleversée par cette tendresse, elle sentit son cœur se gonfler de joie.

Bientôt, leur baiser prit fin et Logan s'écarta.

— Je... Il est temps que je m'en aille, Ellie. À demain.

— Oui, bien sûr, murmura-t-elle en souriant.

Son cœur battait si fort qu'elle posa une main sur sa poitrine. Allaient-ils renouer ? Était-ce ce qu'il lui avait donné à entendre ?

Il monta en voiture et lui fit un signe de la main. Comme elle regardait la voiture disparaître au bout de la rue, Ellie toucha ses lèvres brûlantes.

Waouh... Quel baiser !

Et elle se surprit à sourire comme une idiote, avant de rentrer chez elle.

Logan aurait voulu se gifler. Quel crétin ! Pourquoi l'avait-il embrassée ?

J'étais censé garder mes distances. Une bise chaste sur la joue aurait suffi ! Une façon de lui dire merci.

Mais il avait contemplé ses yeux splendides et n'avait pu résister. Peut-être parce qu'ils avaient parlé de revenir l'un vers l'autre et qu'elle portait une part de lui-même. Leur bébé... Il avait pris conscience d'une tendre proximité entre eux et son amour pour elle avait été si fort en cet instant qu'il s'était soldé par un baiser.

Elle y avait répondu avec une ferveur égale à la sienne, comme si elle avait attendu son geste et l'avait accueilli avec joie.

Il secoua la tête. Ils n'étaient même pas ensemble. Ils n'étaient que deux adultes qui avaient conçu un bébé par accident. Alors pourquoi toutes ces émotions déferlaient-elles en lui par vagues chaque fois qu'il voyait Ellie ou qu'il pensait à elle ?

Il la sentait fragile et angoissée. La meilleure façon de l'aider, c'était encore de lui donner un peu d'espace et de ne rien faire qui puisse ajouter à son inquiétude, en attendant de savoir ce qui les attendait. Sans ces complications émotionnelles, il serait plus à même de la protéger. En s'impliquant davantage, en la couvrant de baisers comme il en brûlait d'envie, il risquait trop de les détruire tous les deux, si un drame survenait.

Devoir se mettre en retrait était terriblement douloureux, frustrant. Il repensa à sa fille, à ce qu'il avait ressenti quand elle était née. Ne pas savoir s'il serait autorisé à l'aimer, parce qu'elle risquait de ne pas survivre.

Une peur glacée l'avait oppressé.

Suis-je capable d'être raisonnable et pragmatique et de prendre de nouveau mes distances avec Ellie ?

S'il voulait la protéger et la soutenir au mieux en cas de malheur, il n'avait guère le choix.

En dépit des nausées matinales, Ellie s'éveilla en forme et pleine d'optimisme. Elle avait pris l'habitude de garder un paquet de biscuits sur la table de chevet et en grignota quelques-uns pour apaiser son estomac. Puis elle se leva et se rendit dans la cuisine.

Pas question de prendre du café ou du thé. Elle opta pour un verre de jus de pomme et une barre de céréales qu'elle avalerait pendant le trajet jusqu'à l'hôpital. Bizarrement, les nausées lui paraissaient plus supportables ce matin. Elles n'étaient pas moins violentes, mais elle se sentait plus résistante, ce qu'elle mettait sur le compte du baiser langoureux et infiniment tendre de Logan. À présent, elle était sûre qu'il gardait des sentiments pour elle et qu'il ne la laisserait pas tomber.

Qui aurait pensé qu'après toutes ces années Logan et elle se retrouveraient et feraient un bébé ensemble ? Mais c'était probablement écrit depuis longtemps. Peut-être avaient-ils eu besoin de suivre des chemins différents pour vraiment apprécier ce qui les unissait aujourd'hui.

Arrivée à l'hôpital, elle agrafa son badge et se rendit dans la salle du personnel pour la transmission des informations. Logan s'y trouvait déjà et Ellie salua la petite assemblée en souriant. Il ne réagit pas vraiment à sa présence, mais comme il était en pleine discussion avec un collègue, elle ne s'en formalisa pas, elle s'installa et écouta les consignes. La réunion terminée, elle se leva pour prendre son service, s'attardant un peu dans l'espoir de parler à Logan.

— Bonjour, lui dit-elle avec un sourire lumineux. Quelles tâches as-tu décidé de me confier aujourd'hui ?

— Bonjour, Ellie. Eh bien… J'ai pensé à ton dossier de stage. Nous devons le mettre à jour et voir celles que tu n'as pas encore effectuées.

— Je n'ai pas suivi de sortie, par exemple.

— Ça tombe bien, dit-il. Le petit Carling doit sortir aujourd'hui quand nous lui aurons fait passer le test du siège-auto.

— De quoi s'agit-il ?

— Nous installons le bébé dans un siège-auto pour trente minutes. Il faut que sa saturation en oxygène reste à un niveau élevé pendant ce laps de temps. Tu pourrais t'en charger ? Ensuite, je te montrerai la procédure de sortie.

— Parfait.

Il esquissa un sourire bref pour indiquer que la conversation était terminée, avant de s'éloigner vers son bureau. Elle essaya de ne pas en être vexée. Contrairement à elle, Logan était toujours occupé au moment du changement d'équipes.

Elle partit faire un relevé des constantes du petit Marcus Carling afin de pouvoir procéder au test du siège-auto. Les parents de bébé étaient déjà là et avaient apporté le siège. Elle leur sourit.

— Bonjour Jess… David. Comment allez-vous ?

— Nous sommes anxieux, répondit Jess en souriant nerveusement.

— Au sujet du test ?

— Oui, et aussi à l'idée de le ramener chez nous.

Ellie lui toucha le bras.

— C'est le meilleur moment, répondit-elle.

— Et le plus terrifiant. Nous n'aurons pas toute l'équipe médicale à disposition pour s'assurer que tout se passe bien.

— Vous savez, son niveau en oxygène n'a plus chuté. C'est très bon signe.

Marcus était né à trente-six semaines. Il était venu au monde tout bleu et le cordon enroulé autour du cou, mais il avait pu être ranimé. Pourtant, au bout d'une heure, il s'était mis à suffoquer et ses parents paniqués avaient appelé à l'aide. Il avait été placé sous surveillance respiratoire en néonatalogie. À présent, il semblait en pleine forme et avait toutes les chances de réussir le test.

— Nous avons acheté un moniteur de surveillance respiratoire, dit la maman. Vous pensez sans doute que nous sommes trop prudents, voire paranoïaques, mais...

— Non, pas du tout, répondit Ellie. C'est une réaction tout à fait raisonnable.

David prit la parole.

— Nous sommes parents pour la première fois. Nous voulons prendre toutes les précautions.

— Voyons comment il réagit, dit Ellie. Ensuite, nous l'installerons dans le siège. Si son taux d'oxygène est stable, il pourra rentrer chez vous.

— Avez-vous des enfants ? demanda brusquement Jess.

— J'ai un fils.

Ellie cilla furieusement en se rendant compte de ce qu'elle venait d'admettre pour la première fois.

— Quel âge a-t-il ?

Elle abaissa son stéthoscope et s'efforça de prendre sur elle.

— Il... Il est encore bébé.

— Alors vous savez comme c'est effrayant de le ramener chez soi la première fois. Quels conseils pourriez-vous nous donner ?

Ellie commanda un sourire sur ses lèvres en espérant ne pas fondre en larmes.

— Dormez quand il dort. Reposez-vous le plus possible et n'oubliez pas de manger.

— Ça paraît faisable, dit David.

— L'état de Marcus est très satisfaisant, dit-elle en terminant le bilan. Maintenant, passons au test.

David posa le siège à terre et écarta les sangles.

— Jess, quand vous êtes prête, dit Ellie.

La jeune mère prit son fils et l'embrassa sur le front avant de le déposer dans le siège et de boucler la ceinture.

— Tu vas être un champion, mon cœur, n'est-ce pas ? murmura-t-elle avant de se redresser et de se presser contre son mari.

Ellie plaça le monitoring sur l'orteil du bébé et vérifia l'affichage. Tout semblait correct. Il n'y avait plus qu'à attendre.

Logan observait la scène de son bureau. Ellie, trop occupée à parler aux Carling, ne le voyait pas. À en juger par les visages réjouis qui entouraient le bébé, le test s'était déroulé parfaitement.

Il souriait un peu lui-même. Il était toujours ému dans ces moments-là. Des parents heureux qui rentraient chez eux avec bébé... C'était ainsi que les choses devaient être. La place d'un enfant était parmi les siens, pas dans une salle d'hôpital.

Il vit Ellie agiter la main vers les Carling qui s'éloignaient, leur fils sanglé dans le siège-auto.

— Alors il a réussi ?

Elle se tourna vers lui et lui sourit, visiblement heureuse qu'il fût près d'elle pour assister à ce moment.

— Oui, brillamment.
— Tu pleures ? demanda-t-il.

Elle rit, légèrement embarrassée.

— Peut-être un peu.

En cet instant, Ellie avait besoin de sentir les bras de Logan autour d'elle. Juste un geste pour savoir qu'il tenait à elle. Elle passa les bras autour de sa taille et se hissa sur la pointe des pieds.

Il fit un pas en arrière, regardant de part et d'autre du couloir.

— Qu'est-ce que tu fais ?

Confuse, elle se figea.

— Je... J'allais seulement t'embrasser.
— Je ne pense pas que le lieu soit approprié, répondit-il sèchement. Désolé si je t'ai donné de faux espoirs hier soir, mais nous avons convenu de ne pas brûler les étapes.

Ses paroles et la distance physique qu'il mettait entre eux la frappèrent comme un coup de massue.

— Comment ça ? Je pensais que nous avions passé une soirée délicieuse. Nous nous sommes embrassés ! C'était la chose la plus merveilleuse que...

— C'était une erreur. Je n'aurais pas dû et je te présente mes excuses, répondit-il.
— Quoi ?
Ce qu'il disait ne pouvait pas être vrai. Il l'avait embrassée et ce baiser n'avait pas été seulement amical, mais plein de ferveur et de tendresse. Ça voulait forcément dire quelque chose !
— Je suis là pour toi, Ellie, mais...
Elle leva une main pour l'empêcher de poursuivre. Elle ne cherchait plus à retenir ses larmes à présent.
— J'aurais dû le deviner. Tu n'en es pas à ton coup d'essai quand il s'agit de me laisser tomber !
— Ellie...
— Je t'en prie, arrête. Je n'imaginais pas que tu puisses me refaire ça !
Sur ce, elle le repoussa et courut vers les toilettes pour donner libre cours à son chagrin.
Quelle idiote ! Penser que, parce qu'il l'avait embrassée et qu'ils allaient avoir un bébé, ils étaient plus que des amis.
Je me suis ridiculisée !
Pire encore, elle l'avait fait au travail, où elle était censée préparer son avenir professionnel.
Je ne peux pas rester ici. Je ne peux pas le regarder en face. Pas aujourd'hui !
Elle s'essuya les yeux et quitta les toilettes pour se rendre dans la salle de repos.
Une infirmière s'y trouvait.
— Je fais du thé pour une maman. Envie d'une tasse ?
Puis fronçant les sourcils :
— Hé, ça va ?
— Non. Je ne me sens pas bien. Je rentre chez moi.
— Tu as prévenu le Dr Riley ?
— Non. S'il me demande, peux-tu lui dire que je suis partie et qu'il vaut mieux qu'il ne m'appelle pas ?
— Euh... D'accord.
Ellie prit ses affaires dans son casier et quitta précipitamment le service, espérant ne pas rencontrer Logan en chemin. À quoi bon ? Il avait été très clair.

Il avait eu des doutes, mais pas le courage de lui en parler ! Daniel était parti, et maintenant c'était au tour de Logan. Encore une fois ! Quoi qu'il arrive au bébé qu'elle portait, elle serait seule à faire face. Comme elle l'avait craint.

Logan était frustré qu'Ellie ne lui ait pas laissé le temps de s'expliquer. Mais la laisser l'embrasser ? Au travail ? Même s'il en mourait d'envie, il ne pouvait pas se le permettre, pas quand il s'efforçait de la tenir à distance.

Il aimait Ellie ! Elle ne pouvait pas comprendre à quel point. Cela lui faisait mal de la repousser, surtout qu'elle avait besoin de quelqu'un de fort auprès d'elle.

Il n'aurait pas dû l'embrasser la veille, mais ses sentiments avaient pris le dessus et...

Arrête !

Il voulait se concentrer uniquement sur la colère qu'il ressentait envers lui-même. S'il se focalisait là-dessus, il ne penserait pas à ses grands yeux bleus qui l'imploraient juste avant qu'elle ne prenne la fuite.

Bon sang ! Tout ça est de ta faute.

Il s'absorba dans le travail et ne sut pas immédiatement qu'Ellie était rentrée chez elle.

— Elle se sentait mal, dit l'infirmière quand il lui posa la question.

Mais il était clair à son expression qu'elle suspectait quelque chose d'autre.

— Elle a dit aussi qu'il valait mieux ne pas l'appeler, ajouta-t-elle.
— Bien. Merci.

Il retourna dans son bureau, se laissa tomber dans le fauteuil et se prit la tête entre les mains. Il avait tout fichu en l'air, et de façon magistrale ! Il lui avait donné de l'espoir avant de se rétracter quand elle avait voulu donner un tour plus romantique à leur relation.

Il laissa échapper un gémissement, tandis que sa raison lui soufflait qu'il avait fait ce qu'il fallait malgré tout. Pour eux deux. Le moment venu, Ellie le remercierait.

11

Ellie se sentait affreusement mal, elle avait l'impression que le monde avait sombré. Malgré tout, elle se força à manger, seul moyen de contenir les nausées.

Comment allait-elle pouvoir travailler avec Logan, après ce qui s'était passé ? Elle avait peut-être réagi de manière excessive, mais ils avaient fait l'amour, elle attendait son enfant et, deux jours plus tôt, il l'avait embrassée divinement. Alors, forcément, elle y avait lu un message. C'était comme s'ils avaient ravivé la flamme d'autrefois pour s'offrir une relation nouvelle et plus belle qui parlait d'espoir, de pardon, de possible.

D'amour ?

Elle aurait menti si elle avait prétendu le contraire. Elle avait toujours aimé Logan Riley. Ses sentiments étaient seulement restés enfouis au fond d'elle-même, il avait suffi d'un baiser pour les révéler au grand jour.

Et maintenant ? Il lui avait fait comprendre qu'ils ne formaient pas un couple, qu'ils n'étaient même pas ensemble. Ses mots l'avaient déchirée. Si elle perdait leur enfant à cause du chagrin qu'il lui causait, jamais elle ne lui pardonnerait.

Prenant une profonde inspiration, elle entra dans l'unité de néonatalogie et longea le couloir jusqu'à la salle du personnel.

Il serait là. Tournerait-il le regard vers elle ? Lui dirait-il bonjour ? Et elle, était-elle prête à le saluer ou fondrait-elle en larmes en l'apercevant ? Quelle angoisse !

La nuit précédente, elle avait été incapable de dormir. Elle avait fixé le plafond, une main posée sur son ventre qui, elle l'aurait juré, avait un peu enflé. L'arrondi était net. C'était bon signe, car pour Samuel elle avait à peine grossi. D'un autre côté, n'était-ce pas trop tôt pour prendre du poids ? Y avait-il quelque chose d'anormal ?

Vers 2 heures, elle s'était levée pour faire des recherches sur Internet. Souffrait-elle d'hydramnios, un excès de liquide amniotique qui touchait un pour cent des grossesses ? Était-ce une grossesse multiple ? Elle en doutait fortement, il n'y avait pas d'antécédents dans sa famille. La position du bébé ? Mais il n'était encore qu'un minuscule fœtus.

Non, c'était autre chose. Une anomalie effrayante comme la vie lui en avait réservé jusque-là, et qu'elle aurait à affronter seule.

La salle était comble. Tout le monde attendait de prendre le relais de l'équipe de nuit. Nerveusement, Ellie balaya la pièce du regard. Logan n'était pas là et elle se détendit un peu.

— Ellie ! Ça va mieux ? Tu es pâle ce matin.

Elle sourit à l'infirmière.

— Je suis juste fatiguée après une mauvaise nuit.

— Dis donc, j'espère que ce n'est pas contagieux ?

Le chagrin l'était-il ? Les peines, les coups durs frappaient n'importe qui sans crier gare. Ils vous fauchaient littéralement. Qu'avait-elle fait de mal pour mériter tout cela ?

Le Dr Curtis se leva et réclama leur attention. Il fit le point sur les admissions, les traitements en cours, les problèmes survenus au cours de la nuit.

— Comme vous pouvez le constater, dit-il en conclusion, le Dr Riley n'est pas parmi nous ce matin. Il a décidé d'assurer le service de nuit pendant les deux prochaines semaines. Nous allons donc devoir travailler sans lui.

Elle eut conscience que des murmures s'élevaient dans l'assistance. Logan avait permuté avec l'équipe de nuit ? À cause de ce qui s'était passé entre eux ? Mais comment faisait-il avec Rachel ? Peut-être y avait-il quelqu'un d'autre dans sa vie. Était-ce pour cette raison qu'il s'était montré si brutal avec elle ?

Elle leva la main.

— C'est mon directeur de stage. Qui validera ma formation

maintenant ? Mes horaires vont-ils changer pour correspondre aux siens ?

— Ah, oui, il m'en a parlé. Vous serez avec moi, Ellie. Mais votre stage se termine bientôt et le Dr Riley m'a assuré que votre formation se déroulait bien. Ce changement ne devrait pas vous désavantager. Ça vous convient ?

Non, ça ne lui convenait pas du tout. Elle acquiesça pourtant.

Rentrée de Bali, Maud Riley était heureuse de venir tous les soirs s'occuper de sa petite-fille pendant que Logan était à l'hôpital. Comme son mari était au Sri Lanka pour des tournois de golf et qu'elle détestait rester seule, cette solution arrangeait tout le monde.

— Je te promets que ce sera seulement pour deux semaines, dit Logan. Tu seras rentrée pour le retour de papa.

— Oh ! ce n'est pas un problème. J'aime être disponible pour toi et Rachel, tu le sais. Mais je pensais qu'ils savaient, à l'hôpital, que tu ne pouvais pas faire les gardes de nuit.

— Oui. Il se trouve que... je me suis proposé.

— Oh ! Logan, tout va bien ?

Il acquiesça avant de se détourner. Sa mère aurait deviné qu'il mentait. Mais pouvait-il lui dire la vérité ? Qu'il essayait de prendre ses distances avec Ellie Jones, la femme qu'il avait mise enceinte ? La vérité n'était pas fameuse.

Mais il faisait ça pour Ellie, pour sa formation. Il n'allait pas gâcher sa carrière en plus de tout le reste. Il avait changé d'équipe pour qu'elle puisse poursuivre son stage sereinement sans qu'il la distraie de son but. Il voulait le meilleur pour elle. Elle ne le comprenait sans doute pas en ce moment, mais elle se rendrait compte un jour qu'il avait eu raison.

Il serait là pour elle et le bébé, mais il ne pouvait s'autoriser à l'aimer ouvertement, en dépit de l'amour qu'il ressentait pour elle. Si quelque chose leur arrivait, à elle ou à l'enfant ? Il ne se sentait pas assez fort pour affronter cela. Combien de deuils un homme était-il capable de supporter avant de sombrer ?

Tourmenté par ces pensées, il se rendit à l'hôpital, attendant qu'Ellie sorte du bâtiment pour entrer à son tour. Il sentit son cœur s'accélérer en la voyant. Elle semblait si déprimée, si perdue et si lasse qu'il aurait voulu courir vers elle, la prendre dans ses bras et lui dire que tout irait bien.

Mais il craignait d'aggraver la situation.

Son premier patient était le petit Wells, qui venait d'être admis au « Nid ». Né à vingt-cinq semaines de grossesse, il ressemblait à un tout petit oiseau, était bardé d'une multitude de tubes et de capteurs et portait l'habituel bonnet. Logan constata qu'on lui avait donné un jouet en tricot, une pieuvre dont les tentacules évoquaient le cordon ombilical du ventre de sa mère.

— Bonsoir, je suis le Dr Riley, dit-il à la jeune mère assise près de la couveuse. Je vais surveiller votre petit cette nuit. A-t-il déjà un nom ?

— Non. J'hésite entre deux. J'aime beaucoup le prénom Conor, mais je me demande si je ne devrais pas lui donner celui de son père.

Logan se souvenait d'avoir lu dans le dossier de l'enfant que le père était décédé. En un sens, cette femme se trouvait dans la situation qui avait été la sienne six ans plus tôt.

— Quel était le prénom de son père ? demanda-t-il avec tact.
— Mitchell.
— Les deux sont beaux. À votre avis, quel est celui qui lui va le mieux ?

Elle sourit à travers ses larmes.

— Mitchell, dit-elle dans un souffle.
— Prenez votre temps, madame Wells. Prévenez-moi quand vous aurez choisi et nous compléterons son état civil.
— Oui, docteur. Mon mari est mort il y a deux mois. Il était si heureux de cette grossesse. Et moi aussi. Nous avions déjà supporté trois fausses couches. Je ne voulais plus essayer de tomber enceinte. J'ai même pris la pilule. Mais il est arrivé, dit-elle en souriant à son bébé.

Logan ne put s'empêcher de penser à Ellie.

— Vos fausses couches se sont produites très tôt ?
— Non. C'est arrivé après les trois mois et j'ai dû accoucher à chaque fois.

Logan s'assit, essayant d'imaginer ce que cette pauvre femme avait traversé.

— Mais Mitchell est là maintenant, dit-elle. Je l'ai gardé jusqu'à vingt-cinq semaines. Si vous saviez comme j'ai hâte de le tenir dans mes bras !

— Je peux le comprendre, dit Logan.

— Alors, multipliez ça par cent, par mille ! Perdre trois bébés et mon mari, puis sentir que j'allais accoucher prématurément... J'avais si peur !

— Mais vous avez eu un courage admirable aussi, dit-il avec un sourire bienveillant.

— Il faut bien, vous savez. Il n'est pas question de baisser les bras. On les aime et on fait de son mieux, quoi qu'il arrive.

Quoi qu'il arrive ? C'était donc ça, la solution ? Continuer coûte que coûte, parce qu'il n'y avait pas d'alternative ? Il avait choisi de rester en retrait. Mais le faisait-il vraiment pour Ellie, ou pour se préserver ?

Bon sang ! Je me suis comporté comme un égoïste !

Ellie avait besoin de lui, leur enfant aussi ! Il n'aurait jamais dû la repousser.

Il serra les dents. Il voulait courir vers son bureau et appeler Ellie sur-le-champ. Mais c'était impossible. C'était le beau milieu de la nuit. Il avait terriblement honte. Comment allait-il s'y prendre maintenant ? Lui demander pardon ? Lui expliquer ?

— Ce sera Mitchell.

La jeune mère sourit, visiblement heureuse d'avoir arrêté cette décision.

— Très bien, madame Wells. Je vais remplir les papiers. Son nom sera officiel maintenant.

Ellie était presque à la fin du troisième mois et déjà ses vêtements la serraient à la taille. Mangeait-elle trop ? Mais dans ce cas elle aurait grossi d'une manière générale, pas seulement du ventre.

Que lui arrivait-il ? Elle craignait une grave anomalie, quelque chose d'extrêmement rare qui n'était pas encore répertorié.

Assise dans la salle d'attente du service d'obstétrique, elle tordait nerveusement la bandoulière de son sac, vérifiait son téléphone et rajustait l'ourlet de son chemisier. Elle était si absorbée par ses pensées qu'elle ne remarqua même pas que quelqu'un venait d'entrer et s'avançait vers elle. Jusqu'à ce que des jambes énergiques apparaissent devant ses yeux.

— Logan !

Que faisait-il ici ? *Oh ! bien sûr, il est là pour le bébé, pas pour toi.*

— Je n'étais pas sûre que tu viendrais, dit-elle, angoissée.

— Je t'avais dit que je serai là.

Oui, il l'avait dit et répété. Mais s'il était là, c'était parce qu'il se sentait responsable d'avoir engendré l'enfant probablement mal formé qui grandissait en elle.

— Je suis aussi venu m'expliquer, si tu veux m'écouter, dit-il.

Que restait-il à dire ? N'était-ce pas assez douloureux comme cela ?

Il s'assit sur la chaise auprès d'elle.

— La dernière fois que nous nous sommes vus, je me suis mal exprimé. La crainte me faisait parler. J'ai réagi de cette façon parce que j'essayais de te protéger. Je voulais rester fort au cas où tout finirait mal.

Il prit ses mains dans les siennes pour qu'elle lui donne toute son attention.

— Ellie, j'ai perdu la femme que j'aimais quand elle était enceinte et j'ai failli perdre aussi mon enfant. Je n'ai jamais eu aussi peur de toute ma vie. Je ne pouvais pas imaginer revivre ce cauchemar. Alors, je me suis mis en retrait, pensant ainsi avoir la bonne distance pour te soutenir si le pire arrivait. J'étais confus et, en m'imposant cette ligne de conduite, je t'ai brisé le cœur. Je n'avais pas l'intention de te faire du mal, Ellie. Je suis sincèrement désolé et j'ose espérer que tu apprendras à me pardonner.

Le cœur battant à tout rompre, elle retenait son souffle, incapable d'articuler un mot.

— Je n'ai pas compris que tu te sentais abandonnée une fois de plus. Alors, je veux te dire que je ne suis pas venu seulement pour le bébé, mais pour *toi* aussi, et quel que soit le résultat que nous apprendrons derrière cette porte. Je suis là pour *nous*. Si tu veux bien qu'il y ait un *nous*. Et pour te prouver ce que j'entends par là...

Il mit un genou à terre et glissa une main dans la poche de sa veste.

Ellie entendit les futures mamans autour d'elle pousser des exclamations étouffées. Elle s'empourpra violemment, tandis que Logan lui présentait un petit écrin en velours rouge. Il l'ouvrit, révélant un magnifique solitaire.

— Je t'aime, Ellie Jones. Je t'aime depuis toujours et pour toujours. Je veux partager ta vie, te montrer chaque jour combien je t'aime et que mon cœur t'appartient. Ellie, veux-tu devenir ma femme ?

Le silence se fit dans la salle d'attente, seul le téléphone sonnait sur le bureau de la secrétaire. Ellie eut vaguement conscience que celle-ci décrochait lentement, attendant elle aussi une réponse de sa part.

Logan *l'aimait* ? Il avait eu peur ? Eh bien, elle aussi. Ne faisait-on pas des choses stupides dans ces cas-là ? Logan l'aimait et il était là pour *elle* ! Ils rentreraient ensemble dans le cabinet et entendraient la pire nouvelle de leur vie, mais il voulait être à son côté pour ça. Il avait essayé d'être fort pour elle, elle n'avait rien à lui reprocher. Rien !

— Et Rachel ? demanda-t-elle soudain.

— Je lui ai parlé. Elle sait ce que je fais en ce moment et elle est heureuse comme tout. Mais je t'en prie, ne dis pas oui parce que tu penses que ça rendra Rachel heureuse, ou moi. Dis-le seulement si tu sens au fond de toi que tu m'aimes autant que je t'aime.

Elle se mit à trembler. Lentement, elle esquissa un sourire qui s'élargit jusqu'à devenir radieux.

— *Oui !* Oui, Logan !

Des exclamations enthousiastes fusèrent autour d'eux, tandis qu'il lui glissait la bague au doigt. Puis il se pencha pour l'embrasser et la serrer dans ses bras.

Elle s'abandonna à l'étreinte de l'homme qu'elle aimait. Il n'y avait pas de mots pour exprimer le bonheur qu'elle ressentait en cet instant.

Elle bougea la main, faisant briller son diamant à la lumière.
— Il est magnifique...

Le cœur gonflé de joie, elle embrassa Logan, consciente de la chaleur et de la force de son amour pour elle.
— Mme Ellie Jones ? dit une voix.

C'était son tour. Elle se tourna vers Logan.
— Sommes-nous prêts à connaître la vérité ?

Il pressa sa main et posa un autre baiser sur ses lèvres.
— Nous ferons face ensemble. Quoi qu'il arrive, murmura-t-il.

Allongée sur la table d'examen, Ellie essayait de se détendre, tandis que l'échographiste répandait le gel froid sur son bas-ventre et positionnait la sonde.

Elle n'eut pas à tendre la main vers Logan. Il la serrait dans la sienne et lui embrassait les doigts. Elle lui sourit, puis se mordit la lèvre, car l'échographiste fronçait les sourcils en fixant l'écran. Elle sentit son cœur sombrer.
— Qu'est-ce qu'il y a ? Dites-moi, je vous en prie...

Le médecin hésita.
— C'est ma première consultation en solo et je préfère avoir l'avis de quelqu'un pour confirmation.

Ellie se prépara à entendre le pire. Depuis le début, elle savait que quelque chose clochait !
— Y a-t-il des naissances multiples dans votre famille ?

Elle écarquilla les yeux.
— Pardon ? Euh... Non.

Elle jeta un coup d'œil à Logan qui secoua la tête.
— Ni moi, pour autant que je sache. Ce sont des jumeaux ?

L'échographiste arborait un large sourire à présent.
— Il me semble bien.

Des jumeaux ! Cela expliquait pourquoi elle était si forte ! Elle avait rejeté cette idée, parce qu'il n'y avait pas d'antécédents dans sa famille et que cela lui semblait une solution trop facile. Elle s'était concentrée automatiquement sur des choses horribles.
— Des jumeaux ? fit-elle de nouveau, terriblement émue.

— Je pense que oui. Je vais demander à ma collègue de confirmer, dit l'échographiste avant de s'éclipser.
— Oh ! mon Dieu ! Des jumeaux !

Elle se mit à trembler et se tourna vers Logan. L'émotion le submergeait aussi et il se mit à rire.

— C'est fou !

L'échographiste revint, accompagnée de sa collègue. Celle-ci déplaça la sonde, puis orienta l'écran pour leur montrer les deux bébés.

— Est-ce qu'ils vont bien ? J'ai tellement peur de l'agénésie rénale. Mon fils avait ça...

— Tout va bien pour l'instant. Ils ont tous les deux la taille d'un bébé unique à ce stade de la gestation. Félicitations.

Des larmes de soulagement roulèrent sur les joues d'Ellie. Ils étaient en bonne santé ! Elle portait *deux* bébés !

— Sont-ils identiques ? demanda Logan.
— Regardez. Ils sont dans des poches individuelles, ils ne sont donc pas monozygotes.

Logan secoua la tête, fasciné. Il se pencha et embrassa Ellie, lui passant un mouchoir pour effacer ses larmes.

— Tu es heureuse ?
— C'est le moins qu'on puisse dire. Je suis extatique ! Cette journée s'est passée tellement mieux que je ne l'aurais espéré.

Il lui embrassa le front et caressa ses cheveux.

— Ellie, c'est l'un des plus beaux jours de ma vie jusqu'à présent.
— Tu le penses vraiment ?
— Bien sûr, ma chérie.

Épilogue

Logan s'agenouilla pour se mettre à la hauteur de Rachel.
— Avant d'entrer, rappelle-moi les règles, dit-il.
— Être douce.
— Et... ?
— Me laver les mains.
— Très bien, dit-il en souriant.

Il lui montra comment obtenir du gel antibactérien du distributeur mural et s'en aspergea les mains, tout en regardant Rachel faire de même.

— Puis-je voir les bébés maintenant ? demanda la petite fille.
— Allons-y.

Du coude, il poussa le battant et sourit à Ellie, confortablement assise entre les deux couveuses.

— Logan ! Oh ! Rachel ! dit-elle, un sourire radieux aux lèvres.

Elle tendit les mains, les petits doigts repliés. Rachel enroula ses doigts autour des siens. Une façon de se faire des câlins qu'elles avaient inventée et qui ne perturbait pas la petite fille.

— Comment vas-tu, mon chou ?
— Je ne suis pas un chou, Ellie.
— Bien sûr, répondit-elle en riant. J'ai vu ton beau sourire et je n'ai pas pu m'empêcher de t'appeler ainsi.
— C'est ma sœur et mon frère ? demanda Rachel en jetant un coup d'œil intéressé à chaque couveuse.

Les jumeaux étaient nés à trente-six semaines et avaient été transférés au Nid. Mais seulement pour surveiller leur température et leur niveau d'oxygène, et jusqu'à ce qu'ils acquièrent le réflexe de succion.

— Oui. Voici Holly et le garçon est... Eh bien, papa et moi, nous nous demandions si tu aimerais lui donner toi-même un nom ?

Ellie et Logan étaient tombés d'accord. Ils voulaient que Rachel se sente à l'aise dans cette nouvelle famille. Lui permettre de nommer l'un des bébés était une chose importante qui, ils l'espéraient, l'aiderait à se sentir plus proche de ses nouveaux frère et sœur.

Rachel regarda le bébé d'un air concentré.

— Hum... Il est très petit.

Logan regarda Ellie en souriant, pendant que sa fille réfléchissait à un prénom. Depuis qu'ils avaient découvert qu'ils attendaient des jumeaux, leur vie avait ressemblé à un véritable tourbillon. Il y avait eu les examens médicaux supplémentaires et tout ce qu'ils avaient dû expliquer à Rachel – y compris le fait qu'Ellie emménagerait chez eux et qu'ils se marieraient. Ellie ne voulant pas être une mariée enceinte, leur mariage n'aurait pas lieu avant l'année suivante. Mais les achats en double et les préparatifs de la naissance leur avaient pris un temps fou... Ellie avait apporté le berceau de Samuel, qu'ils destinaient à leur fils. Quel que soit son nom.

Une pensée traversa soudain l'esprit de Logan.

— Rachel, pas de nom médical, s'il te plaît. Je ne veux pas que tu l'appelles Aorte, ou quelque chose dans ce goût-là.

— Ne sois pas bête, papa. Je sais comment choisir un nom de garçon.

— Oh ! alors, tout va bien, dit-il en souriant malgré lui aux remontrances de sa fille.

Elle gardait un visage concentré. Puis soudain, ses traits s'éclairèrent et elle ébaucha un grand sourire.

— J'en ai un !

— Qu'est-ce que c'est ? demanda Ellie en regardant Logan avec une pointe de nervosité.

— Tobias. Tobias Samuel ! répondit Rachel avec satisfaction.

Logan regarda Ellie pour savoir si cela lui convenait. Ils avaient déjà pensé à donner le nom de Samuel comme deuxième prénom, mais que Rachel le choisisse elle-même revêtait une importance particulière.

— C'est parfait, dit Ellie avec émotion. Ce sera donc Holly et Tobias.

— Nous avons son cadeau, papa, tu te souviens ?

Rachel prit la pochette cadeau des mains de son père et le plaça sur les genoux d'Ellie.

— Pour son berceau, dit-elle.

Ellie ouvrit le sac et ravala son souffle. Elle ne put s'empêcher de fondre en larmes en découvrant l'ours en peluche bleu resté dans la chambre de Samuel. Bouleversée, elle le serra contre elle, mouillant la fourrure de ses larmes.

— Je t'ai contrariée ? demanda Rachel.

— Non, non, chérie. Tu as fait de moi la maman la plus heureuse et la plus fière du monde.

Et se levant, elle embrassa l'ours et le posa délicatement dans la couveuse de Tobias.

À la place qui lui était destinée depuis toujours